Frontiere Einaudi

Le fotografie e i disegni pubblicati nel testo provengono dall'archivio della famiglia Tobagi escluse:
  – pp. 45, 114, 174, 225 (G. Benzi), 227 (W. Battistessa), 230: Foto Rcs Quotidiani - Cor-
    riere della Sera;
  – p. 47: AP Foto Argenta Primo (Archivio Foto Rcs Quotidiani);
  – p. 109: Foto Ap/Lapresse;
  – p. 143: Foto U. Sommaruga 1972;
  – p. 232: Foto Giovanna Borgese.

La casa editrice, esperite le pratiche per acquisire tutti i diritti relativi al corredo icono-
grafico della presente opera, rimane a disposizione di quanti avessero comunque a vantare
ragioni in proposito.

www.einaudi.it

ISBN 978-88-06-19888-6

Benedetta Tobagi

Come mi batte forte il tuo cuore

Storia di mio padre

Einaudi

Come mi batte forte il tuo cuore

Dunque ci sei? Dritto dall'attimo ancora socchiuso?
La rete aveva solo un buco, e tu proprio da lí?
Non c'è fine al mio stupore, al mio tacere.
Ascolta
come mi batte forte il tuo cuore.

WISŁAVA SZYMBORSKA, *Ogni caso*.

Prologo

È mattina, il sole già alto riempie la camera chiara, ancora tiepida dell'aria chiusa della notte. C'è un uomo a letto, si è messo a sedere contro un paio di cuscini. Poltrisce a occhi semichiusi. Ha il viso grassoccio, capelli bruni, sottili, spettinati; sotto le coperte si intuisce la pancia abbondante.

Oggi può permettersi di alzarsi tardi. La riunione della sera prima è durata tanto, ma per fortuna non lo aspettano in redazione prima di mezzogiorno. Sposta una gamba, sobbalza leggermente, poi si mette a frugare sotto il lenzuolo in cerca di qualcosa. Ride da solo quando riesce a trovare il corpo del reato: un minuscolo cucciolo di canguro di plastica, con una codina e delle zampette appuntite che non perdonano.

Alza gli occhi in direzione della porta e la risata si scioglie in tenerezza. La mamma-canguro di peluche sta entrando in braccio alla sua bambina, la testolina fitta di riccioli neri che sorride mentre trotterella incerta col suo prezioso carico: non solo il pupazzo prediletto, ma anche i giornali del mattino. È tutta concentrata per non far cadere nulla. Il volto di papà si apre in un sorriso luminoso. Quando la bambina raggiunge il bordo del letto ha luogo uno scambio rituale di doni: in cambio dei giornali, la piccola Bebi riceve Puntatore, che può tornare nella tasca della mamma-canguro. Il padre la abbraccia e le fa il solletico, ridono. Poi la Bebi infila i piedini nelle ciabatte del padre e resta a giocare nei dintorni, mentre lui si immerge nei quotidiani.

Di nuovo mattina, stessa stanza, ma c'è poca luce, a causa della pioggia battente. Non sembra neanche primavera. Ai piedi del letto, nel vano della finestra c'è una donna bionda seduta su un pouf blu. La sagoma spigolosa si staglia contro la luce livida. Ha la faccia schiacciata contro un pigiama azzurro, la schiena scossa da singhiozzi convulsi.

La piccola Bebi osserva la scena atterrita, paralizzata accanto allo stipite della porta. La mamma è andata in mille pezzi, sta male, è cieca e sorda.

C'è un'impronta profonda nel cuscino, dalla parte occupata da papà. Una conca nel letto sfatto, lasciata dal suo corpo pesante.

Poi il cuscino sarà sprimacciato, il materasso sbattuto, le lenzuola tirate e ripiegate sul copriletto teso, l'odore del sonno si disperderà impercettibilmente e del suo corpo non rimarrà traccia alcuna.

Resta solo il vuoto.

1. In principio era il vuoto

– Che cos'hai?
– Mancanza.

WIM WENDERS, *Il cielo sopra Berlino*.

– Mi perdoni la domanda, ma lei...
– Forse non lo sa, ma ha un cognome illustre...
– Tobagi? Come il giornalista?
– Lei è per caso parente?
– Quel Tobagi?
Sí.
Sí, era mio padre.
Sí. Sí. Sí. Sono la figlia. La piú piccola.
Sí, è passato molto tempo. Avevo tre anni e mezzo.
– Allora non ti ricorderai nulla.
(Quasi nulla. La morte non si può dimenticare. Ma la gente che ne sa?)
– Poverina.
– Posso stringerle la mano?
– Deve esserne fiera.
– Suo padre era un martire. Un eroe.
E infinite variazioni sul tema.
Quante volte è successo? Negli anni le domande si sono sedimentate l'una sull'altra come le placche di una corazza. Ho imparato a incassare il colpo tenendo lo sguardo dritto, senza lasciar trapelare il dolore.
Sono sempre stata la figlia del «povero Walter» (un'espressione che detesto), famoso inviato speciale del «Corriere della Sera», vittima della «barbarie terroristica», ogni minuto della mia vita; prima di essere me, mi sono dibattuta a lungo tra «Benedetta» e «la figlia di Tobagi», eroe e martire. Far coesistere i due mondi non è stato ovvio né

facile. Tanto piú che ogni giorno sperimentavo, fin nelle piccole cose, di non essere figlia, ma orfana. Una scorticatura su cui non ricresce mai la pelle.

Paradossale: non poter dimenticare neanche un momento un padre che non c'è e non potrai mai avere vicino. Un nome onnipresente e un vuoto abissale.

«Nessun maggior dolore | che ricordarsi del tempo felice | ne la miseria; e ciò sa 'l tuo dottore». La mia esperienza della mancanza abitava invece il limbo del non ricordo. Le forme della sofferenza sono molteplici, diverse ma ugualmente terribili.

Alle medie scoprii che nelle cellule vegetali ci sono organuli simili a bolle d'aria, i vacuoli, attorno ai quali si organizza il resto della struttura. Mentre ricopiavo diligente il disegno dal libro di scienze sul mio quadernone pensavo, desolata: sono io. Abbarbicata attorno a dei vuoti in cui cerco disperatamente di non cadere.

Ho sentito un artista spiegare che secondo la fisica contemporanea il vuoto non esiste: c'è invece un meraviglioso, caotico continuum affollato di minuscole particelle subatomiche. Dall'infinitamente grande all'infinitamente piccolo, con gli anni ho capito che potevo provare a colmare almeno in parte il mio vuoto dando voce e corpo al nome che stava sulle targhe delle vie di mezza Italia, cercando di scoprire chi fosse quell'uomo sconosciuto che aveva occhi cosí simili ai miei.

Ci sono cose difficili da capire. Pensieri che la mente di una bambina non può contenere. Per esempio: papà è morto. I bambini non sanno la morte. Non è solo morto, di malattia o per un tragico incidente: è stato assassinato.

Come te lo spieghi? Come lo spieghi?

Ho un ricordo nitido di me stessa nel cortile della scuola materna mentre cerco di chiarire agli altri bambini, curiosi, quello che è successo. Hanno ucciso papà. Ma queste cose succedono nei film, non può essere vero. Non mi credono, sono smarrita, sconcertata. Allora insisto: «Hanno ammazzato papà, gli hanno sparato, bum! bum!, con la pistola» e mimo con le dita la forma dell'arma.

La mia mano piccolissima, senza saperlo, ripete il famigerato segno della P38, l'arma-simbolo degli «anni di piombo»: il gesto rabbioso dei giovani dell'Autonomia Operaia, l'area dell'antagonismo piú estremo, nelle assemblee del 1977, l'anno in cui sono nata.

Ci sono cose che i bambini non dovrebbero preoccuparsi di capire, almeno in tempo di pace, ma parecchi figli degli anni Settanta hanno dovuto adattarsi alla cruda realtà.

Papà scriveva sul giornale e una mattina i terroristi gli hanno sparato. Dapprima era molto difficile dare un senso non solo agli avvenimenti, ma persino alle parole. Sentivo dire che papà l'avevano ucciso i terroristi di sinistra. I «rossi», i comunisti. Allora i comunisti sono tutti cattivi e assassini. Ma no. Allora lui era di destra, era forse un «fascista»? Ma no, era di sinistra anche lui, però «riformista». Cioè? Era socialista. Ma era un giornalista, non un politico.

Non capivo.

Gli assassini di papà vennero presi, processati e condannati, ma uscirono subito di prigione. Avevo sei anni e la mia confusione fu totale. Avrei voluto fingere che fosse tutto un brutto sogno, ma la realtà sbucava fuori da ogni angolo. Dev'essere stato allora che ha cominciato a germogliare in me l'idea fissa di capire esattamente cosa fosse successo. Capire per controllare l'abnorme.

Quella mattina i killer hanno ucciso anche la mia innocenza, l'atteggiamento di fiducia che i bambini hanno verso un mondo che si immagina ordinato, lineare, ragionevole, dove c'è chi ti protegge e non può succederti nulla di male.

Potrei raccontare la mia storia come un romanzo di formazione al contrario: di norma si parte da una situazione protetta, se non confortevole; crescendo, l'impatto con la realtà provoca delusioni, incrina le sicurezze, ridimensiona sogni e speranze. Io muovevo da una inospitale spianata di sassi, segretamente convinta che il mondo è cattivo e può capitarti il peggio. Ero una bambina-vecchia. Avevo bisogno di costruirmi un orizzonte di fiducia, la capacità di sperare.

Il mondo attraverso lo specchio della bambina del Settantasette era un posto inquietante dove i buoni morivano, i cattivi uscivano di prigione, i grandi erano molto infelici e sempre preoccupati per cose incomprensibili, c'era un continuo via vai di gente strana col sorriso che non arriva fino agli occhi, e – regola fondamentale – non bisogna mai fidarsi di nessuno. Niente è come sembra.

Nel dubbio, la maggior parte del tempo stavo zitta e guardavo.

Ero triste.

Nell'adolescenza andò pure peggio. Alla vita si aggiunse la letteratura e il vuoto di mancanza si allargò a macchia d'olio mescolandosi a un incipiente vuoto di senso, con esiti infausti. So che non è molto originale, ma intorno ai quattordici anni fui sconvolta da Giacomo Leopardi. Il *Canto notturno di un pastore errante dell'Asia* mi gettò, non esagero, in uno stato di prostrazione. «La bellezza è verità, la verità bellezza, questo è tutto ciò che sappiamo sulla terra», dice un altro romantico che mi ha guastato l'adolescenza. Nessuna speranza: il vuoto è cosmico. Purtroppo non studiammo *La ginestra*, per cui scoprii solo qualche anno dopo la meravigliosa risorsa dello «stringersi in social catena».

Non soddisfatta, mi tuffai in letture inquietanti. Ho passeggiato nei corridoi bui di Buzzati e di Kafka, poi mi prese una folle passione per le atmosfere torbide del primo McEwan. La mia libreria era un baule pieno di serpenti a sonagli, ma non potevo smettere di affondarci le mani.

Crescevo pensando che il mondo non fosse un bel posto dove stare. Poi, ci si mise di mezzo anche la storia, che ho amato da subito, ma abbonda di esempi che incitano a nutrire profonda sfiducia nella natura umana: una luttuosa successione di violenze, abusi e omicidi politici, argomento che calamitava piú di ogni altro la mia attenzione. In quinta ginnasio mi appassionai alle complessità della Roma repubblicana e presi a cuore soprattutto la vicenda dei fratelli Tiberio e Caio Gracco. Nel secondo secolo avanti Cristo, mentre la repubblica era scossa da profondi mutamenti economici, da tensioni sociali e squilibri nei rapporti di potere, questi due indomiti tribuni della plebe promossero una serie di progetti di riforma per scalfire i privilegi del latifondo e lo strapotere dei patrizi. Furono uccisi, assieme ai loro seguaci. I due fratelli erano per me il simbolo perfetto del destino di tanti uomini ammazzati per le loro idee, stroncati nel tentativo di migliorare pacificamente la società.

Mentre stavo studiando la storia dei Gracchi giunse una visita inattesa. La mamma aveva accolto la richiesta di incontrarci di Francesco Giordano, uno dei terroristi che parteciparono all'assassinio di mio padre. Aveva fatto il «palo» quella mattina. Come «irriducibile» (aveva, cioè, rifiutato di collaborare con la magistratura, fornendo informazioni in cambio di riduzioni della pena) scontò quasi interamente la condanna inflittagli. Era impegnato nel volontariato, aveva ottenuto la semilibertà, aveva una compagna e una figlia. Credo cercasse il suo momento di catarsi. La mamma era stata in corrispondenza con lui per tutti gli anni di carcere: incontrarlo era l'esito naturale di un percorso liberamente scelto, ma voleva che fossimo presenti anche noi figli.

Non ricordo che parole furono pronunciate, quel pomeriggio resta appannato nella mia memoria. Mio fratello, Luca, vent'anni, reagí con fastidio e una certa durezza. Vorrei aver saputo fare come lui. Ma avevo sedici anni, ero preoccupata per la mamma e mi sentivo annichilita. La presenza di quell'uomo sul divano bordeaux del tinello era perturbante.

Il baratro mi si è riaperto sotto i piedi. Il vuoto. Talmente profondo da riassorbire ogni traccia di rabbia e qualunque altro sentimento, foss'anche una pietà o una misericordia che non volevo permettermi di provare. Sentivo soltanto una disperazione che mi toglieva l'aria dai polmoni come un colpo troppo forte.

Avvicinarsi al dolore fa molta paura, sfiorandolo s'impara a tenersene a distanza, scegliendo vie lunghe e tortuose. Spesso, per scansare gli ostacoli, ci si allontana troppo dal tracciato della propria anima e si finisce per smarrirsi – nel deserto, magari, invece che nella foresta. Si rischia di morire di sete, anziché sbranati dai lupi.

Il cammino verso mio padre era pieno di pietre d'inciampo, era infestato di rovi. Mi avvicinavo e poi mi allontanavo un passo avanti e due indietro, con lo stesso atteggiamento diffidente e circospetto con cui approcciai la soglia della classe in prima elementare e ogni altra novità della mia infanzia. Non sapevo da che parte cominciare. Allora non potevo certo immaginare che a condurmi per mano sarebbe stata la stessa persona che volevo raggiungere.

2. Rappresentazioni

Non ho ricordi di mio padre da vivo: è morto troppo presto. In compenso sono cresciuta assediata dall'immagine pubblica di Walter Tobagi.

A volte si trattava di rappresentazioni vere e proprie: ricordo il busto di bronzo inaugurato nel palazzo di un ente locale, che da piccola trovavo terrificante, oppure un ancor piú terribile ritratto a olio di cui un artista sconosciuto aveva voluto omaggiare il nonno Tobagi. Era ricavato da una fotografia non molto riuscita di mio padre seduto alla macchina da scrivere. Dalla vecchia Olivetti usciva un lunghissimo foglio di carta bianco avorio che andava ad avvolgersi attorno al suo collo: non so se nelle intenzioni dell'autore dovesse simulare una stola vescovile, un regale ermellino o un cappio. In ogni caso, meglio lasciar perdere.

Essere al centro di una tragedia pubblica aveva molti risvolti spiacevoli. Primo, mi collocava in una scomoda posizione di visibilità, del tutto indesiderata. Secondo, avevo l'impressione che l'invadenza di questa immagine pubblica, anziché avvicinarmelo e aiutarmi a conoscerlo, non facesse che spingere mio padre un po' piú lontano da me, come quando insegui un pallone tra le onde.

Chi era davvero Walter Tobagi? Perché lo hanno ucciso?

Mi ha confortato il fatto di non trovarmi sola nella difficoltà di dare un senso agli eventi. Che un giornalista progressista come lui sia diventato obiettivo dei terroristi di sinistra desta a tutt'oggi sconcerto. Ritrovo l'eco delle perplessità della mia infanzia nelle parole di un ex terrorista tedesco della Raf, che, guardando all'esperienza dei «compagni» italiani, si chiede perché mai, mentre in Germania si colpivano capitani d'industria ed ex nazisti, a sud delle Alpi sotto il piombo dei sedicenti rivoluzionari caddero piú spesso i riformisti.

Con gli anni, gli elementi materiali del contesto diventavano per me piú intelligibili, ma si facevano avanti problemi di comprensione piú sottili e insidiosi.

Vi è un fenomeno caratteristico che interferisce con la memoria delle vittime del terrorismo (ma il discorso può essere esteso anche ai «cadaveri eccellenti» delle mafie): una vita intera viene risucchiata, come in un buco nero, dalla potenza di una fine tanto drammatica. L'identità della vittima è schiacciata. Quel che resta è solo il simulacro scintillante, ma vuoto, dell'eroe; nel mio caso, un martire della libertà di stampa. Tutto ciò rende assai piú difficile capire chi fosse realmente il defunto e tracciare un bilancio obiettivo della sua attività.

Di papà, come di altre vittime del terrorismo, si è parlato moltissimo, ma, come spesso accade, per lo piú attraverso semplificazioni e stereotipi. A ciò si aggiunge il fatto che anche le rappresentazioni stilizzate che si possono ritrovare nella stampa, nella pubblicistica sul terrorismo e nei libri di storia non sono del tutto coerenti tra loro.

Sembra non esserci pieno accordo nemmeno sulle ragioni per cui divenne «obiettivo» dei terroristi. Walter Tobagi era:

«il giornalista che meglio aveva capito il partito armato, ... socialista, attivo nell'organizzazione professionale, anche in polemica con quella che riteneva l'egemonia comunista nel piú importante quotidiano italiano, peraltro influenzato dalla loggia P2 di Licio Gelli».

Cosí lo descrive il noto politologo Giorgio Galli, una delle autorità in materia di terrorismo rosso. Mentre Giorgio Bocca lo liquida sbrigativamente definendolo:

«un giornalista medio, un brav'uomo che si dà da fare nel sindacalismo professionale, perché ormai la politica e i partiti sono entrati nei giornali, ... trasformato nel nemico numero uno, nel cervello della manipolazione informativa».

Passando per Indro Montanelli, che ebbe a scrivere:

«Era d'idee (forse anche di tessera, non so) socialiste, ma moderate, in tono col suo carattere fermo ma mite, con la sua solida cultura, con la sua etica di galantuomo. Si era occupato, come tutti, di terrorismo, ma facendolo da cronista coscienzioso e misurato qual era, di stile efficacissimo per le sue fresche coloriture, ma sobrio, asciutto, allergico a ogni sensazionalismo. L'unico motivo che può aver richiamato su di lui le pistole dei *killers* è la carica che ricopriva, di presidente dei giornalisti lombardi».

Nelle testimonianze sono frequenti i riferimenti al sindacato di categoria, che dischiudono un altro orizzonte problematico. Walter Tobagi svolse per molti anni un'intensa attività in quest'ambito, sia come consigliere e poi presidente dell'Associazione Lombarda dei Giornalisti, che come membro del comitato di redazione del «Corriere della Sera». I colleghi della corrente sindacale da lui fondata, Stampa Democratica, ricordano che gli avversari non esitarono a bollarlo come «fascista» per un accordo con il raggruppamento che esprimeva le posizioni piú conservatrici, o, piú spesso, lo accusarono di non essere altro che una pedina nelle mani dell'allora segretario del Psi, Bettino Craxi. Craxi aveva interesse a minare la compattezza della corrente di maggioranza, Rinnovamento, di fatto rappresentativa delle forze del compromesso storico.

Nella maggior parte dei casi, una pioggia di elogi postumi e alcuni silenzi imbarazzati hanno nascosto quanto mio padre sia stato contestato nell'esercizio di questa attività. Oppure, se di un'opposizione si è parlato, è stato spesso per conferirle significati extrasindacali e risvolti oscuri. Per anni è infuriata una feroce polemica circa l'esistenza di mandanti, morali e materiali, dell'omicidio Tobagi, da cercare proprio fra i colleghi giornalisti.

Tutti si sentono in dovere di parlare bene dei morti (se si escludono – deplorevoli eccezioni a confermare la regola – i casi in cui campagne diffamatorie sono proseguite anche *post mortem*). Quando poi si tratta della vittima di un brutale assassinio politico, la retorica è pressoché obbligata.

Sin dal giorno successivo all'omicidio ha cominciato a sedimentarsi l'iconografia ufficiale del «martire Tobagi». Le pagine dei quotidiani del 29 maggio 1980, pur nell'uniformità del cordoglio, offrono una panoramica articolata delle rappresentazioni date di mio padre dopo la sua morte. Frammenti di specchio che rimandano immagini differenti a seconda della prospettiva politica, una carrellata in cui già si profilano con chiarezza i due «miti» principali che sarebbero stati all'opera da quel momento: il «cronista buono» e il «martire socialista».

Morte di un cronista buono è il titolo dell'accorato articolo di fondo del «Corriere della Sera» firmato dal direttore Franco Di Bella e dal suo vice, Gaspare Barbiellini Amidei. Entrambi conoscevano molto bene mio padre, lo stimavano e non dubito che gli fossero sinceramente affezionati. Davanti alla sua morte scelgono un registro che oscilla fra i toni patetici e la chiamata alle armi. Evocano la legione delle testate Rizzoli e i duecentotredici cronisti del «Corriere», una schiera di opliti pronti all'attacco in punta di penna, chini a riempire le pagine bianche del taccuino da cronista di Walter (come, anni addietro, nello schieramento avverso, tanti giovani avevano teso le mani a raccogliere il fucile della «compagna Mara», figura simbolo delle Br). Qui, dal pulpito piú illustre, si pone la pietra angolare per la costruzione del «santino» di Walter Tobagi. Non un buon cronista, ma un «cronista buono». La professionalità sparisce, annegata nel pathos. L'uomo, dietro il cronista, può essere buono: e lui lo era.

«La Brigata XXVIII Marzo puntò su una creatura mite e sognatrice di un mondo piú giusto che si batteva contro la prepotenza e l'ipocrisia che dominano nella società. Walter Tobagi era un cattolico impegnato anche nella vita parrocchiale ... Ma era soprattutto un giornalista, uno storico, uno che si occupava della nostra "difficile" categoria, un uomo buono, se posso usare parole inattuali. La sua unica colpa era stata quella di cercare cosa c'era dietro alle Brigate Rosse e che cosa le ispirava, cosa volevano»,

scrisse Enzo Biagi nel 2005, con affetto e semplicità. L'aveva conosciuto bene, fu lui a incitarlo a scrivere il suo ultimo saggio, *Che cosa contano i sindacati?*, sull'evoluzione del ruolo delle confederazioni negli anni Settanta.

Tornando al «Corriere», a tutt'oggi non è piacevole per me rileggere di essere stata esibita dalla direzione in questo fotogramma falsamente neorealista: «Due orfani in tenerissima età e una giovane vedova piangono in una casa di un quartiere popolare, a Porta Genova».

No, non sono cresciuta in una casa di ringhiera: per fortuna mio padre, seppure ben lungi dall'aver raggiunto gli stipendi da capogiro delle «grandi firme», aveva avuto cura di sobbarcarsi un mutuo (che gli levò parecchie notti di sonno) per sistemarci in una bella casa grande, di fronte a un parco. Da questo punto di vista posso dire che la mia vita non è stata dura come quella, per esempio, di tanti orfani di poliziotti.

Barbiellini Amidei era specializzato in prose ad alta temperatura emotiva e nel tempo poté offrirne vari esempi in occasione degli anniversari. In anni recenti utilizzò l'immagine della suola della scarpa bucata al piede del cadavere riverso, un repertorio deamicisiano che irritò alquanto la mamma: da brava moglie, si prendeva cura che l'abbigliamento di mio padre fosse sempre piú che decoroso.

«Socialista» e «cattolico» sono i due aggettivi che ricorrono piú di frequente accanto al nome di Walter Tobagi, ma con un andamento irregolare, disomogeneo, un piccolo indicatore di piú ampie trasformazioni politiche e culturali.

Cattolico lo era senz'altro, e pure praticante, ma per evitare fraintendimenti è bene precisare che, persino quando scriveva sul quotidiano cattolico «Avvenire», tra il 1969 e il '72, nei suoi articoli non vi era nulla di confessionale. Il cattolicesimo per lui fu sempre circoscritto a una dimensione intima, apparteneva al vissuto e alle motivazioni personali: nell'esercizio della professione fu sempre rigorosamente laico. Forse anche per questo, a un recente convegno dal titolo *Walter Tobagi credente*, i contributi piú originali sono venuti dai due relatori che si professavano atei: entrambi avevano apprezzato la discrezione e insieme la tolleranza dell'essere cattolico di mio padre, il modo in cui questa tacita dimensione spirituale poteva essere desunta piú dai suoi comportamenti, verso i colleghi e nel lavoro, che non da professioni di fede esibite.

Quanto alla qualifica di socialista, non posso non notare che, dopo il tracollo del Psi con Tangentopoli e le inchieste di Mani pulite, è sparita quasi del tutto, eccetto che dalle parole degli ex «compagni», che lo ricordano, a volte con enfasi eccessiva, altre con autentico affetto. Per anni era sembrato impossibile districare l'immagine di papà dai garofani rossi (ricordo una trasmissione di approfondimento giornalistico prodotta da Rai Due, col titolo che appariva su un dettaglio a tutto schermo del fiore simbolo del Psi). Poi, ho potuto vedere gli effetti della caduta del muro di Berlino e della «svolta della Bolognina» per cosí dire dentro casa: nel decennale della morte, per la prima volta un esponente del neonato Pds, il senatore Beppe Giulietti, ha preso parte a una cerimonia in memoria di Walter Tobagi.

Per anni, la commemorazione della sua vita, ma soprattutto della sua morte, è stata appannaggio quasi esclusivo dei socialisti, anche nelle circostanze istituzionali (dato che il Psi ha amministrato la città di Milano per tutti gli anni Ottanta), un ricordo celebrato dal segretario Craxi, alimentato nelle sezioni locali del partito, dal gruppo dei giornalisti socialisti all'interno del «Corriere», e cosí via. Tanti compagni della base gli hanno dedicato strade, circoli, iniziative, coltivando la sua memoria con un affetto e una dedizione che ritrovo ancor oggi quando mi capita di incontrarli in giro per l'Italia, e mi commuovono profondamente. Papà incontrò tanti di loro, collaborò con moltissimi consiglieri, sindaci, amministratori locali, delegati sindacali, che ricordano con gratitudine la sua disponibilità e la vivace intelligenza critica.

Accanto alle ottime intenzioni e alla buona fede di tanti, che volevano onorare il ricordo di un «compagno» dalle molte doti ed evitare che fosse dimenticato, o denigrato, ci sono stati eccessi e strumentalizzazioni controproducenti. La responsabilità è soprattutto dei vertici del partito, che in tante occasioni l'hanno ridotto a un'icona da esibire ai congressi o a un «caso» da brandire contro la magistratura.

La netta preponderanza della voce socialista offre un piccolo esempio di quell'«uso politico della memoria» di cui spesso si discute in Italia. Per troppi anni, i recinti e le distinzioni tra le diverse parti politiche, ciascuna impegnata a commemorare solo i propri morti, hanno reso ancor piú difficile rapportarsi alla memoria degli anni Settanta. Ponendo l'accento sull'appartenenza all'area politica, anzi, a un partito, piuttosto che sui contenuti reali dell'attività di Walter Tobagi, si sono prodotti nella scena pubblica effetti deformanti. Negli anni, e specialmente con il grande clamore suscitato dal processo, si è voluta diffondere una rappresentazione in chiave prevalentemente politica – o meglio, partitica – della sua vita e del suo omicidio. Una rappresentazione inesatta. Walter Tobagi, anche per trasparenza, professava apertamente il proprio essere cattolico e di idee socialiste. Nel Psi, fu sempre simpatizzante delle posizioni autonomiste – quelle, per semplificare, che si opponevano al fronte comune con il Pci, sostenute prima da Nenni e poi dal suo delfino Craxi.

Per lui, come per tanti altri, in quegli anni il Psi rappresentava la speranza di costruire in Italia una forza socialdemocratica matura, in grado di governare le trasformazioni del paese. Si sentiva lontanissimo dal Pci, per cultura e sensibilità. Segnato dalla memoria delle purghe staliniane e della repressione ungherese del 1956, non poteva accettare un partito che mantenesse un legame, seppur fievole, con l'Unione sovietica. Del Pci non amava poi le rigidità, gli schematismi ideologici, la ferrea disciplina interna che alimentava il conformismo.

Era legato alle persone della federazione milanese del Psi, che negli anni Settanta godeva di grande forza, prestigio e autonomia, molto piú che alle logiche della segreteria centrale. Dopo aver militato nella federazione giovanile di Cusano Milanino a cavallo tra gli anni Sessanta e Settanta, non aveva piú rinnovato la tessera, come spesso amava sottolineare, in armonia col suo convincimento che fosse inappropriato per il giornalista di un quotidiano d'informazione avere un legame organico con qualsiasi partito. Un conto sono le idee, altro la dipendenza da una formazione politica.

Lo feriva che qualcuno cercasse di ridurre il suo lavoro ad attività di partito sotto mentite spoglie. Ritrovo nei ricordi di tanti, come tra le pieghe dei suoi scritti, lo sforzo di mio padre di chiarire le proprie motivazioni, di affermare la propria indipendenza intellettuale. Papà era orgoglioso sopra ogni cosa della propria autonomia.

Non ho voluto farmi accecare dall'amore filiale, perciò ho riletto attentamente articoli e documenti per essere in grado di decidere se potevo credergli o no. Dopo, ho sentito con particolare urgenza la necessità di rimuovere vecchie etichette e incrostazioni, per ricostruire, pregi e difetti, i lineamenti originali della sua attività sindacale e la progressione della sua carriera. Lo sentivo come un risarcimento dovuto alla sua memoria, perché so quanto ciò gli stesse a cuore. Come sindacalista e come professionista, non fu mai guidato da una logica d'appartenenza politica. Papà è stato colpito dal terrorismo per il modo in cui svolgeva la sua attività professionale, non per la sua vicinanza al Psi.

Il «riformismo» preso di mira dai terroristi era qualcosa di molto piú vasto, un'area in cui entrava tutto intero anche il Pci, «traditore» di immaginarie «masse spontaneamente rivoluzionarie».

Quest'opera di *reductio* di Walter Tobagi entro una dimensione angustamente partitica è stata prodotta, paradossalmente, dall'azione congiunta di estimatori e detrattori. Hanno pesato, ad esempio, i toni astiosi appena dissimulati di giornalisti come Tiziana Maiolo (allora giornalista di estrema sinistra, oggi esponente di Forza Italia), che in occasione del suo omicidio scrive sul «Manifesto» un pezzo dal titolo eloquente: *Giornalista e politico*. Rievocando l'esperienza giovanile di Tobagi all'«Avvenire», dove i colleghi lo avevano soprannominato «monsignore» per i modi tranquilli e l'eloquenza pacata, la Maiolo non esita a paragonarlo al cardinale Richelieu, per le sue presunte sapienti tessiture nel sindacato di categoria in funzione dell'affermazione di un «asse Craxi-Montanelli»:

«Walter Tobagi, che è sempre stato cattolico, è socialista, e diventa il protagonista di questa frattura politica all'interno del sindacato dei giornalisti. Non sfugge a nessuno che l'operazione ha due facce: quella, dichiarata, della rottura della lottizzazione e quella, piú coperta, di una scalata craxiana al settore dell'informazione».

L'accostamento tra papà e Richelieu resta ai miei occhi esilarante. Sono ben altri i canali di cui Craxi cercò di servirsi.

Nel frastagliato arcipelago dei giornalisti di sinistra, comunista e oltre, era diffusa una generica percezione di Walter Tobagi come pericoloso conservatore.

Nel dicembre 1976 al «Corriere della Sera» scoppia il «caso Passanisi». In seguito alle accese polemiche per un articolo di cronaca sindacale, che la componente comunista del sindacato riteneva «incompleta» (parlava di contrasti tra base operaia e rappresentanti della Cgil all'Alfa Romeo), si elegge un nuovo comitato di redazione. Insieme ad Alfonso Madeo e Maurizio Andriolo, entra anche un giovanissimo Walter Tobagi. I sostenitori di Raffaele Fiengo, storico leader che si muoveva tra Pci e Nuova Sinistra, sconfitto alle elezioni interne, gridarono per mesi alla svolta reazionaria. Nel saggio autobiografico *Come si diventa giornalista*, Piero Morganti, esponente sindacale al «Corriere d'Informazione», descrive la vicenda come «una Restaurazione», con «il direttore nei panni di Luigi XVIII e le redazioni fatte di tanti piccoli Lucien Leuwen [il ricco opportunista dell'omonimo romanzo di Stendhal]», rappresentati da un comitato che governa sulle ceneri di una «soluzione finale». Tanto per capire la durezza dei toni. A quel tempo la politica era una cosa terribilmente seria, le etichette e le logiche di appartenenza prevalevano spesso sulla sostanza delle persone.

Con gli anni si sarebbero insinuate altre rappresentazioni di Walter Tobagi, ad esempio quella di audace cronista investigativo che denuncia anzitempo la presenza della loggia massonica deviata P2 all'interno del «Corriere».

Nemmeno questo rispondeva a verità. Anzi, nella sua carriera mio padre fu tutto fuorché un cronista investigativo: il suo registro è stato sempre quello dell'inviato, il suo campo prediletto l'analisi politica, culturale e sociale. Il piú delle volte, Tobagi è ricordato solo per gli articoli sul terrorismo, che in realtà costituirono una parte piuttosto limitata della sua produzione, mentre, ad esempio, l'attività di ricerca storica, a cui teneva molto, resta in ombra.

Immagini incomplete, sbilanciate, falsate, riduttive. Tanti miti da smontare per ricomporre un'immagine piú fedele del giornalista – e dell'uomo – che mio padre è stato.

Per fortuna, da un po' di tempo a questa parte si è inaugurata un'inversione di tendenza, forti segnali di cambiamento si sono avvertiti nel venticinquesimo anniversario della morte, quando alcuni ex colleghi e amici hanno pubblicato, con l'Associazione e l'Ordine dei Giornalisti, un'antologia piú approfondita delle precedenti in cui confluiscono documenti relativi a tutti e tre i settori dell'attività di Walter Tobagi: la professione giornalistica, la ricerca storica, l'attività sindacale.

Nella mia storia, pubblico e privato sono inestricabili, e non solo perché da bambina sono stata sbattuta in prima pagina contro la mia volontà. È stato il cocente senso di vuoto derivato dall'assenza del «papà», figura famigliare e privata, che mi ha indotto ad approfondire la conoscenza della sua immagine pubblica: era una componente essenziale per capirlo davvero.

Omero immortala con sorprendente finezza psicologica un interno famigliare: Ettore, l'eroe dei Troiani, già chiuso nell'armatura scintillante, pronto per la battaglia, si china sul figlioletto Astianatte, che non riesce a riconoscerlo, cosí bardato, e scoppia a piangere. Il padre capisce e si toglie l'elmo.

Imbarcarmi in una duplice ricerca intorno alla persona

pubblica e privata di mio padre è stato per me il modo di
sfilargli l'elmo impostogli dalla retorica postuma.

Non era semplice: anche fra le pareti domestiche c'e-
rano miti da sfatare.

3. Tutti giú per terra

Anche la rappresentazione di Walter Tobagi coltivata in casa era deformata e mi ha creato non poche difficoltà. L'amore e il dolore annebbiano la vista, impongono reticenza e discrezione. Io sola, in famiglia, non avevo ricordi di lui. Dovevo muovermi fra rari aneddoti e frasi di circostanza mentre l'ombra di papà scivolava attorno ai miei piedi come la sagoma scura di un enorme cetaceo, avvolta dal silenzio. Ritrovo il disegno solare di una famigliola sorridente che si tiene per mano.

Sul retro del foglietto mamma ha annotato le parole con cui le ho consegnato questo regalo: «Ieri sera: "Io lo so

mamma a cosa pensi... pensi al papà, vero? Io lo so!"»
Era il mese di maggio, il piú triste di tutti. Avevo cinque
anni.

Nessuno si sottraeva per principio alle mie domande,
tuttavia era evidente, persino a una bambina, che parlarne provocava dolore a tutti. E io ho sempre cercato di dosare la mia curiosità.

Il dolore è una sostanza pericolosa, difficile da gestire,
come un esplosivo molto instabile. Vedo me e la mia famiglia seduti sopra queste casse di tritolo: bisogna stare
molto attenti a non farle saltare in aria con gesti bruschi,
parole inappropriate o lacrime. Cosí, strato su strato si se-
dimenta un blocco di emozioni congelate. Nonostante molti sforzi, però, non sono riuscita ad addestrarmi sino in
fondo in questa innaturale immobilità. Io rimanevo l'anello debole della catena. Mi è successo tante volte di scop-
piare in pianti disperati, magari proprio quando finalmente si parlava di papà. O in occasione degli anniversari. E
allora giú la testa!, la mamma e gli altri si irrigidivano dietro sguardi educatamente compassionevoli e gesti incerti,
lontani, composti, per proteggersi dalle mie emozioni fuori controllo finché non mi fossi calmata. Poi si tornava alla normalità come se nulla fosse. Dopo simili episodi provavo una grande vergogna e mi sentivo in colpa: dovevo
imparare a dominarmi meglio. Avevo orrore di questa mia
fragilità che paralizzava le persone intorno. Volevo con
tutto il cuore marciare come un buon soldatino, essere brava, e forte, e non dare noia a nessuno.

Attorno al vuoto si agitano gli spettri della sofferenza
altrui. C'è tanto dolore di fronte al quale devi riconoscer-
ti del tutto impotente. Dolore in cui ti muovi con la paura di respirare (talvolta, persino di esistere), per timore di
urtare la fragilità e le ferite di chi ti sta accanto. Dolore
che parla una lingua diversa, oppure non parla affatto, ti
lascia sola. E guarda altrove: spesso, il cielo.

Sono cresciuta in una famiglia profondamente cattolica. La religiosità pervade ogni aspetto della vita e si esprime soprattutto nel principio che le risorse per andare avanti non possono venire che dal Cielo, a maggior ragione di fronte a un grande dolore. Il Cielo, dove era andato anche papà. La religione era dunque una componente fondamentale dei «miti privati» su Walter Tobagi.

Da bambina ero molto brava ad adeguarmi a ciò che credevo ci si aspettasse da me. Per esempio, ero convinta di dover sognare mio padre. Ovviamente in Paradiso, tra gli angioletti. In realtà questo non accadeva mai e me ne tormentavo segretamente: senz'altro in me c'era qualcosa che non andava. Allora decisi di costruire un'immagine mentale abbastanza precisa, sulla base dell'iconografia dei santini, delle preghiere della sera e dei quadri del Sacro Cuore di Gesú, materiali che abbondavano nella mia vita, e cominciai a mentire, raccontando alla mia nonna materna di celestiali apparizioni oniriche di papà, sorridente in mezzo agli angeli, seduto su nuvolette rosee e color crema. Tutte balle clamorose, ma nessuno ha mai mostrato il benché minimo sospetto: si vede che ritenevano fosse normale.

Mia madre aveva tratto dalla fede non solo le risorse per andare avanti, ma soprattutto le chiavi di lettura per la nostra tragedia.

«Rabbia per tutto quello che è accaduto? Rabbia perché è stata spezzata la vita di Walter e tutte le cose che lui aveva faticosamente conquistato e per le quali lottava? No, rabbia no. Perché io non credo che Walter potesse coronare diversamente la sua vita e il suo modo di vivere»: mamma dixit.

Il papà era un uomo meraviglioso, nobile, praticamente perfetto. Nella sua vita aveva incarnato appieno, pur non rendendosene conto, il messaggio evangelico, fino a condividere la croce del Cristo. Come lui, papà era stato ucciso a trentatre anni. C'era davvero di che essere in soggezione.

Per quanto abbia avuto un'educazione cattolica in piena regola, con tutti quanti i sacramenti e la messa ogni domenica, cascasse il mondo, questi rimandi a una dimensione sovrumana mi mettevano a disagio. L'icona idealizzata di mio padre mi appariva irreale e irraggiungibile. Non era vero che sognavo papà tra le schiere celesti; in compenso avevo strani incubi in cui mia madre guidava i visitatori tra le mura domestiche in una sorta di via crucis della di lui vita.

Morto mio padre, per mia madre non c'è stato nessun altro. Era infastidita da chi sfiorava l'argomento. Non avrebbe potuto esserci nessun altro come lui: una verità autoevidente che non necessitava spiegazioni e rendeva indiscrete e inopportune le domande.

Con me è stata una madre austera, severa, piuttosto autoritaria nei modi, le sue collere mi mettevano una gran paura. Crescendo ho imparato a leggerne la fragilità e le grandi insicurezze dietro la corazza indossata anche per fronteggiare lo sforzo enorme di assumere un doppio ruolo genitoriale. Mi trattava come una piccola adulta; in qualche modo mi lusingava essere considerata all'altezza dei grandi, ma, nella realtà, non era facile.

Riservatissima, affezionata alla propria ordinata *routine*, mia madre era immersa in una dimensione spirituale tutta sua – in altri secoli sarebbe stata senz'altro in odore d'eresia –, che le consentiva di ancorarsi a qualcosa di molto piú alto e grande.

In privato, come nei rari interventi pubblici, mamma ha parlato spesso di papà per figure, facendo ricorso a passi biblici. Dalla sua sofferenza nutrita di letture vetero e neotestamentarie è scaturita una narrazione di Walter Tobagi come una figura quasi profetica, in cui confluivano le immagini del «mite» delle beatitudini evangeliche, la «co-

lonna viva del Tempio di Dio» dell'Apocalisse, il «giusto»
e il «riparatore di brecce» del libro del profeta Isaia, forse il piú amato. Ero confusa. La narrazione di mia madre
aveva tuttavia un indubbio potere di suggestione. I libri
profetici sono splendidi e Isaia è uno dei piú ricchi e complessi. Questa visione nella sua assolutezza aveva qualcosa di ipnotico. Ma era anche un aspetto della fuga di mia
madre lontano dal mondo.

Credo che a quest'approccio non fosse estranea una forma di risentimento, seppure non pienamente consapevole, nei confronti del contesto a cui suo marito era appar-
tenuto, quel mondo che lo teneva lontano in vita e in qualche modo era responsabile della sua morte. Mamma ha
odiato l'ambiente giornalistico, specialmente il «Corriere». Vedeva il giornale solo come uno strumento di potere
e la redazione come un ricettacolo di rancori, gelosie e lotte intestine sotto lo smalto del prestigio. Papà le faceva
trovare i suoi articoli dattiloscritti in cucina prima dell'u-
scita del quotidiano, perché sapeva che lei non amava leggerli una volta pubblicati. Mamma faticava a capire come
suo marito potesse sentirsi piú vivo e stimolato in redazione piuttosto che altrove e perché non piantasse tutto per
dedicarsi all'attività accademica.

Era alquanto scettica anche rispetto alla politica, anzi,
ha sempre amato definirsi anarchica. Alle elezioni non voleva mai andare a votare: «È inutile, non mi convinci. Non
vedi quali sono i comportamenti degli uomini politici? Se
le persone non sono credibili, come è possibile credere in
un'ideologia politica?» Mio padre cercava con pazienza di
persuaderla: «Si sforzava di farmi capire che anche le strutture politiche vanno cambiate, ma bisogna farlo dall'interno – racconta ancora mia madre in un'intervista a Gigi
Moncalvo – e nel massimo rispetto delle persone. Anche
in quell'occasione applicò il suo metodo di vita. E io per
questo lo amavo».

Dopo la tragedia, quel mondo doveva restare lontano,

bisognava tagliare tutti i contatti, e non solo. Il senso dell'esperienza di papà andava ricercato in una prospettiva teologica. Parlando del costante impegno di papà per migliorare le cose, fosse sul lavoro o nel sindacato, mamma spiega, sempre a Moncalvo: «Questa era, io credo, la vera potenza della sua fede. Forse non se ne rendeva ben conto nemmeno lui, però era una realtà talmente forte che non poteva che venire dalla sua fede. Il modello c'era e si riferiva alla Resurrezione di Cristo, che ha vinto il male e ha indicato qual è il modo per vincerlo. Walter aveva recepito il messaggio evangelico, ne era stato colpito in maniera semplice e chiara, e cercava di viverlo. Poteva avere delle giustificazioni intellettuali, altri interessi, ma non erano quelli che gli poteva garantire la sua fede, una fede che gli permetteva proprio nelle realtà piú difficili di ricominciare da capo». Nell'interpretazione di mia madre, dunque, la dimensione spirituale era stata quella piú autentica e prioritaria nella vita di papà, a dispetto di ciò che liquida come «giustificazioni intellettuali» e «altri interessi», che pure lui aveva coltivato con assiduità.

Non ho mai pensato di sminuire l'intensa dimensione di fede di mio padre, ma avevo l'intima certezza che una simile prospettiva fosse insufficiente. Il ritratto fornito da mia madre andava integrato, era necessario guardare anche a tutto ciò che papà aveva fatto nel mondo, recuperare le tracce visibili e tangibili della sua vita – le sue «motivazioni terrene», potrei azzardare.

Mia madre ha sempre preferito l'intuizione al ragionamento, le suggestioni e i salti logici alle ferree strettoie del principio di non contraddizione. Ha un modo tutto suo di valutare le cose, spesso non precisamente razionale. Ho in mente l'immagine di lei che parla delle letture bibliche che piú le sono care, si infervora, diventa rossa in viso, le brillano gli occhi: irraggia il fascino mistico di un predicatore. Per anni sono stata sedotta dal suo modo profetico di vedere le cose e di presentarle. Mamma passava a volo d'uccello sulle complessità e le necessità della vita reale. Poi la realtà ha cominciato a picchiare con forza alla porta.

Nella vita quotidiana, infatti, la sua spiritualità disincarnata si traduceva spesso in comportamenti e affermazioni che per me erano profondamente disturbanti. Quando stavo male mi sentivo ripetere: «Prega tesoro, il Signore ti darà la forza». Un nobile modo per dire: è a qualcun altro, piú grande e piú forte, che devi chiedere conforto. Certo, è inutile domandare ciò di cui hai bisogno a chi non non può o non sa darlo; occorre cercare altrove. Ma io sentivo freddo. Ho bisogno qui, adesso, pensavo tra le mura di quella casa troppo simile a un cenotafio.

«Cosa me ne faccio di un Padre che sta nei cieli?» domanda una bambina in Lo stato delle cose di Wim Wenders. Niente fuori dal mondo può sostituire un padre morto, e tantomeno il calore di una madre. Al tempo stesso volevo continuare a essere brava e forte per offrire un sostegno alla mamma, che nella sua vita aveva già sofferto cosí tanto. Un corto circuito che mi pareva senza via d'uscita. Tra i profeti scelsi allora Geremia: «Se voi non mi ascolterete, io piangerò in silenzio».

Altre volte mia madre si produceva in enunciati che avevano il sapore di una predizione. Il piú solenne: «Dio ti ha dato un grande dolore, ma sarai ricompensata: in queste cose io vedo lontano». Sentivo ogni fibra del mio essere ribellarsi a questa visione retributiva. Non mi consolava affatto. Non riuscivo ad accettare un mondo in cui un futuro appagamento umano e affettivo deve essere ottenuto a prezzi cosí atroci. Come credere che si possa ricevere un premio per il dolore patito per l'uccisione di qualcuno? Come accettare una simile logica della prova e del baratto? Pensieri troppo pesanti per le mie spalle, finché non avviene un incontro risolutivo nel mio personale contro-romanzo di formazione.

Un ragazzo piú grande, ventitre anni, una mente tagliente e febbrile e l'animo appassionato dei russi: Ivan Karamazov.

Devo questa lettura risolutiva a mio fratello Luca: me l'aveva consigliato con toni cosí entusiastici che mi decisi a riavvicinare Dostoevskij dopo aver abbandonato – forse una dei pochi ad averlo fatto – la lettura di *Delitto e castigo*.

A diciassette anni, Ivan fu per me un amore letterario in piena regola. Non riuscivo a capire come Katarina Ivanovna potesse preferirgli quel debosciato di suo fratello Mitja. Ha ragione Orhan Pamuk, un romanzo come *I fratelli Karamazov* ti travolge, trascinandoti lontano dalla realtà ordinaria e quando torni indietro non sei piú lo stesso. Ivan mi spinse sino in fondo a un sentiero buio che avevo cercato di aggirare e mi costrinse a mettere a fuoco molte cose, tra cui la mia irrimediabile avversione nei confronti di una visione della fede consolatoria e sradicata dalla vita; con lui decisi solennemente di restituire anch'io il «biglietto d'ingresso» all'armonia prestabilita che iscrive a bilancio la sofferenza degli innocenti.

Ho amato mia madre con disperata ostinazione. Avrei fatto qualunque cosa per lei. Ho sofferto profondamente la totale impotenza davanti al buio dei suoi sentimenti senza nome. La dura verità è che non potevo farci nulla. Solo farmi del male, e cadere nel peccato mortale di non vivere.

Per fortuna il mondo cominciava a offrire quelle risorse che non arrivavano né dall'aldilà né dai miei cari. Un buon insegnante può cambiarti la vita, e io ho incontrato un professore di filosofia che mi ha aiutato a dare forma ai pensieri che mi si agitavano dentro in maniera confusa fin dalla prima adolescenza. Ero affamata di padre e fu una vera fortuna trovare un maestro cosí. Gianfranco era appena approdato al liceo Manzoni quando gli fu assegnata la mia classe. Mi ha gratificato con la sua stima, una delicata attenzione personale che mi rassicurava ed era uno stimolo costante a migliorarmi. Mi ha seguito mentre imparavo a sguazzare nelle acque cristalline dei grandi sistemi filosofici. Ricordo la sensazione di esaltazione e insieme di pace nell'entrare in queste splendide cattedrali di concetti. Trovarsi di fronte a Spinoza, Kant, Hegel smuoveva in me qualcosa che posso paragonare solo al sentimento del sacro. La complessità del mondo può essere spaventosa, ma l'esercizio del pensiero permette di tessere sottilissime reti d'oro da gettare sulla realtà per poterla abitare.

In casa avevo respirato a lungo fumi d'incenso e mi era stata trasmessa la convinzione mistica che la crescita individuale, personale e intellettuale, proceda per una sorta di illuminazione o per una misteriosa trasfusione dal trascendente (nel mio caso dal defunto padre). Le cose non sono cosí semplici. Una delle lezioni che ho imparato da mio padre e dagli altri buoni maestri è che serve lavorare tanto, ruminare molte letture, pensare tanti pensieri. Nutrire la mente, possibilmente con cibi di buona qualità. Ci vuole allenamento, bisogna arare il terreno per prepararlo a ricevere qualunque «illuminazione». E poi, se il Cielo non è detto che parli, un buon ragionamento funziona sempre.

«Prega tesoro, vedrai che ti darà la forza».

Ho provato a crederci con tutto il cuore, ma il Cielo era muto. Allora ho cominciato a pensare che fosse anche vuoto. Il Padre celeste non mi era di nessun conforto, e anche quel papà perfetto salito a Lui non riuscivo a sentirlo vicino in alcun modo.

Ai libri profetici ho preferito di gran lunga quelli sapienziali. Amavo Giobbe, una grandiosa meditazione sul male del mondo a cui la teodicea non fornisce nessuna giustificazione soddisfacente, oppure il realismo feroce del libro di Qohélet, dove Dio è poco piú che una comparsa. Qohélet che reagisce alla disperazione per la vanità di tutte le cose cercando una nuova, radicale motivazione nella vita sulla terra.

Cosí mi sono rivolta a papà, perché mi aiutasse, proprio come dovrebbe fare ogni buon padre, a entrare nel mondo e starci, con ragionevole serenità.

Figure bibliche e travagli religiosi a parte, il racconto famigliare non poteva comunque bastare. Nella migliore delle ipotesi, mia madre avrebbe potuto raccontarmi suo marito. Non Walter Tobagi. E nemmeno mio padre. I resoconti e le interpretazioni degli altri sarebbero sempre stati insoddisfacenti.

Continuavo ad ascoltare tutti, ma con crescente distacco, mentre cominciavo a guardarmi intorno con piú attenzione, a partire da casa mia. Avevo bisogno di appigli tangibili. È stato meno difficile del previsto: il cenotafio nascondeva un tesoro. Papà era annidato un po' dappertutto, ma in una stanza ce n'era molto piú che altrove.

4. Un mare di carta

> Ma benché i corpi siano tanto divisi l'uno dall'altro, sei stato tuttavia spessissimo presente al mio animo, specialmente quando mi dedico ai tuoi scritti e li tocco con le mani.
>
> J. DE VRIES, epistola a B. Spinoza, 24 febbraio 1663.

La stanza dove mio padre lavorava, lo «studio», era la piú bella e la piú grande di tutta la casa. Stava proprio di fronte all'ingresso, pronta ad accogliere lui, interminabili discussioni con i colleghi che lasciavano le tende impregnate di fumo, montagne di libri e visitatori importanti. Ma, da che ho memoria, era sempre al buio: le tapparelle delle tre grandi finestre restavano abbassate sotto i pesanti scuri di legno bloccati trasversalmente da una sbarra di metallo. La porta era spesso chiusa. Non a chiave. In casa non c'erano chiavi, non si usavano. Non perché le porte fossero sempre aperte, tutt'altro. Bastava che fossero eloquentemente accostate per intuire che non bisognava entrare, e, anzi, tenersi alla larga. Una sequenza ambigua di divieti inespressi, senza la possibilità di chiudersi da qualche parte, tanto piú che le ante delle porte avevano vetri smerigliati, che confondevano l'immagine senza nascondere. Da bambina rimediavo andandomi a imboscare dietro il divano del salotto o giocando stretta nel piccolo vano creato dalla parete dell'armadio e dalla porta – aperta – della mia cameretta. L'oscurità faceva il resto.

Lo studio sembrava fermo, come in attesa, e mi intimidiva. Si apriva solo per ospiti di molto riguardo. Ricordo Bettino Craxi, seduto sul lungo divano blu pavone, l'ampio trench appoggiato sul bracciolo, un'immagine inquietante sbucata direttamente dallo schermo del telegiornale e ora colta attraverso lo spiraglio della porta socchiusa.

Poi un soffio di vita: lo studio diventa la stanza del pianoforte e delle lezioni di musica di mio fratello. Ma io non c'entro. Per me rimane sempre e solo la stanza dei libri di papà.

Li guardavo. Scaffali e scaffali in chiaro legno di faggio, alti fin quasi al soffitto; colonne di libri protette da vetri. I libri stavano lí, rassicuranti, raccolti in file ordinate e omogenee per collana e casa editrice. A volte aprivo una vetrina e li toccavo, con estrema cautela. Amavo la loro materialità, il profumo della carta, la colla delle rilegature. La consistenza delle pagine, a volte croccante, altre setosa, i nomi sconosciuti, le copertine eleganti e minimaliste, quelle chiassose. Ho sempre sentito che erano miei. Io avrei saputo amarli, apprezzarli e curarli. Credo che il mio desiderio di studiare sia nato lí dentro: un giorno li avrei letti come aveva fatto papà, e avrei capito tante cose, con lui e di lui.

La biblioteca non era sempre stata cosí, quell'algida compostezza era postuma. Prima i libri erano «disordinati» secondo i criteri tematici e le idiosincrasie del proprietario. Quando ho cominciato a percorrerne i sentieri ho imprecato piú volte contro quelle simmetrie ordinate che avevano cancellato quasi ogni traccia del rapporto di un lettore vorace con la propria biblioteca, costruita con cura giorno per giorno, le storie nascoste dietro l'apparente disordine sugli scaffali.

Nonostante ciò, i libri mi hanno raccontato tante cose. Papà aveva con loro un rapporto molto disinvolto, erano frequenti le sottolineature, in colori e stili diversi, secondo il codice tipico di chi deve macinare molto materiale e in fretta. Nelle letture giovanili sono frequenti annotazioni a margine a matita, con giudizi di valore, critici o entusiastici, riflessioni, idee.

Leggeva tanto, ma era ben lungi dall'aver letto tutto (un dettaglio che contribuiva a renderlo piú umano ai miei occhi): molti volumi erano intonsi, le pagine ancora da tagliare. Quanti libri accumulati che non ha avuto tempo di leggere.

La letteratura era relegata alle scaffalature «di servizio» che, alte fino al soffitto, correvano a lato del lungo corridoio che portava alle camere da letto. Nello studio, al posto d'onore, ci stava invece la saggistica.

Dominavano Einaudi, il Mulino, Laterza. Storia, tantissima, dall'età moderna in poi, con netto prevalere dell'Italia e della contemporaneità. Storia del sindacato, soprattutto: la sua materia. Metodologia della ricerca storica. Consumatissimi, annotati, chiaramente molto amati, *Sei lezioni sulla storia* di E. H. Carr e *Apologia della storia* di Bloch. Molto rappresentati Chabod (il maestro del suo maestro) e la scuola marxista britannica. Tantissima storia del pensiero politico. La biblioteca di un intellettuale di sinistra, con i mostri sacri in bella vista, Marx (ma so che *Il capitale* non l'ha mai letto tutto intero nemmeno lui), Lenin, Gramsci, vari scaffali per Editori Riuniti. Le «cineserie» degli anni intorno al Sessantotto, quando si era messo a studiare i gruppetti extraparlamentari. Filosofia in dosi modeste, ma di qualità. Le battagliere pubblicazioni della casa editrice Feltrinelli negli anni Settanta, con parecchi degli Opuscoli Marxisti, tra cui il famigerato *Il dominio e il sabotaggio* di Negri. Uno stipo intero pieno di libri riportati dal breve viaggio negli Usa.

Li guardavo, curiosavo, ma ne ero intimidita. Come da mio padre. Poi al liceo me ne sono appropriata: finalmente era venuto il mio turno di leggerli e sottolinearli. Mi si è aperto un mondo. Ricordo una sensazione bellissima: la biblioteca era capace di venire incontro alle mie curiosità, a volte addirittura di anticiparle, mi dischiudeva sentieri già percorsi che attendevano solo di essere ritrovati.

Anche se avevo perso un po' di informazioni sul proprietario, devo però essere grata a quella scrupolosa opera di riordino: mi ha fatto guadagnare una grandissima quantità di tempo, durante gli studi. Mamma volle infatti che fosse accompagnata da un'operazione di schedatura cartacea, per autore: un lavoro certosino di cui fu incaricata la nonna Virginia, sua madre. Asciutta ed energica, mia nonna fu una presenza costante, in casa, nei primi tempi dopo la morte di papà. Classe 1914, ex infermiera educata in un collegio di suore, adorava papà, che per lei fu a tutti gli effetti come un altro figlio – il figlio maschio mai avuto.

La rivedo seduta al tavolo che era stato di mio padre, con gli occhiali, la testa già allora candida china su mucchi di libri, pacchetti di schede, armata di righello e pennarelli neri. Quante volte avrei poi benedetto le quattro cassettine dello schedario.

Se non stava a quel tavolo, la nonna Virginia era spesso al mio capezzale perché mi ammalavo di continuo. Austera e all'antica, prediligeva gli svaghi educativi. Prima delle scuole elementari mi ha fatto imparare le tabelline con i 45 giri di Corrado, ma soprattutto mi ha insegnato l'anatomia e fisiologia del corpo umano: i nomi delle ossa, di tutti gli organi, la struttura del cervello... Pare che, in una scena che sembra uscita da *Pinocchio*, io abbia lasciato di stucco un paio di dottori accorsi per l'ennesima brutta bronchite sfoderando le conoscenze mediche acquisite dalla nonna infermiera.

Per mio padre i libri sono stati l'amore, ma anche il lavoro, di una vita. Scopro che, studente lavoratore sin dalle superiori, all'università si propose a varie case editrici (ho ritrovato le gentili lettere di rifiuto).

Esordí come cronista sportivo, ma ben presto dai campi di calcio è passato con disinvoltura alle terze pagine, scrivendo di cultura già da praticante. E anche quando è approdato al «Corriere», ha ottenuto i primi spazi significativi in quel settore: si era guadagnato la stima del «professore», il vicedirettore Barbiellini Amidei, che voleva metterlo in luce.

La biblioteca contiene parecchi volumi omaggio: ha firmato recensioni per tutta la vita, oltre che sui quotidiani ne scriveva regolarmente per «Il Mondo», e quest'attività lo ha portato anche alla radio. Ha collaborato con Raffaele Crovi per la rubrica «Mondolibri» della Rai.

La carezza dei libri mi ha fatto compagnia per molti anni. È stata la prima forma di familiarità che ho imparato ad avere con mio padre, per quanto si trattasse di un rapporto filtrato, cerebrale. C'era sempre quel vetro – come tra me e i libri.

A non sapere che Walter Tobagi era un giornalista trentenne, si sarebbe potuto pensare che questa fosse la biblioteca di un maturo studioso, di un professore. E in effetti, papà studioso lo era stato: nell'antina proprio accanto al suo tavolo, in bella vista, mamma ha raccolto tutte le sue pubblicazioni. Ben sette libri, a cui si aggiungono diversi articoli scientifici pubblicati su importanti riviste di storia e scienze umane. In soli trentatre anni. Piú il lavoro al «Corriere», da inviato speciale. Piú la collaborazione all'Università Statale. Piú un ruolo direttivo nel sindacato di categoria.

Potevo emanciparmi dall'icona del profeta, ma papà mi pareva comunque una specie di supereroe dalle irraggiungibili doti intellettuali.

Poi, quando ero ormai all'università, da uno di quei libri è emerso qualcosa di inaspettato. Un semplice foglio dattiloscritto, che piomba come un sasso a incrinare il vetro.

Il libro era un paperback poco appariscente dalla copertina nera, *Da Giolitti a Salandra* di Brunello Vigezzi, il maestro di mio padre, relatore di tesi e figura di riferimento in ambito accademico, cui lo legavano fortissima stima e affetto. Non mi era mai capitato di sfogliarlo, finché non ho avuto l'idea spericolata di dare corpo ad alcuni fantasmi assai ingombranti sostenendo un mastodontico esame di storia moderna proprio con Vigezzi. Tanto per complicarmi un po' l'esistenza. Avevo vent'anni e io pure non avrei permesso a nessuno di dire che è la piú bella età della vita. Studiavo filosofia e mi sentivo una pallina di mercurio impazzita.

Il libro si apre alle pagine 50-51, *La politica estera italiana*, e appare una velina malamente ripiegata in quattro. Una lettera.

24 dicembre notte

Cara Anna, un giorno – era maggio – telefonai a Edmondo Aroldi, direttore editoriale al Saggiatore (adesso è andato da Sugar). Eravamo un po' amici, oltre che compagni di partito. Gli chiesi un favore per Fidia Sassano, mio ex direttore all'«Avanti!» Il Sassano voleva scrivere un libro di memorie – ha fatto vent'anni in galera, con Gramsci anche – sulle origini del partito comunista. Ne parlai con Aroldi; lui era perplesso. Ma alla fine, ridendo, mi disse: Di' al Sassano che la cosa c'interessa poco; però, quando avrà il manoscritto completo, può portarcelo a vedere. Tanto lui è un *vizioso*, il libro lo scrive anche se nessuno vuole pubblicarglielo.

Mi è tornata in mente la storia leggendo la tua lettera. Anche tu sei una viziosa, come dice Aroldi; mi scrivi lettere disperate, io credo, piú per vizio che per convinzione. E altrettanto vizioso sono io, che ti rispondo, facendo lucubrazioni [sic] e raccontandoti storie. Dico: mandami le tue robe. Le leggerò. Se mi piaceranno, le farò vedere a Beppe Bonura, critico letterario e romanziere e anche giornalista (reparto cultura) dell'«Avvenire»: un suo romanzo, il terzo, uscirà a mesi da Rizzoli. Fin qui quello che posso fare. Non sono molto potente, ahimé ... In questi giorni è in edicola un numero speciale – si chiama Documentario – della rivista «Tempo», cui ho ampiamente collaborato. E in questi giorni natalizi devo anche scrivere il primo articolo-inchiesta sull'università, con cui inizierò una collaborazione che dovrebbe essere stabile e ben retribui-

ta a «Tempo». In questi lavori si esaurisce la mia vita,
ed è molto triste. Stasera, vigilia di Natale, sto leggendo un libro di Livio Labor che si intitola *In campo aperto*. È allucinante, ma non posso fare altro. Ho passato
la giornata a raccogliere le opinioni di professori e studenti per fare questo articolo su «Tempo». Merda. Sono andato a pranzo con due ex colleghi dell'«Avanti!»
Quando sono tornato a casa – erano le sei, Milano era
sommersa dalla nebbia – ho trovato la tua lettera. E
non l'ho capita. D'accordo: continui a aggrapparti alla
tua isola affettiva. Ma è anche strano questo rapporto
che c'è fra noi. Non capisco perché da una parte ti osti-
ni a dire: no, cerco l'amore vero eccetera, non compro-
mettiamo questa «amicizia»; e dall'altra porti avanti
un equivoco doppio, con l'isola e con me. Ogni tanto
penso che mi converrebbe rinunciare a capirti, rifiuta-
re anche questo rapporto cartaceo che (almeno per me)
è solo fonte di equivoci. Ma non riesco a razionalizza-
re un certo sentimento. Vorrei vederti. Forse si potrebbero chiarire diverse cose. Ma in questa schifosa società
sei costretto a recitare un ruolo; e il mio ruolo mi lega
a questa città, nevrotico e incazzoso. Se riesco a trovare due giorni liberi, magari vengo a Pisa. Ma lo sa dio
quando riuscirò a trovarli. Mandami le tue opere. Ti
abbraccio. Coraggio.

Walter

Ho provato un miscuglio di sensazioni. Un forte turba-
mento, come se mi fossi intromessa nella vita privata di
una persona aprendo sbadatamente una porta. Natale
1969. Aveva 22 anni. Brutta copia o lettera mai spedita?
Chi era questa Anna di Pisa? Era mio padre il ragazzo «incazzoso» impegolato in una di quelle bizzarre relazioni epi-
stolari, amicizie amorose e letterarie tutte incanto e disperazione, che conoscevo fin troppo bene?
Dalla velina saltava fuori un giovane inquieto, insoffe-

rente, al tempo stesso tenero e sicuro di sé: mentre con generosità mette a disposizione della giovane aspirante scrittrice tutti i suoi contatti, pare anche li snoccioli con il desiderio di fare colpo.

Fino a quel momento non avevo mai pensato seriamente alle carte di mio padre, erano un'idea astratta, una massa indeterminata. Cose in mezzo ad altre cose. Anni prima avevo ritrovato un foglio di appunti, dimenticato nella tasca interna di una giacca di velluto marrone che gli era appartenuta. L'ho indossata per molto tempo lasciandolo al suo posto, come un portafortuna. Un foglio manoscritto non era diverso da qualsiasi altro oggetto da ammucchiare per colmare il vuoto: un piccolo filo che mi metteva in contatto con la sua persona, le sue mani, un debole antidoto ai veleni dell'assenza.

Nel cassetto di un mobile sono sepolti alcuni piccoli relitti: l'orologio d'oro ricevuto in dono per la maturità; un fazzoletto sporco di sangue; alcune monete che portava nel taschino della giacca al momento della morte. Non vengono mai tirati fuori. Mia madre me li ha mostrati solo una volta: «Non sono reliquie, – ha detto, – ma come si fa a separarsene?»

I bambini amano portarsi appresso degli oggetti che sono come talismani, rassicuranti pezzetti di casa. Oltre alla mia cangura di peluche, uno dei primi regali dei miei genitori che conservo tuttora, ricordo che all'asilo mi fissai su certi pennarelli panciuti con il tappo a forma di muso di gatto o di topo. Chissà mai perché. Li tenevo in una scatola di vimini arancione e me li portavo dappertutto, anche a letto, sempre. Una volta che li avevo dimenticati all'asilo costrinsi nonna Virginia a tornare indietro a prenderli, non potevo sopportare l'idea di perderli.

Una parte di me è rimasta bambina nell'attaccamento a certi oggetti che racchiudono pezzi di mondo. Non è superstizione: tenerli vicino mi dà conforto e tranquillità.

In un grande armadio ci sono ancora i vestiti di papà, appesi dentro a buste di cellophane odorose di naftalina. Le cravatte, fantasie anni Settanta passate di moda, su una rastrelliera. Nei cassetti, molti maglioni, qualche camicia. Abiti seri, classici.

Elessi mia coperta di Linus una lunghissima sciarpa di lana tricot color cammello che ha indossato negli ultimi inverni della sua vita: la ritrovo in alcune fotografie. Se la ricordano in parecchi, questa sciarpa, per la sua lunghezza sproporzionata, resa piú evidente dalla bassa statura di papà (era piccolo, circa un metro e sessantotto: molto piú basso di me): unico tratto insolito nel suo abbigliamento sobrio.

La sciarpa era un surrogato della presenza forte e tenera del suo braccio attorno alle mie spalle, come i vecchi caldi maglioni infeltriti, troppo grossi e sformati per poterli indossare fuori casa (papà era piccolo e decisamente sovrappeso, negli ultimi mesi sfiorava i novanta chili, per la disperazione di mamma, bionda libellula taglia 40). Ancora mi tranquillizza avere con me quella sciarpa nei momenti importanti, mi ha accompagnato a svariati esami, appuntamenti, colloqui di lavoro. Anche la sera del primo bacio. Per i mesi estivi, mi ero appropriata di una camicia sportiva a maniche corte, un tessuto e una fantasia non troppo terribili, nei limiti della moda *Seventies*.

Sono andata dappertutto, fieramente sola, orgogliosa della mia indipendenza, della mia libertà. Sono stata forte, a volte spavalda. Dovunque, nel segreto del mio cuore, mi facevo coraggio pensando a lui, spesso portando con me qualcosa di suo. Fragili espedienti per cercare di sentire la sicurezza e la protezione delle braccia di un padre che mi è mancato ogni giorno della mia vita.

La nostalgia dell'abbraccio resta una ferita aperta. A volte in passato la mancanza si faceva sentire cosí forte da spingermi verso il pensiero-limite che avrei potuto ritrovarlo solo fuori dalla vita. Sulle scogliere slabbrate attorno al vuoto questo è il punto piú insidioso, dove facilmente scivola il piede. Sono luoghi stranianti, dove non è piacevole posare lo sguardo. Qui si ode piú nitido il canto della sirena e la morte si veste delle sembianze familiari e rassicuranti di un porto finalmente ritrovato, dove cessano la sofferenza e il freddo. Una tentazione, innominabile, di annullamento. Ma è solo un inganno pericoloso. Quella voce di sirena non aveva nulla della voce di mio padre.

Poco a poco, ho messo mano alle pile di raccoglitori, quaderni, agende, notes che intasavano gli armadi. Ci sono voluti tempo e cautela prima di avere la forza di avvicinarmi, ma ne è valsa la pena: avevano in serbo ogni genere di sorprese.

Non erano «cose tra altre cose», bensí parole e pensieri, che riprendevano vita, consistenza e profumo, come accade in cucina con gli ingredienti essiccati fatti rinvenire nell'acqua. Le parole hanno una potenza dirompente, sono ciò che ci rende umani, vincono il tempo, la distanza, la morte.

Walter Tobagi ha vissuto scrivendo, ha usato le parole per fare la sua parte nel mondo. Conservava con cura il proprio lavoro e tutti i materiali preparatori. In primo luogo perché avrebbero potuto tornargli nuovamente utili, ma anche perché era consapevole, senza presunzione, del loro valore. Ha tenuto tanti ritagli dei suoi articoli. All'inizio con maggiore puntigliosità: gli scritti, pubblicati e non, dei primi anni di attività li aveva addirittura fascicolati. Si percepisce la soddisfazione per i primi pezzi firmati, il desiderio di conservare minuscoli trofei professionali da cronista, come una fotografia, pubblicata nel 1972, che lo coglie mentre, notes alla mano, tallona gli avvocati dell'editore neonazista Franco Freda durante l'istruttoria su piazza Fontana (papà è il primo sulla sinistra).

Walter segue l'evolversi dell'inchiesta sulla strage, scrive delle «piste nere», pagine e pagine sul primo processo che vede imputati i neofascisti veneti di Ordine Nuovo insieme all'anarchico Valpreda, rivelatosi innocente.

La sua prosa vibra di indignazione e di passione civile. La stessa che rende insolitamente dure e taglienti le cronache dei congressi e dei comizi dell'Msi, i discorsi apologetici del fascismo grondanti disprezzo per la Costituzione, parole che pesano come macigni.

Nel 1973, in piena «strategia della tensione», pubblica *Gli anni del manganello*, che, con uno stile vivace e colloquiale, inedito nella sua produzione saggistica, ripercorre la progressiva legalizzazione, tra il 1924 e il '26, della violenza delle squadracce fasciste che avevano accompagnato l'ascesa di Mussolini, mentre si consumano delitti atroci come le stragi di Torino e di Firenze, le aggressioni a Giovanni Amendola, l'omicidio del deputato socialista Giacomo Matteotti.

L'archivio privato è un monumento alla cura e all'amore di mia madre per mio padre e per il suo lavoro. Non solo perché ha tenuto tutto quanto, dopo la sua morte: è stata lei la presenza silenziosa alle sue spalle che gli ha permesso di costruirlo mentre era in vita. Inconfondibile, sull'intestazione delle buste di ritagli a disposizione per le ricerche, la sua grafia meticolosa a stampatello minuscolo con ornamenti: lui segnava gli articoli da ritagliare e conservare e lei eseguiva solerte. Mamma gli diede una mano a tenere in ordine anche la mole di documenti raccolta per la tesi, completata l'anno dopo il loro matrimonio, e cosí per i libri successivi (tre o quattro stipi sono colmi di mazzette di fotocopie di relazioni prefettizie da tutta Italia e altri documenti del ministero degli Interni del periodo 1944-48).

Nelle agende palpita ancora il ritmo frenetico delle sue giornate dense di appuntamenti e di scadenze. Nella rubrica gonfia, un po' sudata, piena di nomi e di numeri di telefono «di cui lui andava fiero e che noi gli invidiavamo», ricorda un collega di «Avvenire», ritrovo la straordinaria galleria di personaggi che ha incontrato, conosciuto, intervistato: giornalisti, politici, sindacalisti, intellettuali, letterati. Ho sospirato di delusione pensando che non potrò mai farmi raccontare i dettagli dei suoi colloqui con Sciascia, né cosa si stanno dicendo lui e Montale in una bella fotografia che li ritrae insieme.

E poi c'erano pile e pile di quaderni, quadernoni e notes, quasi un'ottantina, fitti di annotazioni per servizi, interviste, inchieste. Gli inseparabili taccuini da cronista su cui tutti lo ricordano sempre chino.

«Ascoltava i protagonisti, andava sempre alla fonte dei fatti, riempiva meticolosamente, con la sua calligrafia fine e incomprensibile a tutti fuorché a lui stesso, interi quaderni ostentatamente proletari, da terza elementare, con la copertina fragile, nero-lucida e piena di rughe», cosí scrisse un collega.

Con gli anni comincia a sceglierseli con piú cura, i quaderni, variando colori e formato, quasi un vezzo, una collezione variopinta. Correggerei solo una cosa: per mia fortuna, la sua grafia asciutta, spigolosa e ordinatissima, con un poco d'esercizio, risulta ben leggibile. Mamma ricorda che possedeva anche una grandissima capacità di concentrazione: dovunque si trovasse, su un treno, in una stanza rumorosa, riusciva a estraniarsi per mettersi a lavorare come se nulla fosse. Per lui, scrivere era solo dare forma grafica a pensieri già ordinati. Per questo motivo scriveva senza correzioni, revisioni, cancellature o ripensamenti.

La meticolosità non si attenua col tempo; ancora nell'80 un collega ne rievoca la «precisione e rigore che rasentavano la pedanteria». Un altro giornalista, che quand'era praticante ha a che fare con lui per una ricerca, alza gli occhi al cielo ridendo, mentre ricorda quanto fosse esigente: disponibilissimo, ma sul lavoro era una macchina da guerra, e pretendeva il massimo da tutti, tanto piú da chi doveva farsi le ossa.

Tra i quaderni, ne trovo quattro o cinque che sono diversi: non contengono appunti di lavoro, sono quasi dei diari. Queste annotazioni formano un corpus non troppo abbondante, ma significativo. Portano dritto dentro la sua testa, senza filtri. Sono il frutto dei momenti di autoriflessione, tentativi di fissare le impressioni di una realtà complessa – soprattutto quando gli appare confusa e lui stenta a padroneggiarla. Non a caso per la maggior parte riguardano gli anni passati al «Corriere della Sera». Soprattutto il primo e l'ultimo periodo, che – per motivi molto diversi – sono stati i piú duri.

Tutte queste carte non racchiudono ciò che cercavano gli inquirenti e che speravano vi fosse alcuni giornalisti, ciò che io stessa ho setacciato con scrupolo: segreti retoscena del suo omicidio. Non sono le agende di Mino Pecorelli. Quaderni, cartelline e appunti contengono qualcosa di completamente diverso: parlano di un metodo. Rigore, ordine, pulizia intellettuale, precisione. L'abitudine a sollevare la testa fuori dall'acqua delle polemiche minute del quotidiano andando ad approfondire con nuove letture, cercando di riflettere sulle tendenze di medio e lungo periodo, sugli snodi problematici; immaginando percorsi di approfondimento storico per gettare luce sul presente. Lo sforzo di essere sempre ben presente a se stesso.

Disse Sciascia di lui: «l'hanno ammazzato perché aveva metodo».

Per il suo lavoro di giornalista mio padre è morto, ma soprattutto per esso è vissuto. È stata piú che una semplice professione: una vocazione e una grande passione. Per capire bene che tipo di giornalista fosse, al di là delle sintesi frettolose dei «coccodrilli» e delle pagine commemorative, ho gettato le mie reti nel mare di carte per cercare l'origine dei suoi articoli, dei suoi saggi. Ho ripercorso i suoi ragionamenti su temi importanti, ho scoperto progetti abortiti per mancanza di tempo o di committenza, che parlano però delle sue urgenze e aggiungono sfumature al quadro del suo impegno. La varietà degli spunti mi ha sorpreso.

Mi imbatto in una quindicina di pagine manoscritte con il progetto per una lettura teatrale sulla Resistenza, che sottolineasse come l'antifascismo non si fosse espresso solo nella lotta armata dei partigiani, ma anche nella miriade di azioni di cittadini che non presero mai le armi, tanti piccoli modelli di coscienza e impegno civile. Immagino si collochi nei primi anni Settanta, quando, insieme alla brutale violenza dei gruppi neofascisti, troppo spesso tollerata dalle forze dell'ordine, si palesano gli eccessi violenti dell'«antifascismo militante».

A ventiquattro anni, scrive su «Avvenire» per l'anniversario di piazza Fontana:

«Le bombe scoppiano, in quel momento, come un nuovo avventuroso detonatore di paura e di tensione. Ma non provocano le reazioni in cui speravano gli esperti dell'eversione psicologica. A tre giorni dalla strage, i funerali trasformano piazza Duomo nel piú imponente presidio operaio che mai si sia visto. I partiti antifascisti riprendono a incontrarsi quasi in un'atmosfera da Comitato di liberazione nazionale: la difesa della democrazia appare ben piú importante delle solite dispute sui grandi principî e sui piccoli affari».

Un pensiero che si forma, si evolve e alimenta mille rivoli di attività concrete, nuove opportunità per operare meglio nella propria professione. Ho riletto gli appunti di tante e tante riunioni sindacali per scoprire le sue battaglie quotidiane. Ho incontrato il Walter privato delle lettere e dei diari, con gli entusiasmi, gli scoramenti, gli sfoghi, le annotazioni fulminee di un uomo capace di guardare davvero, di cogliere i dettagli, di raccontarli.

Incontravo, finalmente, mio padre senza l'elmo.

Ho provato spesso, in segreto, la sensazione di essere bambina – di nuovo, o forse per la prima volta – e di giocare con il mio papà, a volte una caccia al tesoro, altre un rompicapo. Ho passato molte ore di pace sprofondata nella lettura dei suoi quaderni di appunti, mi sono entusiasmata per il ritrovamento di fasci di vecchie pubblicazioni dell'ultrasinistra o della lettera di un ambasciatore americano. Tante volte ho pianto disperatamente, su un'agendina, su un biglietto, perché la sensazione di quanto è andato perduto si faceva insopportabile. Poi sempre meno: poco a poco ho sciolto alcuni nodi e ho imparato piccoli trucchi per sfogliare la cipolla senza troppe lacrime.

Insieme all'amore per i libri, in quella stanza è nata la mia passione per gli archivi, oasi di pace dove le tracce del passato dei singoli e delle comunità trovano rifugio in attesa che qualcuno venga a risvegliarle per farle cantare.

Tra i suoi molti progetti, papà ne coltivava uno, da concretare in collaborazione col giornale e l'università, che gli stava particolarmente a cuore, piuttosto vago e di ardua realizzazione pratica, ma alquanto suggestivo: un archivio per la storia contemporanea in cui confluissero i materiali di lavoro raccolti dai giornalisti. Interviste, documenti, annotazioni, riflessioni, dati, tutto ciò che non trovava spazio nelle poche righe concesse per un articolo e finiva fatalmente disperso, triturato dai ritmi frenetici del quotidiano.

L'idea nasceva proprio dal desiderio di salvare dalla contingenza e frettolosità della professione la mole di lavoro preparatorio e di materiali accumulati dal cronista (o meglio: da alcuni cronisti scrupolosi come lui), a beneficio di futuri ricercatori. L'espressione di un'anima intellettuale doppia, piú che divisa; il sospirato ponte che rendesse i suoi due mondi sempre piú complementari, anziché opposti.

Non ho potuto fare a meno di pensare a me stessa china a riordinare sacchi di quaderni e a schedarli in fogli Excel. Mi sono rallegrata pensando che, senza saperlo, stavo già facendo qualcosa che lui stesso aveva desiderato, diventando il primo utente del prototipo di un progetto cosí intimamente suo.

Le parole di mio padre sono arrivate a sostenermi, una mano forte che non ti lascia, come ho sempre desiderato sentirla. Una mano posata al centro della schiena, leggera ma presente, mentre imparavo ad andare in bicicletta o la mattina prima di uscire per affrontare una prova importante.

Il sentiero per allontanarmi dal vuoto l'ho tracciato un passo per volta costruendo la mia vita e cercando al tempo stesso un modo vitale di ricongiungermi a mio padre. L'ho cercato per riportarlo vicino, nella mente e nel cuore, dove nessuno avrebbe potuto strapparmelo di nuovo. Ripercorrere le sue tracce è stato tutt'uno con lo stringere piú forte il mio legame con la terra.

5. Lettere di un *popularis*

Mi piace scrivere lettere. Perché è una delle poche cose che faccio in maniera individuale, fuori da ogni coercizione. Scrivo quel che mi passa per la testa, alle persone che mi sono simpatiche. Poi mi consente una gioia tra le piú grandi: ricevere posta.

Due cose io prediligo: leggere tanti giornali e ricevere tanta posta,

scriveva mio padre da Cambridge il 26 agosto 1965. Infatti girava sempre con una spessa mazzetta di giornali sotto il braccio, anche prima che diventasse un obbligo professionale. Gli piaceva comprarne un mucchio e sfogliarseli con calma, da cima a fondo, specie la mattina della domenica (tra i suoi sogni di gioventú annota anche quello di realizzare in patria qualcosa di simile ai supplementi a colori dei *Sunday newspapers* britannici). Nelle pieghe degli armadi si annidavano anche tante lettere. La missiva ritrovata nel libro di Vigezzi non ne era che un assaggio: setacciando cartelline, fascicoli e agende ho scovato un piccolo tesoro. Da buon grafomane, Walter scriveva piú lettere di quante ne spedisse. Battendole sull'inseparabile macchina da scrivere, a volte ne faceva una copia carbone da conservare, specie se l'argomento gli premeva (questioni sentimentali o affini). Poi, qualche anno fa, avendo saputo della mia amorevole fissazione per le carte di papà, un suo vecchio amico mi ha fatto pervenire attraverso Luca un fascio di lettere scambiate negli anni giovanili durante le vacanze. Cosí ho conosciuto mio padre alla fine del liceo, nell'estate dei suoi diciott'anni.

Anche se tornerò cento volte in Inghilterra, non sarà mai piú come questa volta. Sarò piú vecchio: avrò piú preoccupazioni. Adesso è tutto bello: camminare, conoscere posti nuovi, giovani di altri paesi.

Per i ragazzi degli anni Sessanta la patria dei Beatles e della *swingin' London* è una specie di mecca; qui, con la nobile scusa di migliorare la lingua, passa due settimane della sua «lunga estate di libertà», prima che la maturità, l'Università e il lavoro lo carichino di nuovi pressanti impegni. Le lettere inglesi sono vivide, piene di colore, allegria e descrizioni roboanti:

La piú grande impresa dell'autostoppismo moderno è stata portata a termine. Cambridge-Edimburgo: 350 miglia, 14 ore di viaggio, 10 lifts. Edimburgo-Carlisle: 110 miglia, 7 ore di viaggio, 8 lifts. Carlisle-Cambridge: 270 miglia, 13 ore di viaggio, 10 lifts. Questa è la sintesi di tre gloriose giornate. Abbiamo attraversato l'Inghilterra da sud a nord, con una rapidità che non aveva precedenti: permettendoci il lusso di costeggiare il mare scozzese negli ultimi duecento chilometri. ... il motto (da me coniato) dell'autostoppista è «Alzati e cammina», ovvero «stoppa fortiter, sed cammina fortius». Perché per stoppare bisogna andare fuori dai paeselli che si incontrano. E per andare fuori, bisogna camminare fortius. I tipi piú strani girano sulle strade dell'East Anglia e ci ospitano a bordo. ... un negro americano, che, per creare la giusta atmosfera, ha tirato fuori le parolacce siciliane, insegnategli dal nonno siculo. E cosí di seguito.

È un ragazzo, non manca di pavoneggiarsi per un nuovo look:

A mia gloria, in questi giorni, si erige una spettacolosa barba a collare, che mi inorgoglisce. La barba a collare e il cap verde-blu mi rendono unico in tutta Cambridge.

Un ragazzo che fa esperimenti di scrittura, passa dai toni aulici alla prosa sincopata (il suo compagno di viaggio minaccia una «enciclica de Tobagio delendo atque eius stylo»), sfodera vanterie da uomo vissuto e sfoggi di erudizione un po' ironici per fare colpo sulla destinataria delle lettere: Maristella.

Doveva essere una lettera sul tipo dell'école du regard, con influenze felliniane: improvviso inserimento di immagini note allo scrivente, ma ignote agli altri. E suppongo si sia raggiunto il risultato.

Aveva conosciuto Maristella e la sorella maggiore Margherita il luglio precedente durante un viaggio in Germania organizzato dalla Caritas. Alcuni ragazzi della comitiva lo avevano soprannominato *Zitrone*, ossia «limone»: «per il colorito giallognolo che aveva ogni tanto: ha sempre avuto un lieve problema di fegato», sostiene la mamma, candida. «Ma no, – la corregge zia Margherita, – si era sparsa la voce che gli piaceva limonare con le ragazze». Le lettere di papà dal mare, stessa estate '65, mi hanno portato a propendere decisamente per la seconda ipotesi.

Maristella, o piú semplicemente la Stella, «tutta dolce, cara e delicata», è una ragazza che gli pare diversa da tutte le altre. L'ha colpito molto, le confessa altrove, per «un atteggiamento distaccato che t'aveva contraddistinta per tutto il viaggio; una sensibilità particolare; una certa bellezza fisica; un carattere, dei problemi misteriosi, che potevano rendere affascinante la conoscenza ... Con tanta delicatezza trattavi gli argomenti e, anche, con tanto tradizionalismo». Una ragazza «diversa, profondamente diversa dalle cento altre che la scuola, il tram, la strada ci portano a conoscere». È anche molto carina: descrivendo-

la per lettera a un amico la definisce con toni camerateschi
«una figa», però aggiunge subito, cavalleresco: «di casti e
morigerati costumi», per fugare qualsiasi ombra di volgarità dalla fanciulla che sarà cosí importante.

Oltre all'autostop, Walter e il suo compagno di viaggio
si divertono a sfornare idee, testi e progetti editoriali seduti ai tavoli dei pub:

Una delle tante è la composizione di un volume. Autori: il collega di viaggio ed io. Argomento: i teen-agers.
Dovrebbe essere un volume superficiale, spregiudicato, critico, condotto col sistema di un reportage giornalistico. Mentre sto scrivendoti, Stef sta rielaborando gli appunti tratti da due ore di discussione, nel pomeriggio.

Stef, che la giovane Maristella ha ribattezzato Falstaff,
«buon materialista», compagno di pub, di scuola e di viaggio, è uno dei suoi amici piú cari. Si sono ritrovati insieme nella sezione A del liceo classico Parini, una scuola che
a Milano è una vera e propria istituzione: il liceo-bene della buona borghesia meneghina, dove si forma la futura classe dirigente della Capitale Morale. Conta ex allievi illustri: Clemente Rebora, Dino Buzzati, Paolo Grassi e Giorgio Strehler, persino il futuro papa Pio XI, e illustri ex
insegnanti: Antonio Banfi, Carlo Emilio Gadda, Ferruccio Parri.

«Un pariniano che non si avvicini ad un altro liceo con
almeno accennato un invincibile senso di superiorità e di
sufficienza è un falso pariniano», cosí l'incipit di un'inchiesta sulle scuole milanesi pubblicata sul giornale d'istituto, «La Zanzara», passato alla storia per un *affaire* che
nel febbraio-marzo del 1966 lo portò alla ribalta dei giornali di mezzo mondo, fissandosi nella memoria collettiva
e nei libri di storia.

Tre redattori, con l'inchiesta *Cosa pensano le ragazze* (in
materia di scuola, lavoro, famiglia, contraccettivi, sesso),

nonostante i toni castigati e i contenuti che oggi fanno quasi sorridere, provocano proteste alla direzione da parte dei genitori di quindici studenti aderenti a Gioventú studentesca, l'associazione di don Giussani (poi fondatore di Comunione e liberazione). I tre studenti, il preside e la tipografia sono imputati di «offesa ai sentimenti della morale degli adolescenti» e «incitamento alla corruzione». Il processo per direttissima ha vasta risonanza mediatica. Il «caso Zanzara» fotografa, per dirla con parole di Walter, «una frattura, un "salto morale" tra l'ipocrisia e la realtà». In particolare, fa emergere contrasti latenti tra sensibilità nuove e quella parte della magistratura e della legislazione ereditate dal regime fascista: farà epoca l'ordinanza con cui l'illustre giurista Luigi Bianchi d'Espinosa, presidente di sezione presso il tribunale di Milano, sanziona il pubblico ministero che – secondo una circolare del 1933 – ha ordinato un'ispezione corporale degli studenti, poiché questo vecchio regolamento confligge con l'art. 13 della Costituzione.

Walter collabora con la famosa «Zanzara» dal 1962 al '66: scrive tanto, e bene, sono i suoi primi esercizi di giornalismo. Ha cominciato su invito di un redattore «anziano», secondo la tradizione: nientemeno che un diciottenne Vittorio Zucconi. Si ritrovano al «Corriere della Sera» molti anni dopo e Walter gli rimprovera scherzoso di averlo iniziato alla «turpitudine del giornalismo».

Mentre Stefano appartiene all'alta borghesia intellettuale (suo padre è un celebre architetto e designer, nominato persino baronetto), nella *crème* del Parini Walter è uno tra i pochi figli di famiglie umili, di ascendenza proletaria, operaia o contadina, che hanno guadagnato l'accesso alla fascia piú bassa del ceto medio e sperano di trovare in quella scuola, prestigiosa e selettiva, un mezzo di avanzamento sociale. Ma a dispetto dell'estrazione diversissima sono diventati amici intimi e complici inseparabili di scorribande intellettuali. Sono due teste di prim'ordine, hanno una media eccellente in una scuola la cui severità è rimasta leggendaria. Insieme si divertono, fanno le follie dei diciott'anni, ma anche si emozionano traducendo i frammenti dei lirici greci.

Stefano, piú ribelle e inquieto, è molto legato a Walter. Sento che papà gli è stato vicino in momenti difficili. Tanti anni dopo, per Stefano non è cambiato nulla. Poco tempo fa ci incontriamo per caso nel centro di Milano, mi presenta alla donna che sta per diventare sua moglie: «She's the daughter of my best friend», dice semplicemente, e io sono felice che per lui sia ancora cosí.

Stefano è rimasto sempre in contatto con noi, dopo la morte di papà: forse l'unica persona che abbiamo frequentato regolarmente. Uno dei rarissimi ospiti che veniva da noi a cena, almeno una volta l'anno. Mi incantava ascoltarlo. Mi ha prestato la sua casetta londinese, permettendomi soggiorni per imparare la lingua. In uno di questi viaggi, mi ha regalato anche un bellissimo sabato inglese, che ricordo per filo e per segno: la partita di cricket, a prendere il sole e bere birra, la visita alla Saatchi Gallery, la passeggiata in Abbey Road, la cena in un ottimo ristorante thai. Soprattutto, la straordinaria novità di essere portata a spasso da uno «zio» colto e cosmopolita. Di piú: riuscire a immaginare per un momento come si sente una figlia quando il padre indaffarato riesce finalmente a ritagliare una giornata tutta per loro per viziarla un po' e farsi perdonare le molte assenze per il lavoro. Una sera, anni fa, gli ho chiesto di andare a cena, solo noi due, e di raccontarmi tutto quello che gli veniva in mente di papà. Mi restano impressi dettagli assurdi, come un'orribile giacca che si ostinava a sfoggiare, i modi paciosi e l'eloquio da alto prelato, le battute umoristiche che lasciavano parecchio a desiderare. Al momento dei saluti, senza perdere il suo *understatement*, mi confida che lo sogna spesso. Manca tantissimo anche a lui.

Walter è socievole, ma ha un concetto di amicizia alto, esigente; sono pochissime le persone che stima. Oltre a Stefano, ci sono Pietro e Agostino, detto Tino. Anche loro *popularis*, come ha il vezzo di dire Walter da buon latinista, condividono la fatica dei mezzi modesti, la vita da pendolari tra Milano centro e l'hinterland (pensarono bene di farne un'inchiesta per «La Zanzara»).

Pietro è figlio di un autista, poi studente in legge e notaio, generoso, intelligente, quadrato: a lui papà dedica pagine bellissime, piene di gratitudine e affetto.

L'altro *popularis* è figlio di un tipografo del «Giorno». Meno brillante, temperamento diversissimo (come riveleranno le sue scelte di vita molti anni dopo), divide con lui il sogno del giornalismo. Con Tino papà intrattiene un fitto scambio che definisce ironicamente «pistolare»: è lui che mi ha fatto avere un po' di quelle lettere estive. Sogni, sfoghi, goliardate: intrecciate con i primi scritti sulla «Zanzara» restituiscono un'immagine nitida del liceale Walter.

Le discussioni al pub di Cambridge sono il naturale prosieguo dell'anno scolastico in cui sono stati la colonna portante – Stefano in veste di direttore, con Walter suo fido caporedattore – del giornale d'istituto.

L'inchiesta dello scandalo è figlia naturale della nuova linea, piú «politica» e leggermente provocatoria che hanno dato alla pubblicazione. I redattori vogliono dialogare con il mondo esterno, tenersi al passo con l'attualità: la cultura di massa, i rischi del consumismo e della società industriale, la riforma della scuola.

Il microcosmo della «Zanzara» riproduce, come su un vetrino, tensioni e fratture ideologiche che si stanno manifestando all'esterno nella società e nel mondo politico. La formula di governo del centro-sinistra delude le aspettative di molti. I socialisti massimalisti si spingono a cercare spazio a sinistra del Pci. Proliferano nuovi soggetti politici che propugnano il ritorno all'ortodossia rivoluzionaria. Nascono periodici come i «Quaderni rossi» e i «quaderni piacentini».

I redattori in erba godono di una certa reputazione nel liceo: sono gli intellettuali engagé, un gruppetto composito in cui spicca Lodovico Jucker, figlio di ricchi industriali nonché marxista e aspirante ribelle. Jucker animerà un vivace scambio polemico con Walter, che al massimalismo apocalittico dell'articolo *Iscriversi o no alla corsa dei topi* risponde con una riflessione sorprendente per maturità ed equilibrio: *Impegno cristiano senza rivoluzioni*.

«Criticare la società e le sue strutture negative è un dovere per tutti. Ma non è piú accettabile quando si trascende nella critica. Lodovico Jucker ... ha passato il limite: come una furia distruttrice si è scagliato contro la società capitalistica, sostenendo che, non potendola migliorare, si deve everterla ... critica aspramente: ma non prospetta un'azione precisa e consapevole. ... Per molti altri, per i piú, il lavoro è un mezzo di redenzione e di elevamento ... aspirazione a farsi strada per le proprie capacità. ... L'impegno di chi entrerà tra non molto nella società del lavoro è proprio questo. Stabilire un'effettiva giustizia nell'interno del nostro sistema. Senza volerlo rovesciare. Perché al di fuori di esso non si sta certo meglio. ... Entrare nel sistema non significa essere integrati: vuol dire, piuttosto, impegnarsi per lo sviluppo delle piú moderne idee. ... È molto comodo sostenere a parole idee rivoluzionarie».

Ha solo 17 anni. Altrettanto lucido, scrive una lettera:

Il problema diventa: accettare o respingere la società: inquadrarsi nei rigidi sistemi della produzione, del denaro come aspirazione penultima, se non proprio ultima, della vita? E la società va accettata. Anche se si vorrebbe apparire come rivoluzionari. È la società, ad un certo punto, che ti può consentire di fare il protestatore, l'oppositore, il «comunista» per cosí dire: ma la società ti accetta come protestatore. E magari arriva a darti dei premi per questa attività: perché capisce che protesti per abitudine, perché questo è il tuo mestiere: non sai fare altro. In verità tu, protestatore, sei il piú integrato tra gli integrati.

Nell'intento di scuotere dall'apatia le masse studentesche, Walter scatena un vespaio stilando un ritratto al vetriolo del «pariniano medio», titolo: *Divertirsi e fare soldi*. Obiettivo parzialmente riuscito: un gran numero di studenti scriverà indignato alla redazione. Walter lamenta che nella maggior parte dei casi all'indignazione non era seguito alcun impegno per il giornale o nelle iniziative culturali.

Il Parini è quella che don Milani avrebbe definito una scuola di classe. Sugli scaffali dello studio trovo naturalmente una copia di *Lettera a una professoressa*, prima edizione: uno dei «libri di formazione» di una generazione. Essere *popularis* al Parini non è facile. In questo contesto matura quella che possiamo definire, con un'espressione un po' desueta, la sua «coscienza politica», generosamente progressista. Scrive a Tino:

Apriamo le scuole a chi merita. ... Noi siamo stati fortunati. Ma nostri coetanei, a centinaia, sono già finiti nelle officine. Eppure sono molto piú intelligenti di certi A. che conosciamo. Dov'è spirito popolare, voglio essere io: contro chi lo sfrutta, sia esso un tecnocrate o un capitalista. Questo è un impegno morale dovuto alle mie origini. È un impegno cui ho cercato d'esser fedele attaccando con una durezza inusitata i borghesi pariniani.

Papà non dimentica. Giornalista affermato, cercherà di aiutare chi, *popularis* come lui, è scoraggiato dalle difficoltà. Nell'agenda del 1979 conserva la lettera di un ragazzino umbro, figlio di operai, che nonostante tutto vorrebbe fare il giornalista e gli chiede consiglio. Pochi mesi fa ricevo a sorpresa il messaggio di una sconosciuta, Mariella: «Se ho trovato la forza e il coraggio di fare dodici anni di gavetta in nero è grazie alle cose che mi disse (ero in pieno scoramento professionale) a proposito di quelli come noi che non siamo "né figli di giornalisti, né di magistrati". "Se ce l'ho fatta io, ce la devi fare anche tu, – mi disse, – vedrai che mi dirai che ho avuto ragione". Ha avuto ragione. Adesso sono inviato. Lo devo a me, certo, ma molto anche a lui. Ho voluto raccontartelo e dire a te, per lui, grazie». Solo due esempi tra tanti.

Attraverso le lettere seguo il filo di una ricerca al tempo stesso esistenziale e affettiva.

«Serba ai posteri questa cazzata» glossa a conclusione di un tragicomico testamento spirituale prevacanziero, A.D. 1965. L'amico è stato di parola et voilà: tra i posteri ci sono anch'io. La situazione è vagamente surreale.

Abbondano «imprecazioni et similia», avverte, e rivendica la precisa scelta letteraria appellandosi a un maestro: «nel giorno in cui Giorgino Bocca ha pubblicato un bel porca puttana, mi sento autorizzato a tutto». Giorgio Bocca, a quell'epoca già celebre per le grandi inchieste dallo stile inconfondibile sul «Giorno». Walter l'ha intervistato per il numero speciale della «Zanzara» sulla Resistenza. Le loro vite si incroceranno di nuovo: nel '79 è papà a curare l'intervista autobiografica *Vita di giornalista*, in cui il vecchio maestro si racconta al collega piú giovane, verso cui manterrà sempre un paternalistico distacco.

Intima infine: «Non diffondere questo scritto». Ma son passati piú di quarant'anni, sono scaduti persino i termini archivistici del segreto di Stato, dunque:

A 18 anni e 4 mesi ho deciso di fare il punto … Io sono io: povero cristo, illuso, esaltato. Lavoro come un paz-

zo per dei mesi, non riesco a divertirmi: non ho amici.
Scrivo molto, scrivo male: non riesco a dare forma letteraria a quello che vorrei. Forse è incapacità cronica. Forse la vena se n'è andata, sono in un periodo di crisi.

Walter inquieto, frequentemente incazzato, incerto ma
impegnato e costantemente innamorato. Tante lettere e
prose occasionali hanno per tema principe l'Amore e Altre Catastrofi.

Affido alla tua memoria questa parola: non c'è niente di piú bello che sputtanarsi, in quella lingua che si
dice italiana. Sputtanarsi non vuol dire andare a donne di facili costumi: coi prezzi correnti, oltre tutto, esu-
lano dalle possibilità di un giovane *popularis*. Sputtanarsi significa avere una ragazza con la quale passare il
tempo, magari limonare, parlare delle questioni che ti
assillano. Mondo caprone.

Passeggiando solitario tra i viali alberati di Milanino e
i casermoni delle «coree» poco distanti, pensa con rimpianto alla leggiadra Emanuela che gli ha spezzato il cuore per ben due volte. Papà è un romantico senza troppa
fortuna. Questo lato morbido e sentimentale del suo carattere confligge con l'immagine di intellettuale impegnato e un po' libertino che cerca di darsi, per mascherare le
proprie fragilità. «Unicuique sum», lamenta in preda ai
sentimenti di solitudine egocentrica tipici della tarda adolescenza. «Avevo la presunzione di apparire intelligente,
maturo, diverso dagli altri. Forse lo sono anche: ma che
sciagura esserlo! È brutto distinguersi da questa massa, –
scrive. – Si sappia che io mi sento irrimediabilmente bambino, – continua, – che soffro di innumerabili, strani complessi d'inferiorità: dalla pinguedine, alla barba lunga, al-
l'incapacità di non parlare forbito: per sfuggire a questo,
abbondo di oscenità gratuite». Sono sorpresa: mi sembrava cosí sicuro, questo pariniano intraprendente.

Attraverso le lettere scopro che mio padre aveva una predilezione per fanciulle sensibili, che gli pareva sapessero capirlo e ascoltarlo. E il suo animo di cavaliere si scioglieva per principesse un poco tormentate, come la dolce Giuliana di Spoleto, il cui fratello maggiore, poeta, era morto di un male incurabile, oppure Anna, aspirante scrittrice pisana. Anna, «la poetessa», Anna «cosí intelligente e sensibile che ho paura a parlarle. Ho paura che dia troppo peso alle parole». Anna della lettera del Natale '69.

27 dicembre 2008

Cara Benedetta,

non si tratta di omonimia, e non sei certo, per me, uno spettro sbucato da chissà dove. Anzi, ti ringrazio di avermi scritto, perché conservo di tuo padre un ricordo vivo, caro e affettuoso, indelebile. Ci siamo conosciuti a San Remo, ad un concorso di Letteratura latina per gli studenti meritevoli dell'ultimo anno del liceo ... Poi con tuo padre abbiamo incominciato a scriverci, un'amicizia piú che altro «epistolare» (allora si usavano le lettere) ma molto intensa. Ci saremo visti due o tre volte.

Nelle lunghe missive scritte su fogli di quaderno strappati, conservate da papà, Anna descrive un ragazzo «che ha accettato senza recriminazioni un'amicizia buffa e noiosa come la mia». Lo idealizza: «Chissà perché m'illudo sempre che tu capisca di me cose che a malapena capisco io, uno stregone o un angelo (scusa il termine strano) o semplicemente l'altro "me stessa" ... Forse se ti parlassi mi aiuteresti o forse pretendo troppo da te, caro amico, forse pretendo che tu sia disumano, forse ti stimo troppo».

Lui è delicato e protettivo nei suoi confronti. Lei gli rimprovera quell'ironia che impiega cosí di frequente, soprattutto verso se stesso, come forma di difesa dalle insicurezze che lo attanagliano.

Piú ancora dell'amore, l'assillo di Walter è il problema di cosa fare nella vita. Si profilano le prime decisioni importanti, specie per chi non ha una famiglia alle spalle che può garantirgli una carriera.

Sono ben lungi dall'aver effettuato una scelta di facoltà: devo ancora decidere ogni cosa. L'unica via di salvezza è se decido di buttarmi a corpo morto nel giornalismo sin dall'anno prossimo: per cui la scelta della facoltà sarà puramente rappresentativa ... Si sappia che il giornalismo è l'unica possibilità che mi resta. Uomini senza fede: sappiate. Il giornalismo, e la carriera politica, sono le cose piú belle di questa terra: al pari d'un'amabile fanciulla.

Dedica attente elucubrazioni alla scelta del partito a cui iscriversi. Appartiene ancora alla generazione presessantottina per la quale l'iniziazione all'impegno e alla pratica politica avveniva il piú delle volte avvicinandosi a uno dei grandi partiti, entrando nella federazione giovanile, frequentando la sezione e le scuole di politica. Cattolico, si interessa alla Dc (che però imponeva agli aspiranti giovani iscritti una lunghissima «quarantena» che lo dissuase in partenza), propende brevemente per il Psdi, di cui apprezzava il pragmatismo, ma infine si risolve per il Partito socialista di Nenni (per la gioia del nonno).

Qualche mese ancora e decide anche la facoltà: Filosofia, con indirizzo storico, «per magari insegnare, nel caso in cui fallissi come giornalista», ma questo non basta a placare la sua inquietudine. Cosa fare della propria vita, come riuscire a realizzare qualcosa di buono, e non solo per sé: trovare un senso e una direzione nel mondo. Si lamenta della sua vita «da vecchio», tutta lavoro e studio, pochissimi gli svaghi. Non è solo il bisogno di soldi, né l'ambizione. Scrive a Maristella nel febbraio 1966:

Ecco: non sono soddisfatto quasi di niente. Quello che m'ha occupato per quattro mesi m'interessa poco o nulla. Le persone che mi stanno intorno sono indifferenti, irrimediabilmente lontane. O forse, io mi isolo in uno spazio angusto, dove non accetto nessuno. Questa è la mia colpa. E l'insoddisfazione che mi insegue continuamente, l'infelicità di non concludere alcunché che dia gioia men che momentanea ... Ma in fondo spero. Spero che dal di fuori mi arrivi quel che non riesco a trovare in me stesso. Non so bene cosa sia.

Scorrendo le vecchie lettere, mi accorgo che papà ha amato moltissimo l'epistolario di Cesare Pavese: cita sovente l'espressione «life is many days», tratta da un messaggio all'attrice Constance Dowling.

Life is many days, quel che non riesce oggi forse riuscirà domani, occorre continuare a rischiare e a lavorare, fino alla volta buona, finché la scrittura trova la forma giusta, finché l'amore sarà corrisposto. *Life is many days*, a cui Walter ama aggiungere: «but I am living hopeful». Capisco che Pavese è stato il nume tutelare della sua giovinezza. Se qualche anno prima si era probabilmente crogiuolato nelle disperate liriche d'amore, sono certa che ora lo tocchino soprattutto le parole garbate ma ferme che lo scrittore rivolge a una giovanissima Fernanda Pivano nella primavera del '43. Insiste sulla necessità di «donarsi», che «vuol dire rispettare se stessi anzitutto, cioè passare la propria giornata a crescere le proprie forze, il proprio valore, la propria anima e cultura, per farle servire a qualcosa». È questo il solo vero rimedio alla solitudine: «Si faccia una vita interiore, di studio, di affetti, che non siano soltanto di "arrivare", ma di "essere" – e vedrà che la vita avrà un significato ... Si tratta di un problema morale prima che sociale e Lei deve imparare a lavorare, a esistere, non solo per sé ma anche per qualche altro, per gli altri».

Il giornalismo è ormai diventato, per sua stessa ammissione, la sua «passione folle», l'unica. Walter lavora pre-

valentemente come cronista sportivo. Scrive per i periodici «Sciare» e «Milaninter». Restano scampoli degli anni da studente lavoratore, praticante giornalista: anni di
corsa, frenetici e fitti di molteplici attività.

> In quel periodo [1967] facevo una vita di questo ge-
> nere: dal lunedí al mercoledí, andavo in giro per le val-
> late alpine, da Cervinia a Selva Valgardena. Il giovedí
> tornavo a Milano, per riprendere il lavoro a «Milanin-
> ter». Giovedí e venerdí avevo lezioni obbligatorie al-
> l'Università. Il sabato mattina lo passavo in tipografia
> a «Milaninter», il pomeriggio in redazione, a «Sciare».
> La domenica, degna conclusione, la partita con tutto
> quel che segue. ... Ero molto agitato. Il lavoro era spos-
> sante e intenso. Non avevo tempo per aprire i libri. Fre-
> quentavo pochissimo l'Università. ... Sono arrivato ad
> aprile per forza d'inerzia accumulando stanchezza e cal-
> li sulla punta delle dita ... studio nel tempo libero, e
> progetto sempre qualcosa di nuovo. ... La mia estate
> sarà molto triste, e totalmente diversa dalle altre. Mi
> accorgo di aver scritto triste. In realtà, non mi sento
> triste, in questo momento. Mi rendo conto, semplice-
> mente, di aver definitivamente superato un'età e d'es-
> sere entrato in un altro mondo.

Di calcio aveva cominciato a scrivere sulla «Zanzara»:
il primo articolo in assoluto è un piccolo scoop, un'intervista a Giovanni Trapattoni, allora astro emergente del
Milan, che ha ricordato con affetto mio padre in occasione del settantesimo compleanno. Per «Milaninter» segue
i rossoneri: entrano i primi stipendi. Intervista i decani
della stampa di settore: Gianni Brera («coi suoi occhi da
civetta: occhi buoni, si vede»: il suo preferito), Gino Palumbo, Nino Nutrizio, e rivela – con un certo candore –
come la cronaca sportiva sia stata per lui una prima «pa-
lestra di realtà».
Deve riempire quasi mezzo giornale, dai pezzi di colo-

re e di costume per «tappare i buchi» alle cronache delle
partite, che segue ogni domenica. Incaricato di raccogliere i commenti dei tifosi e le voci di spogliatoio, impara a
conquistarsi la fiducia di giocatori (legherà in particolare
con Gianni Rivera) e allenatori, per rubare l'intervista o,
almeno, una battuta. A metà del '68 comincia il praticantato vero e proprio: su segnalazione del compagno di scuola Marco Sassano entra all'«Avanti!» (nei giornali soprav-
vivi solo se sei bravo, ma per entrarci il passaparola è
vitale). Il tenace cronista che si era fatto strada negli spo-
gliatoi impressiona il capocronaca Ugo Intini. Una volta,
ad esempio, apprendista abusivo di 19 anni, senza conoscere nessuno, riesce ad avvicinare in mezzo a centinaia
di persone un vecchio notabile del partito socialdemocra-
tico francese, Defferre, ospite d'onore a Palazzo Marino,
e a intervistarlo per tre quarti d'ora. Un piccolo scoop.
«Da quel momento capii che era adatto a fare il giornalista», dice Intini.

Del lavoro curioso e frenetico di cronista papà dice con
filosofia:

> Ci si abitua a tutto. E in tutte le circostanze è pre-
> sente dell'umanità, basta saperla individuare e valoriz-
> zare (con Belli che mi dice: mai fermarsi, se occorre si
> passa sui morti!!)

Nel 1969 passa al quotidiano cattolico «Avvenire». È
un'occasione d'oro: il quotidiano della Curia s'è appena
rinnovato sull'onda del Concilio Vaticano II e ci sono ampi spazi di libertà. Fuori dal suo orario, Walter cerca di
imbastire articoli anche per altri settori e chiede di essere
inviato a seguire i cortei studenteschi o le manifestazioni
sindacali, che spesso si svolgono il sabato. Supera ben presto il livello della cronaca pura e semplice e può dedicarsi
alle inchieste. Scrive di tutto: università e protesta, cultura, sindacato, ma anche politica estera. Ritrovo articoli sulle prospettive della Comunità europea, sulla situazione

africana e sul conflitto israelo-palestinese, con approfondimenti sulla rappresentazione che ne viene data dalla sinistra nei paesi occidentali.

È, insomma, un periodo di sperimentazione. Il pezzo di punta dell'inserto culturale della domenica è quasi sempre a firma sua. Quando lascia «Avvenire», a venticinque anni, è già professionalmente maturo.

È allora che si guadagna tra i colleghi il soprannome di «viperotto». L'epiteto è solo in parte negativo, sottolinea la sua posizione di preminenza nella cosiddetta «stanza delle belle speranze» in cui sono stipate le scrivanie dei giovani redattori: il «vipero» era il direttore. Ormai ha individuato la propria strada, e questo lo porta a rinunciare anche a offerte lusinghiere:

> Ieri mi ha telefonato … il segretario della sezione del Psi, alla quale io sono iscritto (eh sí: sono ancora iscritto…). In breve, senza preamboli, mi ha proposto di entrare in lista. Lui sarebbe stato felice. «Puoi essere eletto, diventare anche assessore, vogliamo fare una lista giovane». E io, anche un po' dispiaciuto, gli ho risposto di no. Non me la sento, un altro impegno e altre valutazioni. Non si può andare oltre certi limiti. Amen.

Nell'aprile 1970 supera l'esame di Stato da giornalista: «Cosí anche questa storia sarà finita, il praticantato piú lungo della storia».

Riallaccia i contatti con Maristella, che negli anni si erano rarefatti, seppure mai del tutto troncati. Stella, nel frattempo, dopo la maturità artistica e un breve passaggio per l'Accademia di belle arti di Brera, si è trasferita a lavorare in un collegio sperimentale delle suore Orsoline a Cortina d'Ampezzo. In una lettera del 1969 confessa di aver continuato a pensare a lei «come alla mia fanciulla, la mia donna ideale».

«Sono un vecchio che non ha ancora ventitre anni», le scrive il 9 dicembre 1969.

L'anno dopo è piú sereno:

... ieri ho fatto l'intervista alla televisione e ho scritto un bel po'. Oggi ho lavorato come al solito. In piú sono andato a «Tempo» [settimanale di politica, cultura e spettacolo edito dal gruppo Rizzoli fino al 1975. Walter vi collaborò dalla fine del 1969 per tutto il 1970] per concordare alcuni articoli che devo fare. Poi il giornale. ... Domattina devo andare all'Università. Poi studio. Scrivere un malloppo di cose. ... Leggo i giornali. Bello.

Anna, la poetessa, coglie lo spirito di questo momento di svolta e gli scrive, il 9 maggio 1970:

Invidio la tua sedia al giornale, il tuo lavoro, il tuo «aver trovato uno scopo». Anche tu ti lamenti, ti senti solo, è naturale: ma in fondo ci stai bene nel ruolo che ti sei scelto, e non vivi inutilmente. Vali qualcosa, molto e lo hai dimostrato. Ti guardavo, quel giovedí, mentre parlavi con quella gente di «Mondo giovane» [si fa riferimento a una grossa conferenza organizzata dalla rivista «Mondo giovane», tenutasi presso il Circolo della Stampa di Milano nell'aprile del 1970], con l'avvocato e le signore, e ci tenevi a stare con loro, non negarlo, eri entrato nella parte e la recitavi a perfezione. Poi, magari prima, ti lamenti, critichi, li prendi in giro, ti senti incoerente, ma quando sei in ballo non ti tiri indietro, perché è la tua vita e devi viverla tutta brutta o bella, ridicola o gloriosa.

Sintetizza il tutto in una formula felice:

Tu, Milano, il giornale, il riscatto nei sogni.

In un'altra lettera a Stella, papà spalanca una finestra sul futuro, che è strano rileggere oggi:

Sarà bello raccontare un giorno come la mia strana carriera di esperto di politica interna ed estera sia cominciata in un settimanale di calcio, e proseguita poi in un mensile di sci. Sarà divertente spiegare, e anche bello poter dire di essere riuscito a fare qualcosa... Non voglio fare un discorso presuntuoso, non sono ancora che all'inizio di una carriera e di una vita che spero serva a qualche cosa, non soltanto al mio egoismo e al mio egocentrismo.

Matura risoluzioni importanti anche per la sua vita privata. Nel giugno 1969 scriveva a Stella:

Continuerò a occuparmi, come sempre, di giornali, di università, delle solite cose. In fondo, me ne rendo conto ogni giorno di piú, sono queste le cose che io desidero di piú e per le quali sono stato disposto, da sempre, a sacrificare tutto il resto. Ti prego di tenerne conto.

Un nuovo impegno lo appassiona: il lavoro in università. In compenso, pare subentrare un inedito atteggiamento di distacco nei confronti delle donne. Ma già a dicembre muta decisamente registro:

Ma credo anche che sia sbagliato, per me, continuare come ho continuato in questi anni, da solo, da isolato ... Senza affetti veri. ... Spero che per te non sia troppo tardi, ora.

No, non lo era.

Stasera mi sento solo, le poltrone vuote, ma sono felice. Te lo dirò ancora: sono felice. Penso a te e mi sento felice. Le cose normali, di ogni giorno, mi sembrano piú affascinanti, meravigliose. Sei tu che riesci a trasformarle con una presenza spirituale. Mi viene in mente una brutta frase «romantica»: corrispondenza di amorosi sensi. ... Mi sento sicuro. Mi pare di essere diverso da un anno fa, da cinque mesi fa; e anche diverso dalla settimana scorsa.

Le scrive ancora nell'agosto dell'anno successivo. Solo una sbirciatina: il resto appartiene a loro.

Si sposano il 14 aprile 1971. Vanno in Sicilia, per il breve viaggio di nozze. L'Etna è in attività: mamma si esalta, papà è terrorizzato. Mio padre e mia madre, diversi come il sole e la luna. Si sono amati moltissimo.

Luca nasce nell'aprile del 1973, io quattro anni dopo.

6. Di padre in figlio

Tra le lettere dell'estate della maturità ne sbuca fuori una molto diversa dalle altre. Piú intima, carica di ricordi, emozioni, fragilità. Non a caso, è indirizzata a Maristella.

Papà scrive dal suo paesino d'origine, San Brizio, un minuscolo comune vicino a Spoleto, che ha lasciato nel 1955 per trasferirsi al Nord con la sua famiglia.

È ferragosto, anno 1966. Mi pare di vedere e udire ogni cosa:

La notte fonda. Nella notte tre voci paciose. Modulate dall'esile dialetto umbro. Il paesaggio s'immerge nella luna. Terra difficile. Dietro il verde appariscente, i covoni gialli per la mietitura. L'aratro aspetta. Riacquisto il senso arcano della vita, degli avi. Ho avuto antenati. Chissà come vivevano! Nel cimitero del paese, trecento metri quadrati o poco piú, rivedo l'immagine di mia nonna. È morta due mesi fa. La risento quando mi chiamava, due volte l'anno. Doveva essere orgogliosa di me, che ero il piú piccolo dei nipoti. Io non me ne interessavo. Ora ci penso. E il cuore mi brucia. E piango, di nascosto. Perché non voglio farmi vedere da papà e mamma. Piango anche ora, mentre scrivo. Il passato riemerge: un passato dolce e feroce. L'infanzia che io ho vissuta qui. Sette anni decisivi. I miei primi compagni di scuola sono la «meglio gioventú»: ballano, lavorano, cercano di divertirsi. Io ritorno ogni tanto. Di loro, dei compagni, ne rivedo due o tre. Stringo mani di vecchi amici. O passo dritto, salutando a voce bassa. Saranno quattrocento gli abitanti del paesello. Ma in dodici anni molto è cambiato, non solo le abitudini, la vita, ma gli stessi abitanti.

Mi stringono le mani. Sono mani callose, dure. Chiedono come vada la scuola. Dico che farò l'università. Mi sento addosso sguardi strani, di chi capisce a stento. La prima maestra, vecchia, stanca, umiliata: aveva insegnato a scrivere a mio padre. Ricordo quel pomeriggio di rabbia. Non avevo studiato la poesia; m'interrogò; rimasi a bocca aperta. Il pomeriggio, quando un compagno lo disse a mio padre, diventai rosso d'ira e dolore, e corsi via a studiare. Cosí ho cominciato. In un paese dove chi è promosso con tutti sei è già bravo. La scuola ha due insegnanti, con classi plurime. Spoleto è vicina, sei chilometri, ma le elementari si fanno in paese. I pianti dei primi mesi a Milano. Essere indietro e non volere. Studiare, leggere; e non capire! Ricordo una data ... Era sabato, 3 marzo 1956. Dieci anni! Il maestro, toscano di Siena, arrivato a Milano da poco, m'interrogò, in geografia. Presi nove, ricordo tornai a casa felice. Come forse non sono piú stato. Ricordo tutto di quel pomeriggio. Perfino che andai dal barbiere. E lí c'era gente che parlava di calcio. Io ascoltavo, zitto, pieno di terrore. Papà mi portò alla partita, il giorno dopo. E conobbi San Siro. Dopo tre mesi d'angoscia, mi sentivo libero. Come gli altri.

La storia di mio padre comincia nella dolce campagna umbra. I genitori appartenevano entrambi a famiglie contadine. San Brizio era una frazione rurale, la maggior parte degli abitanti lavorava nei campi o allevava bestiame, oppure si spostava per lavorare in miniera o nel cotonificio di Spoleto. Strade non asfaltate, rarissime macchine, chi può usa la bicicletta, un tesoro indispensabile per i lavoratori.

In un'altra lettera Walter descrive, tra il serio e il faceto, la propria immaginaria genealogia:

> ... *popularis* nato tra i contadini dell'Umbria: figlio di gente non piú contadina, che la terra non ha conosciuto molto: ma discendente da quella genia di duri lavoratori che vennero dalla Germania coi longobardi, occuparono Spoleto e Benevento: mio padre si chiama Ulderico: prova piú che sicura della mia discendenza longobardica. Disceso dalla terra, do il giusto valore a molte cose, compreso il denaro.

Eccoli, i bisnonni Tobagi, Natale e Ippolita, nella loro austerità barbarica e contadina.

Il nonno Ulderico, classe 1920, era l'ultimo di sei fratelli, il prediletto, il beniamino di tutti. Di «longobardico» aveva ben poco nell'aspetto. Lo chiamavano «Chinotto», per la carnagione scura. Occhi nerissimi infossati sotto folte sopracciglia spioventi (chiaramente un tratto di famiglia). Era quasi completamente calvo con queste incredibili sopracciglia e mani e braccia pelosissime, dettagli che da piccola trovavo decisamente buffi. Lo ricordo sempre in ordine, inappuntabile: vestiva sobriamente, con gusto classico. La cura della propria persona non era un fatto meramente esteriore, ma parte integrante del suo codice di condotta improntato a grande dignità e rispetto di sé e degli altri. Adoravo i suoi cappelli Borsalino e il grosso cronografo di metallo che aveva sempre al polso: l'ho portato per molto tempo, dopo la sua morte. Era piccolo di statura, aveva modi decisi e una risata contagiosa. Quando parlava della sua giovinezza gli brillavano gli occhi. Era stato felice. Gioioso, scanzonato, gran lavoratore, ha sempre desiderato il meglio e si impegnava per ottenerlo. Anche in fatto di donne: s'era scelto la ragazza piú carina e in gamba della zona, e qui strizzava l'occhio.

La nonna, Luisa Fiorelli, detta Lisetta, poi Lisa, si schermiva borbottando; a differenza del nonno era molto introversa e riservata. Era stata una fanciulla sottile, gli occhi seri e una lunga treccia castana appoggiata sulla spalla, il viso appena imbronciato, come un grazioso cucciolo di pechinese. Con gli anni si era ingrossata e aveva tagliato i capelli, ma aveva mantenuto la pelle trasparente e le caviglie sottilissime della giovinezza. Veniva da un altro minuscolo paesino della zona, Cammoro. Lei di fratelli ne aveva addirittura dodici, ed era considerata la piú sveglia. Rari racconti, quasi mitici, della sua infanzia testimoniavano del suo sangue freddo e della forte personalità: lei e la sorella Vincenza che fanno fessi i tedeschi nascondendo un maiale nelle cantine; o Lisetta, ragazzina, sola nell'aia, che viene caricata da un torello imbizzarrito, rimane perfettamente calma e come una sacerdotessa alza una mano di fronte alla bestia, che a quel gesto si ferma.

La nonna aveva un occhio critico a cui non sfuggiva nulla. Questo la rendeva tanto acuta quanto diffidente. Aveva un vero talento per il cucito, l'uncinetto e il lavoro a maglia, riusciva senza sforzo a confezionare capi elaborati, procedeva rapidissima calando e crescendo le maglie con la precisione di un calcolatore, componeva complessi disegni jacquard senza il minimo errore. Una mente veloce che purtroppo non aveva avuto modo di coltivare oltre la seconda elementare. Di lei ricordo certi sguardi assorti, obliqui, come quelli dei gatti. Aveva nella testa un mondo tutto suo, che manteneva affatto inaccessibile; vi si ritirava spesso, opponendo un silenzio ostinato ai modi irruenti del nonno.

Ulderico e Luisa. Erano come il giorno e la notte. Bisticciavano spesso, ma non potevano fare a meno l'uno dell'altra. Lui per prenderla in giro la chiamava Ferdinanda, chissà perché.

Si erano fidanzati intorno ai quindici anni. Il nonno aveva lasciato il lavoro dei campi per diventare artigiano, calzolaio. Come garzone di bottega, insieme al mestiere Ulderico scopre la passione politica. Il calzolaio, un vecchio socialista, l'aveva iniziato ai rudimenti della dottrina e gli aveva insegnato di nascosto (si era nel Ventennio) l'*Internazionale* e le canzoni del partito. Ma Ulderico canticchia tutto il tempo, quasi senza accorgersene, non riesce a farne a meno. Rideva ancora di gusto, il nonno, ricordando il suo capo che lo rincorreva spaventato, urlandogli di star zitto, quando si era accorto che lui, il suo apprendista, imboccava una discesa in bicicletta fischiettando beatamente canzoni «sovversive»: «Vuoi farti arrestare!» E la nonna si faceva il segno della croce. Socialista cattolico e fiero di esserlo, trasmetterà al figlio le sue due grandi fedi.

Il nonno fece la guerra in Albania, fu ferito e rimandato a casa. Sposò la nonna sul finire della guerra, il 20 febbraio 1945. Walter nacque due anni dopo.

Il nome Walter era una stranezza, per quei tempi e quell'ambiente. In casa facevamo congetture: che dietro ci fosse un'altra delle sorprendenti storie di nonna Lisa? Forse un omaggio a un soldato di buon cuore? Un tedesco o un americano? Il nonno raccontò di averlo ricavato dalla lettura dei giornali, cui si dedicava con passione appena poteva. Aveva solo la licenza elementare, ma per tutta la vita non perse mai un'occasione di leggere, informarsi e studiare. Dovette arrivare a un compromesso col parroco, che avrebbe accettato un nome straniero solo insieme a uno tratto dal calendario dei santi: dunque il 30 marzo 1947 il bambino viene battezzato nientemeno che Walter-Brizio-Mauro-Palmiro. E chissà se il quarto nome è stato un omaggio impulsivo del nonno socialista al segretario del Pci al tempo della politica dei Fronti popolari. Resta il loro unico figlio.

In uno dei racconti di mio padre ventenne, però, ritrovo un'ipotesi ben piú intrigante sull'origine di quel nome straniero, che con cadenza dialettale i nonni e i parenti di giú deformavano in «vàltere». Considerato il taglio smaccatamente autobiografico della narrazione (tal quale le annotazioni diaristiche, coi nomi cambiati), non posso escludere che contenga almeno una parte di verità:

... la mia vita è un caso. Sono nato a Milano per caso. Forse avrei potuto restare a Spoleto o andare a Roma o finire a Mantova. Sono figlio del caso. Ti ricordi che anche papa Giovanni lo diceva: sono figlio del caso. E anche il mio nome è un caso ... Perché non è un nome italiano. È un nome tedesco. Sai, a casa di mia madre s'erano sistemati dei tedeschi nell'estate del '43. Papà era appena tornato dall'Albania o dalla Francia, non mi ricordo. Era fidanzato con mia madre, una ragazza esile e magra, un tipino. Ci sono tante fotografie di mia madre quando aveva vent'anni. Era proprio bella. E un tedesco voleva portarla in Germania. Sposarla e portarla in Germania. Si chiamava Wally quel tedesco.

Poi, un tocco di melodramma:

Aveva capito che papà e mamma filavano. Per cui un giorno tentò di ammazzare mio padre. Erano sull'aia, tra due pagliai di fieno. Papà con tre tedeschi: sentivano gli aerei che volavano a bassa quota. Wally tirò fuori un cannocchiale per vedere che aerei fossero. ... E papà gli chiese: posso guardare anch'io? Wally non rispose: portò la mano alla cintura per estrarne la pistola. Due colpi secchi. Papà s'era piegato in tempo, poi scappò a chiudersi in casa. Capisci, la storia poteva finire lí. Mia madre in Germania, mio padre sottoterra. E invece no. I tedeschi furono costretti a scappare ... Papà e mamma si sposarono; mamma si ammalò quasi subito di tifo. E fu sul punto di passare dall'altra parte. Poi dopo due anni arrivai io. E papà e mamma decisero di chiamarmi Wally, come quel tedesco. Un caso.

Corrisponde tutto, incluso il tifo. E, sparatoria a parte, conoscendo la nonna sarebbe potuta andare anche cosí.

C'è una bella fotografia che ha il profumo dell'infanzia di papà.

Walter deve avere circa sei anni e viene sorpreso in una stradina del paese tra le vecchie case in pietra. Immagino che stia correndo verso il cuore del microcosmo della sua infanzia: la bottega di calzolaio del padre.

Al tempo è uno dei principali luoghi di socializzazione del paese. Ulderico ci tiene la radio e gli uomini si ritrovano ad ascoltare le cronache sportive – soprattutto ciclismo – o a commentare il notiziario e gli avvenimenti di ogni giorno. Ulderico è orgoglioso di suo figlio e ama averlo intorno. Il piccolo Walter li osserva, ascolta tutto, fa mille domande: la bottega è il suo primo osservatorio sul mondo. Il padre lo prende per mano e lo coinvolge nella vita della piccola comunità, gli insegna a comportarsi, a inquadrare le varie tipologie umane, lo introduce alla politica e gli trasmette i propri principî di condotta. Dicono sia proprio questa la funzione simbolica del padre: mediare il rapporto col mondo esterno e avviare il figlio alla conquista del proprio posto nella società.

In una delle interminabili sedute di ricerca in emeroteca la mia attenzione è catturata da un elzeviro del 1979: *Coraggio orfani, torna di moda il padre*. Alberto Cavallari, inviato speciale e poi direttore del «Corriere», sulla scorta di alcune pubblicazioni recenti, riflette intorno alla figura paterna, al suo significato in relazione a tutto ciò che è «pubblico»: visione sociale, idee politiche, dimensione culturale. Se sul muro di un'università occupata nel Sessantotto avevano scritto «voglio essere orfano», i tempi ora stanno cambiando:

«dopo averli distrutti, l'epoca che viviamo ricomincia a pensare all'importanza dei maestri, dei padri, dei fratelli maggiori, degli insegnanti, dei compagni piú bravi di noi, che ci aiutano a districare quella cosa confusa che è sempre la vita».

Il padre, scrive ancora, è:

«il primo degli amici con cui poi faremo lunghe passeggiate, alla scoperta del mondo. Ci trasmette gli alfabeti, i segni, le mitologie, che successivamente useremo per leggere la vita. Lo porteremo dentro di noi, anche non volendo, cosí come ci portiamo dentro il buon maestro elementare. Il padre significa le prime idee, le prime esplorazioni, le prime letture, le prime scelte. Noi saremo anche lui – magari alla rovescia – e i suoi libri, le sue idee, le sue parole, la sua forza morale, il suo pudore, il suo coraggio e i suoi difetti, il suo mondo in un altro mondo».

«Vai a giocare con i compagni, invece, sembri già vecchio!» lo apostrofa spesso la madre, forse con una punta di gelosia per quell'universo tutto maschile. Pare essere una costante della vita di mio padre, sembrare (e spesso sentirsi) piú vecchio della sua età. Sebbene abbia tanti amici, sta soprattutto con i grandi, oppure col naso già sprofondato nei giornali. Da quando frequenta la scuola elementare ha manifestato una passione vorace per la lettura che dà grandi soddisfazioni al padre e allo zio Giacomo, fratello della nonna. Lo zio Giacomo condivide col nipotino prediletto un rito: quando torna da Spoleto col quotidiano se lo leggono insieme da cima a fondo, nel retro della sua bottega di alimentari. L'attrazione per la carta stampata ha dunque radici lontane e l'*imprinting* Walter l'ha ricevuto, ancora una volta, in una bottega.

Ulderico è un padre vecchio stampo, severo ma molto affettuoso. «In un paese dove chi è promosso con tutti sei è già bravo», lui a suo figlio chiede di piú, lo farà sempre, ma al tempo stesso gli offre appoggio e stima, premia ogni risultato. L'orgoglio paterno rafforza nel figlio la fiducia e la smania febbrile di imparare, di essere bravo, l'ambizione a conquistarsi un posto nel mondo con le proprie capacità e la cultura, perché «lo studio è lavoro, per un *popularis*».

Ulderico e Luisa si sono dati molto da fare per migliorare il proprio status e costruirsi una casa piú grande, che sta proprio all'inizio del paese, ma quella prospettiva non basta piú. Desiderano un orizzonte piú vasto per questo figlio cosí intelligente, per i suoi studi e il lavoro. Scrive Walter:

> La fortuna m'ha portato dall'Umbria a Milano. E qui mi son fatto largo a gomitate. Penso di aver fatto abbastanza. Ma ancora molto resta da fare.

Quando ha sette anni, la famiglia organizza il trasferimento al Nord. La rete di solidarietà della parrocchia assicura qualche contatto. Lo status di invalido di guerra di Ulderico gli garantisce un posto da ferroviere, sicuro anche se poco entusiasmante. Nonno ricomincia da capo, con un nuovo lavoro. Sono gli anni del boom economico e delle grandi migrazioni interne che, prima dei grandi flussi dal Meridione, videro la popolazione delle campagne povere dell'Italia settentrionale e centrale muovere verso i capoluoghi del triangolo industriale. Tra il 1955 e il '61 le Marche e l'Umbria persero oltre centomila abitanti. La vicenda della piccola famiglia Tobagi si intreccia con le trasformazioni di un paese intero.

Vanno ad abitare nell'hinterland milanese, l'area piú investita dai flussi migratori, prima a Bresso e poi a Cusano Milanino. All'inizio – come racconta nella lettera – Walter prova grande spaesamento e solitudine. Era la grande città dei primi film di Ermanno Olmi, ma forse ai suoi occhi somigliava piú alla metropoli grottesca di *Yuppi Du*. L'integrazione è una grossa sfida, ma lui la affronta con tutte le forze e dopo quel famoso nove in geografia prende il volo.

L'amico Tino restituisce bene quella condizione e lo stato d'animo che l'accompagnava: «Venivamo dalla campagna e la grande città ci era sembrata una giungla umana. Io ricordo ancora il senso di sgomento che mi prese

quando, per la prima volta, mio padre mi portò a vedere
Milano: avevo meno di dieci anni, abitavamo in un piccolo paese, e gli edifici della città, cosí alti e anonimi, mi fecero quasi paura. Non ti dico cosa provai in cima al Duomo ... Penso che questo sia stato un disagio provato da
milioni di emigranti giovani, non solo del Sud, ma anche
delle campagne del Nord. Superare quel disagio dava sicurezza, ma costituiva anche una forte spinta verso la maturità, la consapevolezza di potercela fare. Quando mi sono trasferito a Roma, un vecchio siciliano che dirigeva un
ministero mi disse che da ragazzo era stato spedito a studiare a Torino, in quanto le grandi famiglie palermitane
consideravano lo sradicamento come una prova necessaria
per verificare le capacità di un giovane: capacità di sintesi, di ragionare, di cavarsela bene».

Anche al Nord lo stile di vita è austero, a parte il rituale delle domeniche a San Siro col padre. Ben presto Walter, pragmatico, penserà bene di monetizzare la passione
per il calcio scrivendone.

Alle scuole medie si distingue già per la penna sciolta.
Circola un aneddoto divertente su quegli anni: svolto il
proprio tema d'italiano in brevissimo tempo, papà si mette a svolgere altre tracce per i compagni, va in bagno e le
smista con la complicità del bidello.

Durante l'adolescenza torna al paese ogni estate. Se lo
ricordano, tredici, quattordici anni, che passeggia sempre
con un pacco di libri sotto il braccio, se non direttamente
assorto nella lettura di qualcosa. Le cugine lo adorano, gli
zii lo portano in palmo di mano, questo nipote cosí in gamba: figurarsi che già approfitta del Festival dei Due Mondi
di Spoleto per andare a caccia delle prime interviste.

Sono gli anni dell'*odi et amo* con la famiglia e le umili
origini, il senso del dovere e i discorsi coi piedi per terra.
La distanza fisica dalla vecchia Umbria comincia a essere
anche una lontananza mentale, un dissidio emotivo. Una
crisi d'identità che si accentua nel momento fatidico del-

la scelta della facoltà universitaria: la sospirata conquista, il grimaldello dell'avanzamento sociale (perché, per quanto dura da conquistare, negli anni Sessanta una mobilità sociale ancora esisteva), ma anche il momento in cui avverte piú acuto l'handicap di una situazione di partenza tutt'altro che privilegiata.

Se a volte, irrequieto, sbotta contro questo padre semplice e concreto che si è accontentato di essere «ferroviere, usciere capo in un cazzoso ufficio collaudi», lavoro anonimo, non troppo impegnativo, non troppo pagato, col solo pregio di essere sicuro, poche righe dopo si obietta da sé che «chi è *popularis* capisce il senso di sicurezza del posto». Si ribella quasi piú a se stesso, che contro il padre, per le sue giornate frenetiche di studio e di lavoro. Certo, in parte sono dovute alla necessità di contribuire al bilancio famigliare per potersi permettere libri, giornali, cinema, piccoli viaggi, ma la motivazione piú autentica è da cercarsi piuttosto nell'autodisciplina e nell'etica del lavoro: strumenti necessari a fare qualcosa di buono nella vita e a realizzare le proprie ambizioni secondo i valori che gli ha trasmesso papà e che sono per lui diventati una seconda pelle.

Suo padre ormai ce l'ha nelle ossa, anche se già da ragazzo si muove in un mondo tanto piú vasto e piú complesso del suo, se comincia a essere impaziente e a sentire il peso di un genitore che «non può capire». Dopo le scosse telluriche dei vent'anni, con il distacco e l'indipendenza – anche nella sua vita privata fece tutto presto: a ventiquattro anni si sposa con Stella e a ventisei è già padre – torna però a prevalere un senso di attaccamento profondo. Ogni insofferenza sparisce e subentra un forte istinto di protezione nei suoi confronti.

Walter resta legatissimo ai genitori. Ho l'impressione che abbia svolto tra loro anche una funzione di paciere, smorzando gli attriti delle due forti personalità spesso in contrasto: papà detestava le liti e le situazioni di conflitto in generale (non è un caso che poi nel mondo professionale si sia guadagnato solida fama di abile mediatore). Li vuole sempre vicini anche dopo sposato, convincendoli persino a trasferirsi per qualche anno a Milano. Luca ha passato i primi anni scorrazzando tra le porte aperte dei due appartamenti contigui.

Con affetto e gratitudine rende loro omaggio nelle «Intenzioni» poste in apertura del suo ultimo libro, il saggio *Che cosa contano i sindacati?*, rivelando come il suo famoso e contestato riformismo sia piú di una scelta politica:

«Dieci anni dopo [l'autunno caldo] i miti si stemperano nella scoperta d'una verità antica come la storia dell'uomo: non sono le parole tonanti ma i comportamenti di ogni giorno che modificano le situazioni, danno senso all'impegno sociale: il gradualismo, il riformismo, l'umile passo dopo passo sono l'unica strada percorribile per chi vuole elevare davvero la condizione dei lavoratori. Ecco la lezione che le "dure repliche della storia" ripetono ancora una volta.

È la lezione che ci venne, giorno dopo giorno, dalla paziente educazione familiare. Ed è del tutto naturale, perciò, che questo libro sia dedicato ai miei genitori, papà Ulderico e mamma Luisa, il cui insegnamento è valso e vale piú di qualsiasi astratta ideologia».

Negli ultimi anni, tiene i genitori accuratamente al riparo dagli aspetti piú pericolosi o comunque conflittuali della propria attività, affinché possano riposare sereni e soddisfatti, guardando il proprio figlio realizzare le cose belle che avevano sperato per lui. Fino a quando viene ucciso e tutto crolla.

Oggi, a Spoleto, nel cuore dello splendido centro storico, proseguendo lungo la via del Duomo si entra in via Walter Tobagi, probabilmente la piú bella tra le strade che gli hanno intitolato in giro per l'Italia.

C'è un largo Tobagi anche nel suo piccolo paese di San Brizio.

Di quel mondo semplice e lontano trovo una traccia toccante e del tutto inaspettata sepolta negli armadi che conservano le carte di papà. Alcune agendine, legate con un elastico, scritte con una grafia faticosa, rimasta infantile. Pensieri sparsi, osservazioni semplici, spesso preghiere e devozioni. Sono di Nello, uno dei fratelli di nonna. Aveva chiesto che dopo la sua morte andassero alla moglie di Walter a cui si sentiva tanto legato. Cosí adesso stanno lí, in ordine, vicino alle agende e ai quaderni di papà.

Ho un grande debito nei confronti della dolcezza e della spontaneità di questi parenti umbri. Per me si incarnano nella persona di Adriana, una cugina di papà da parte di padre, a cui devo il primo ricordo della mia esistenza. Le sue parole semplici hanno separato la vita dalla morte e mi hanno ripescata dall'abisso angoscioso di confusione in cui ero precipitata dopo aver visto papà a terra, sul marciapiede bagnato, senza che la mamma, nel caos, se ne rendesse conto. Nessuno aveva pensato di spiegarmi che era morto. Adriana era salita a Milano con tutti i parenti spoletini per il funerale; aveva vegliato a lungo la salma di papà nella camera ardente, secondo il costume delle campagne. Quando fui portata a rendergli omaggio, lei mi venne vicino e disse semplicemente: «Dài l'ultimo bacio a papà». Il nastro della mia memoria comincia qui, da questa frase che mi fa capire che lui non ci sarà mai piú e fissa quel momento per sempre. Guardo il suo viso l'ultima volta. Non «vedo» la morte e come tutti i bambini mi soffermo sui dettagli insoliti: mi colpisce, del suo strano sonno profondo, un piccolo cerotto che ha sul setto nasale sottile. Se l'era rotto nella caduta, mi viene detto anni dopo. Dall'esame autoptico, scopro che il cerotto copriva il foro d'uscita di un proiettile.

Il padre di mio padre è stato molto importante per me. In una tribú di donne assai dedite allo Spirito Santo, nonno Ulderico era saldamente legato alla terra. Solare, energico, doveva decidere lui e far tutto da solo. Se si arrabbiava, un caratteraccio. Sanguigno e impositivo, si scaldava facilmente nelle discussioni. Ma dopo aver fatto fuoco e fiamme, se capiva di aver torto non esitava a ritornare sui propri passi.

Emigrando in città il nonno si era distaccato dal modello patriarcale e autoritario delle famiglie rurali; con la moglie aveva instaurato un rapporto di reciproco rispetto, ma restava comunque un uomo all'antica, quindi anche irrimediabilmente maschilista. Tra noi due nipoti Luca era di gran lunga il preferito. Se lo portava dietro al bar, il luogo d'iniziazione maschile subentrato alla bottega, mentre io dovevo restare a casa con le donne. La nonna cercava a modo suo di riequilibrare la situazione con attenzioni spiccatamente femminili. Ricamò a uncinetto il mio abito per la prima comunione e poi passò subito a lavorare a un sontuoso copriletto per il mio corredo nuziale: cose di altri tempi. Per l'immediato, si sbizzarriva a confezionarmi abiti e maglie. Unica regola, mai niente di rosso, un colore bandito dal mio guardaroba fino a non molti anni fa. Un tabú sorto proprio per non urtare la sensibilità della nonna, che non lo poteva vedere, specialmente addosso a me.

La mattina della morte di papà infatti indossavo un golfino rosso fatto da lei. Ma la nonna Lisa non voleva nemmeno nominare questo dettaglio: per anni mi era stato semplicemente detto che, quando seppe dell'attentato, stava lavorando ai ferri un maglione di lana di quel colore. Tutto ciò che riguardava la fine del figlio per lei era avvolto nel silenzio. Il suo dolore di madre si era richiuso su se stesso, pietrificato, inaccessibile, innominabile.

Almeno una volta, però, al bar il nonno ci ha portato anche me, a vedere la finale dei Mondiali del 1982: lo ricordo perfettamente, fu un evento in tutti i sensi. Il nostro rapporto era curioso, sentivo il suo affetto, ma avevo la netta impressione che mi vedesse come un'aliena. Quando sono cresciuta, non comprendeva perché mai una ragazza, invece di metter su famiglia, studiasse (filosofia, poi!), viaggiasse (per di più da sola), facesse lavori stravaganti. Allora lo tranquillizzavo spiegandogli che anch'io avevo contratti di lavoro e stipendio, oppure facendomi insegnare qualche ricetta, dato che era un ottimo cuoco.

Da nonno Ulderico ho assorbito la famosa etica del lavoro, con in più la consapevolezza di essere «figlia di Walter», senza retorica, come una responsabilità, qualcosa di cui essere fiera e insieme un impegno da portare avanti, un tesoro da difendere e da valorizzare: la mia vera eredità. Fra tante persone e situazioni che mi facevano sentire «schiacciata» da questo nome importante, lui mi ha inculcato un sentimento più semplice e fecondo di valore. È sempre rimasto lí, quel semino, anche quando avrei voluto sparire, dissolvermi, scappare. Una voce che ti richiama all'ordine e ti fa raddrizzare la schiena.

Il nonno. Mio padre non voleva che si preoccupasse: solo dopo la sua morte scoprí non solo le minacce di morte, ma anche le feroci battaglie sindacali e le tensioni che il figlio viveva sul lavoro, e ne fu sconvolto. Tutta Italia l'ha visto, serio, composto nel suo dolore, seduto nell'aula del tribunale quasi a ogni udienza, guardar sfilare gli assassini, poi protestare sdegnato di fronte alla libertà provvisoria concessa secondo i benefici di legge al killer reo confesso Marco Barbone.

Chiusi i processi non ne parlò più. Si era battuto come un leone in aula accanto ai difensori di parte civile, ma la delusione e l'amarezza l'avevano prosciugato. La sua vita è stata un calvario di malattie, interventi chirurgici, periodici ricoveri in ospedale, eppure ogni volta si rimetteva in piedi, iperattivo, socievole e testardo, come sempre. Secondo un proverbio cinese «la vita è cadere sette volte e risollevarsi otto», e lui era proprio cosí. Si prendeva cura con assiduità della tomba del figlio. Seguiva i tornei sportivi e le iniziative di alcuni circoli culturali dedicati alla sua memoria. Soprattutto, pensava a noi nipoti: ogni sabato ci veniva a prendere a scuola in macchina (mi faceva piacere, perché quello era il giorno in cui di solito si vedevano ai cancelli i papà a casa dal lavoro) e cucinava con la nonna un grande pranzo, ci preparava scorte di vivande per la settimana, ci dava la paghetta. Insisteva in maniera martellante su pochi e semplici principî di condotta: aveva una vera e propria passione per le massime di vita, non a caso della Bibbia amava soprattutto la saggezza pragmatica del libro dei Proverbi. Io e Luca sbuffavamo, ma quei principî ci sono rimasti ben chiari in mente, a cominciare dal primo: noi due fratelli avremmo dovuto aiutarci sempre e comunque tra di noi. Negli anni dell'infanzia e dell'adolescenza andavamo al mare insieme nel mese di luglio. Ero una bambina solitaria e silenziosa; chiusa nel mio mondo strano, non riuscivo a fare amicizia con gli altri ragazzini che scorrazzavano per la spiaggia: quanti pomeriggi ho passato sotto l'ombrellone accanto al nonno a leggere, a giocare a carte con lui.

«Attenta a non farti troppo male», fu l'unica cosa che – pensoso, occhi bassi sotto il bosco delle sopracciglia – mi disse anni fa quando gli comunicai che mi ero messa a studiare seriamente il «caso Tobagi». Ebbi un moto di stupore: non riuscivo a immaginare cosa mai avrebbe potuto ferirmi piú di quello che era già accaduto. Non mi aspettavo certo di poter cambiare le cose, scoprire fatti clamorosi o chissà che altro. Avevo esitato a parlargliene, temevo di riaprire vecchie ferite. Allo stesso tempo, anche se non parlava piú della vicenda da molti anni, lui solo poteva capire la mia ansia di sapere, di fare qualcosa – qualsiasi cosa – per papà. Il nonno mi guardò e non insistette. Mi consegnò uno scatolone di lettere e documenti vari accumulati negli anni e non ne parlammo piú. Tempo dopo ho capito cosa voleva dire. Aveva ragione: a cercare la verità ci si fa male, laddove la realtà dei fatti è sfuggente, elusiva, ambigua. Ripensandoci mi sono resa conto che era stata l'unica persona della famiglia a reagire preoccupandosi subito per me, per come avrei potuto sentirmi io. Mi aveva messo in guardia per proteggermi, seguendo il suo vecchio istinto paterno, mai sopito. Gliene sono stata molto grata.

Nonno Ulderico è morto nel febbraio 2005. L'improvviso peggioramento di un tumore al polmone che restava silente da anni l'ha portato via in meno di una settimana. In quei pochi giorni ho trascorso molte ore in ospedale accanto a lui. Al momento del ricovero l'avevo visto cosí indifeso e spaventato. Aveva detto solo: Muoio. Nonna stava già male e non gli sarebbe potuta stare vicina. Non volevo lasciarlo solo, almeno finché non si fosse rasserenato. Non doveva morire solo anche lui. Soffriva molto, ma non hanno potuto somministrargli la morfina finché non è stato chiaro che non c'era piú nulla da fare. Semicosciente, ma finalmente tranquillo. Sono rimasta comunque a tenergli la mano; guardavo le dita pelose che trovavo cosí buffe da bambina.

Adesso suo figlio verrà a prenderlo, pensavo.

Nell'inerzia forzata, ho cominciato a chiacchierare con il suo vicino di letto, un anziano signore che somigliava un po' a Montanelli, apparentemente scorbutico, in realtà solo molto turbato dall'agonia del suo vicino. Ho scoperto che era un appassionato di jazz. Ricordo i suoi occhi azzurrissimi che si ammorbidiscono mentre parla di una certa registrazione introvabile, rievoca la propria giovinezza, l'incontro con la moglie. Per qualche breve momento restiamo sospesi lontano dall'orrore della malattia e dei corridoi vuoti che puzzano di disinfettante. Questa conversazione casuale ha contribuito a provocare un corto circuito misterioso tra passato e presente.

Il nonno è morto all'alba. La telefonata di mia madre mi ha raggiunto mentre stavo per uscire, avevo programmato di essere in ospedale dalla mattina presto. Non riuscivo a smettere di pensare: non è giusto, non è giusto, era da solo, non doveva morire cosí.

Nella stanza d'ospedale c'era un paravento a separare i vivi dai morti. Il medico ha spiegato che non aveva sofferto, che se n'era andato nel sonno. Scambio di convenevoli con l'anziano compagno di stanza. Condoglianze. Grazie. Vuole che le vada a comprare i giornali? No grazie, era tranquillo, dormiva, sa?

Poi il medico ha chiamato me e mia madre.

– Tobagi?

Il vecchio ha assunto un'espressione stupefatta, ha fatto per domandare qualcosa. «Non ce la faccio, – ho pensato, – non adesso». Poi mi sono rassegnata e ho risposto meccanicamente: Siamo noi, io sono la figlia, lui era il padre.

È venuto allora il mio turno di restare senza parole. Con tono incerto per lo stupore, il vecchio ha raccontato che tanti anni fa abitava nella nostra zona. Insomma, quella mattina, quando hanno sparato a mio padre, lui era lí. Stava andando anche lui a prendere l'auto al garage. Non sapeva chi fosse quell'uomo, ma ha visto tutto.

L'ignaro testimone li aveva visti morire entrambi, padre e figlio, senza sapere chi fossero. Ancora una volta io ero arrivata, di corsa, subito dopo. Sono restata in silenzio. Quella coincidenza sorprendente mi ha turbata, come se un cerchio, non so quale, si chiudesse.

Circa un mese dopo squilla il telefono. Un amico del nonno Ulderico, non lo conosco, parla di un box e altre questioni pratiche che ignoro. Infine spiega perché ha avuto il mio numero. Suo figlio, laureando in storia del giornalismo, aveva chiamato il nonno. Lui gli aveva suggerito di contattarmi, spiegando serio che poteva chiedere a me: avevo le carte, ora ci pensavo io a seguire queste cose. Non mi dispiace, vero?

Sono sopraffatta dalla commozione. Non me l'aveva mai detto. Forse non ci sono parole per certe cose. La telefonata mi acquieta come una benedizione antica: adesso un cerchio si è veramente chiuso.

Stai tranquillo nonno, adesso ci penso io. Ne avrò cura.

7. Sguardi

È incredibile quante immagini tornano che sembrano scomparse per sempre. Tu sei il loro inconsapevole custode. Sei responsabile della loro sopravvivenza. Nel momento stesso in cui appaiono fugacemente nella tua memoria rivivono se pure per un attimo. Se lo lasci svanire, quel volto che improvvisamente ti è apparso, è morto per sempre.

NORBERTO BOBBIO

È triste non ricordare il volto di una persona amata, ignorare quell'impasto di dettagli che la rende inconfondibile. Il modo di muovere le mani – mani larghe, ma dalle dita affusolate, come le mie –, la piega delle spalle, l'andatura, magari un tic, un vezzo. Particolari che le fotografie mostrano a malapena (sbaglio, o il sopracciglio destro è tagliato da una piccola cicatrice?), gesti e attitudini appena suggeriti. Dettagli indescrivibili, irrimediabilmente perduti: una delle tante piccole cose atroci a cui nessuno pensa.

Mi sono fermata tante volte davanti allo specchio a cercare i lineamenti di papà nei miei. Gli occhi sembrano cosí uguali, ma il suo sguardo, com'era?

Ho ascoltato a lungo le fotografie per carpire da qualche occhiata il racconto di altri frammenti di vita.

Una pila di immagini in bianco e nero. Un viaggio nel tempo attraverso le trasformazioni dello sguardo di un ragazzo e poi di un uomo.

Milano, marzo 1966.

Una strada, un freddo inizio di primavera, a giudicare dal loden. Credo si tratti di uno scatto della storica manifestazione organizzata dagli studenti del Parini il 23 marzo 1966, mentre si prepara il processo per il clamoroso «caso Zanzara».

Migliaia di studenti liceali con i loro professori fanno una «marcia per le libertà» in mezzo a una città incuriosita che per lo piú applaude e simpatizza con loro, segno tangibile che i tempi stanno cambiando. Walter, naturalmente, c'è.

Impagabile, lo sguardo di questa foto. Contiene il seme degli anni successivi, passati a osservare e raccontare un mondo che cambia pelle. Uno sguardo attento, ma non privo d'ironia, occhi a cui non sfugge nulla, che non risparmiano niente e nessuno (nemmeno se stesso) dal vaglio della ragione critica, pur trattenendosi dall'esprimere giudizi. Quel modo di tenere la testa, da sotto in su: come a esprimere una perplessità divertita di fronte a un argomento interessante, che tuttavia non lo convince sino in fondo. Sembra prefigurare quel misto di curiosità e sorprendente capacità di distacco con cui si avvicinerà alle proteste del Sessantotto, vissute dall'interno dell'università: non sulle barricate, ma lí accanto, sguardo attento e taccuino alla mano, consapevole di vivere uno storico momento di transizione.

Nella sua cartellina «personale» del 1968 e nei carteggi di quel periodo i riferimenti alla contestazione sono rarissimi: tutto ciò che riguarda la protesta che si gonfia negli atenei e per le strade è già stato trasferito dalla sfera del privato ai materiali di lavoro.

Riesce a essere dentro e fuori, un atteggiamento atipico di «osservazione partecipata».

La libertà non è star sopra un albero | libertà è partecipazione, cantava Gaber. Walter vede nell'esplodere della mobilitazione studentesca il potenziale di una salutare iniezione di energie fresche nella nostra democrazia ancora arretrata. È entusiasta di vedere tanti ragazzi avvicinarsi alla politica con trasporto, spesso gioioso: la rabbia non è ancora il dato prevalente. «Della protesta – ricorderà anni dopo lo storico Giorgio Rumi, che lo stimava moltissimo ed ebbe modo di frequentarlo intensamente all'università proprio in quegli anni, – condivideva i presupposti ma respingeva le intemperanze».

L'entusiasmo non offusca il suo sguardo. Si accorge presto che la porzione di giovani che si mobilitano non è maggioritaria. Coglie subito segnali pericolosi di violenza. La gestione dell'ordine pubblico è repressiva, è vero, ma Walter è profondamente turbato anche dall'odio degli studenti borghesi per i poliziotti, che vivono in una condizione di povertà e sfruttamento, e poi dall'uccisione dell'agente di P. S. Annarumma nel novembre 1969.

Scrive della protesta universitaria sui giornali con cui collabora. Comincia a occuparsi con attenzione dei gruppuscoli che vanno formandosi a sinistra del Pci, il «grande e vecchio padre» che ha tradito le presunte aspirazioni rivoluzionarie delle masse operaie e dei giovani in favore dei «padroni» e della «corrotta» via socialdemocratica. Racconta a Stella ai primi di dicembre del 1969: «Ho cominciato a scrivere il primo libro vero: una storia dei "cinesi" italiani, i gruppi marxisti-leninisti, Stalin e Mao. Un mese e mezzo per consegnare centocinquanta cartelle».

Sarà il suo primo saggio, che vede la luce nel giugno del 1970, quando ha solo 23 anni: *Storia del movimento studentesco e dei marxisti-leninisti in Italia*. I cosiddetti «cinesi», ossia i partitini marxisti-leninisti, di stretta osservanza maoista, sono cresciuti come funghi all'ombra del grande dissidio sino-sovietico. Elitari in maniera addirittura esasperata, sull'onda della contestazione vivono un momento di forte espansione, anche se l'ossessione per la purezza ideologica produce continui conflitti interni e scissioni, con esiti talora grotteschi. Professano un'ideologia dura e rivoluzionaria (nel 1970, per vie diverse, nasce a Milano un altro gruppo che si rifà all'ortodossia marxista-leninista: le Brigate Rosse). Poi ci sono gli operaisti, debitori dell'eresia socialista dei «Quaderni rossi» di Panzieri, caratterizzati dalla fede nella assoluta centralità e autonomia della classe operaia nei processi rivoluzionari: tra i più significativi i gruppi-riviste «Potere Operaio» di Toni Negri, Franco Piperno e Oreste Scalzone e «Lotta Continua» di Adriano Sofri. Infine, la vasta ed eterogenea realtà del Movimento studentesco, col suo leader carismatico Mario Capanna. Una ricerca sul campo e sulle fonti (le pubblicazioni dei vari gruppi), «in un momento politi-

co particolare, e "caldo"», rivendica con soddisfazione
Walter, completata da un prezioso glossario per orientarsi nel gergo dei *gauchistes*.

Ho scoperto che diversi studiosi ancora ne conservano
gelosamente una copia nella propria biblioteca, o cercano
di accaparrarsela sulle bancarelle dell'usato.

Il libro ebbe un naturale sviluppo nel breve saggio pubblicato nel 1971 sulla rivista «il Mulino»: *Riformisti a sinistra del Pci*. «Riformista», negli anni Settanta, era una
parolaccia. Mi ha sempre colpito che il Pci abbia voluto
coniare il termine «migliorista» per qualificare la linea politica socialdemocratica promossa da Amendola. Figurarsi per il mondo della Nuova Sinistra. Il titolo del saggio è
una provocazione sottile, una risata sotto i baffi, rivela subito la prospettiva atipica dell'autore. Walter traccia un
quadro delle contraddizioni in cui stanno cadendo i gruppi della sinistra extraparlamentare: una prassi che contraddice i loro proclami ideologici. Laddove hanno ottenuto
risultati concreti, nelle fabbriche o nell'università, è stato
attraverso i piú classici schemi dell'aborrita contrattazio-
ne riformista, a dispetto della vulgata rivoluzionaria. La
funzione di stimolo che questi gruppi hanno esercitato nei
confronti delle forze progressiste nel loro complesso è ormai in via di esaurimento: sarebbe auspicabile che trovas-
sero un canale di accesso alle istituzioni. Li coglie a un bi-
vio risolutivo: adeguare le parole ai fatti o viceversa. Purtroppo, l'evoluzione che questi gruppi seguiranno è per lo
piú negativa: dissoluzione o scivolamento sul piano incli-
nato della violenza; solo una minoranza tenta un'evoluzione parlamentare, con esiti assai deludenti. Quel che restava del Movimento studentesco entra in parlamento con Democrazia proletaria. Il gruppo Lotta Continua, dopo una
marcata accentuazione della postura violenta e insurrezio-
nalista tra il '71 e il '72 (anno dell'omicidio del commissario Calabresi) si ridimensiona, fino a tentare l'avventura
elettorale nel 1976, con esiti disastrosi; poi si scioglie, so-

pravvivendo solo come giornale. Molti fuoriusciti dal gruppo entrarono in bande armate, soprattutto Prima Linea. Potere Operaio si sfalda, anche per contrasti tra i suoi leader-primedonne, ma risorge nella proteiforme realtà dell'Autonomia Operaia Organizzata, che accentua i tratti insurrezionalisti e antisistema fornendo un vasto bacino di manodopera per le principali bande armate clandestine, in particolare le Br, e il «terrorismo diffuso».

Walter è curioso e molto presente al proprio tempo. Mantiene un'attenzione costante verso tutti i fermenti culturali e sociali che rendono effervescenti i primi anni Settanta. Sull'onda della protesta contro la guerra in Vietnam si dedica con il consueto aplomb a un'altra icona del filone terzomondista del Sessantotto, scrivendo un agile profilo di Ho Chi Minh: *Quel timido zio Ho*. Riporta quindi lo sguardo benevolmente indagatore sui coetanei, scrive su temi a lui cari: gli esperimenti didattici promossi sulla scia di don Milani; i tentativi di riforma dell'università. Racconta la vita delle «comuni» in area milanese: dalle esperienze *bohémiennes* dei ventenni con velleità artistiche in Brera, ispirate soprattutto all'ideale della liberazione sessuale, ai ben piú consistenti esperimenti di comuni «politiche» nelle periferie industriali. L'inchiesta lo porta in una comunità in zona San Siro, che segue una scelta di vita radicale, ma non esprime idee piú eversive di altri. Nel tempo libero e nel privato, poi, i comunardi si rivelano molto «borghesi». Dagli appunti preparatori posso ricavare maggiori dettagli: l'indirizzo della comune è piazzale Stuparich 18, accoglie per lo piú operai della Sit Siemens, e il vero nome del leader «Mauro» è Mario. Sobbalzo. Si tratta di Mario Moretti, capo delle Br dal 1974. Una coincidenza impressionante: credo possa rendere vagamente l'idea del crocevia di persone, percorsi ed esperienze eterogenee che era la Milano del 1970. Penso: aveva buon occhio, papà.

Dentro l'università si impegna contro le derive di un metodo assembleare che è molto meno democratico di quel che sembra. Le assemblee sono egemonizzate dal Movimento studentesco e, in generale, vedono il prevalere dei tribuni carismatici, dei gruppi piú estremi e agguerriti, che schiacciano le altre voci. Come studente e poi collaboratore di una leva di giovani e brillanti storici (Vigezzi, Rumi, Decleva) appoggia il progetto di un «Comitatone» di esponenti dei partiti e dei sindacati, incaricato di dialogare con i rappresentanti del mondo accademico, studenti e docenti, per portare avanti con maggiore efficacia le riforme. Premessa del «Comitatone» era l'applicazione nelle assemblee di regole, forme di rappresentanza e d'espressione piú democratiche: per questo l'estrema sinistra dichiara guerra al progetto. Leggo su «Rosso», periodico degli autonomi milanesi (che anni dopo si doterà di armi e strutture illegali), articoli di fuoco contro il «Comitatone»: questi riformisti sono peggiori della piú bieca reazione.

Poi c'è la scelta della tesi. Il mio fondo d'incoscienza è ritornato a galla anche qui: perché ho scelto, in linea di massima, una tesi per dottrine politiche che richiederà mesi e mesi, forse anni, di lavoro. Il Brunello Vigezzi, docente illustre e giovane di dottrine politiche, ritiene che sono tanto bravo quanto folle. Non so cosa succederà.

Tra le strade e l'università, sull'onda dell'«autunno caldo» incontra infatti il grande amore intellettuale della sua vita.

«Alla base di questa ricerca sul sindacato in Italia nel secondo dopoguerra è un'esigenza concreta e attuale: cercare di comprendere le origini del sistema politico, economico e sindacale nel quale viviamo. ... Perché proprio il sindacato? Sulla scelta ha influito l'attualità politica: per-

ché questa tesi è stata progettata e avviata negli ultimi mesi del 1969, quando la presenza delle organizzazioni sindacali esercitava una notevole influenza sulla situazione
politica generale».

La tesi, *I sindacati in Italia nel secondo dopoguerra (1945-
1950)*, risulta mastodontica: quasi novecento pagine. Usa
giornali, periodici, fonti orali, e un metodo sperimentale.
Per ovviare all'indisponibilità delle fonti archivistiche, ma
anche per rivendicare la possibilità di applicare il metodo
storico anche a temi recenti, a materiali di lavoro che sono gli stessi del cronista. Attorno a questo primo lavoro si
innesteranno le ricerche successive.

Fioriscono in quegli anni gli studi sulla storia del sindacato, nuovo protagonista della vita democratica, ma in
molti scrivono la storia che serve alla propria politica. Contro questi pesanti condizionamenti ideologici, Walter svolge – come giornalista e come ricercatore – analisi punti-
gliose che mettono in discussione le rappresentazioni del
movimento operaio coltivate dalla Nuova Sinistra.

14 settembre 1979

Vita da inviato. Stasera sono a Taranto. Sono arrivato, quasi 400 chilometri di macchina, da Salerno. Dove ero arrivato due giorni prima da Venezia. Un giro
d'Italia di fabbriche e sindacalisti. E una fatica che taglia le ossa.

Le inchieste nate da questo viaggio e le interviste ai leader delle confederazioni che fanno da ossatura all'ultimo
saggio, *Che cosa contano i sindacati?*, rappresentano il fiore all'occhiello di un lavoro sul campo che lo impegna per
tutta la sua carriera di giornalista.

Michele Tiraboschi ha osservato che, al pari del suo
maestro Marco Biagi, assassinato dalle nuove Br nel 2002,
Tobagi amava il sindacato, e non c'è critico piú severo di
un innamorato sincero. Il suo sguardo attento gli ha per-

messo di leggere i segnali di crisi che già si palesavano. Gli eccessi del «pansindacalismo», i dilemmi della cassa integrazione, il lavoro nero, le difficoltà di accesso alle professioni per i piú giovani, una concezione rigida del lavoro, il verticismo e burocratismo dell'organizzazione che non riesce a rappresentare il complesso della realtà dei lavoratori fuori dalle grandi fabbriche, dagli operai delle piccole imprese ai «nuovi strati di lavoratori che vivono esperienze estremamente diverse, dalla disoccupazione alla sottoccupazione, all'occupazione precaria». Sono i problemi in cui i sindacati si dibattono ancora oggi.

Voci, paesaggi, colori, i fumi grevi delle acciaierie, uno spaccato della realtà della condizione di vita operaia, una polifonia di voci per ritrarre l'articolata complessità di quella «classe operaia» che troppi si ostinano a considerare una sorta di mistica unità.

Contro il mito della «spontaneità rivoluzionaria delle masse», nel 1977, nel pieno delle agitazioni egemonizzate dai gruppi operaisti, pubblica *Il sindacato riformista*. Il saggio ripercorre le conquiste del movimento operaio all'inizio del Novecento e nei primi anni della Repubblica, sotto l'egida di Turati, amatissimo padre nobile del riformismo milanese.

Di quel periodo isola poi un evento cruciale: 14 luglio 1948, «lo sciopero generale per l'attentato a Togliatti è passato dalla cronaca al mito senza passare per la storia». Attraverso le carte prefettizie Walter restituisce il quadro composto di un paese ancora lacerato dalla campagna elettorale dell'aprile '48, in cui la forza del movimento operaio in alcune roccaforti industriali è assai ridimensionata dalle vaste aree rurali dove la mobilitazione è pressoché nulla. La congiuntura internazionale impone ai partiti del Fronte Popolare la scelta della moderazione. Titola provocatoriamente il saggio: *La rivoluzione impossibile*. Correva l'anno 1978.

Sento che quello sguardo obliquo vuole raccontarmi ancora qualcos'altro di lui. Mi soccorre una lettera. Scrive, sempre a Stella:

... è quasi l'una. Io sto tentando di leggere ancora. Da una settimana sono stato preso dalla mania di leggere libri, e preparare esami ... Cosí leggo in fretta, accumulando nozioni. Un po' di Marx per filosofia della storia, un po' di pagine sugli schizofrenici per filosofia teoretica ... Stasera sono restato due ore con Claudio Torneo, redattore sindacale all'«Avanti!», che mi ha erudito sugli strani anni '45-50, fratture sindacali, notiziole curiose ... Poi fuori dall'arcivescovado (era giovedí, verso mezzogiorno) centomila persone in piazza del Duomo: in sciopero per le riforme. Gli striscioni rossi inneggianti all'unità [sindacale], gruppi di studenti ai margini coi loro slogan, Mario Capanna fra gli altri, la barba piú corta: «Quando esce il libro» mi chiede. «A giorni». «Devi darmene una copia...».

Per Capanna – come lui umbro e di umili origini – lascia trapelare una personale simpatia (gli riserva l'amata qualifica di *popularis*), a dispetto della grande diversità delle loro posizioni.

E poi via, fra questa gente. Un po' estraneo, in fondo. Ma chi sono? Chi sono davvero? Esco dall'arcivescovado e incontro Capanna, mi propongono di presentarmi alle elezioni (liste Psi) e dico di no. A fine mese andrò a Roma per gli esami da professionista. ... Poi a casa, di nuovo, a leggere: libri sugli schizofrenici, con la paura che questa scissione sia anche in te stesso.

L'attitudine – appena un po' spaesata – di chi è «in ricerca» e si muove a cavallo tra mondi diversi, cercando di capire, oltre al proprio tempo, anche se stesso e la propria collocazione in un reticolo complesso e in rapida trasformazione.

Anni dopo mio padre riconosce questo eclettismo co-

me una risorsa: «È la ricerca di un bandolo fra tante verità parziali che esistono, e non si possono né accettare né
respingere in blocco», scriverà nel '78.

C'è un'altra fotografia, che trovo a suo modo illumi-
nante, oltre che molto buffa. Metà anni Settanta (non sono riuscita a datarla con piú precisione): Walter, tra il pubblico, scruta con la solita divertita perplessità un ignoto
oratore. È ben pettinato, sbarbato, impeccabile nel suo
abito scuro con cravatta. Sembra uscito da un altro piane-
ta rispetto all'arruffato Massimo Fini che gli siede accanto, con la sua sigaretta in bocca e il ruvido maglione peru-
viano.

La moda sembra essere l'unico aspetto della trasformazione sociale che scivola addosso a Walter senza scalfirlo.
Era fatto cosí. Una delle tante forme in cui si manifestava il suo essere libero dai condizionamenti esterni, indifferente alle mode, agli atteggiamenti (i complessi e le insicurezze del liceo sono ormai acqua passata). Negli anni

Settanta, paradossalmente, il massimo dell'anticonformismo finiva per essere l'andarsene tranquillamente in giacca e cravatta tanto al «Corriere della Sera» quanto nelle roccaforti dell'Autonomia Operaia a Padova e a Bologna, al Transatlantico a intervistare i segretari di partito come nelle librerie alternative del movimento, o al *Giamaica*, mitico locale-calderone nel cuore di Brera. Sempre vestito alla sua maniera, sempre con quell'aria insieme paciosa e indagatrice.

La curiosità lo spinge dappertutto: dovunque cerca di instaurare un dialogo autentico, per superare diffidenze e divisioni. Il ragazzo della foto mantiene sempre quello sguardo curioso e libero, e cerca modi sempre nuovi di regalarne un poco anche agli altri.

Gad Lerner, che ebbe modo di frequentarlo dalla fine del 1977, conferma: «A Roma Tobagi poteva andare a intervistare il ministro dell'Interno Rognoni, andava al Viminale e poi veniva in via dei Magazzini generali, al Testaccio, da noi di "Lotta Continua"». Tratteggia un quadro analogo alla buffa situazione colta dalla fotografia: «Avevamo pochi anni di differenza, sette. Lui era già un signore con giacca e cravatta e ben pettinato, del «Corriere della Sera», mentre noi eravamo gli scapestrati con i capelli per aria e i baffi di Lotta Continua. Eravamo animali diversi che cominciavano ad annusarsi in qualche modo. C'era persino il vantaggio, scusate se scendo nel prosaico, che invitava a pranzo, pagando il conto. E per noi non era poco».

Quella di Walter non è sterile curiosità, non è gioco intellettuale con le frange della sinistra extraparlamentare (in tanti cenacoli intellettuali dell'epoca frequentarle era considerato molto chic), o necessità di ricavare materiale per un articolo di politica o costume. «Dalle cose che lui scriveva dopo averci incontrato – continua Lerner – abbiamo capito che non gli interessavamo tanto come specie rara, come animali di frontiera da raccontare, ma che lo interessavano le nostre idee e soprattutto il nostro travaglio, la nostra crisi nei confronti delle ideologie, che avevano portato molti dei nostri compagni, non solo a teorizzare la violenza, cosa che facevano in tanti nel movimento operaio, ma a praticare sistematicamente la gambizzazione e l'omicidio politico». Occasione dell'incontro era stato l'aspro dibattito scatenato all'interno di «Lotta Continua» da un'intervista ad Andrea Casalegno, figlio del vicedirettore della «Stampa», appena assassinato dalle Br, realizzata proprio da Gad Lerner e Andrea Marcenaro. Per questa presa di posizione erano stati bollati con l'infamante (per l'ideologia dell'estrema sinistra rivoluzionaria di allora) qualifica di «umanitari». Oltre a cercare occasioni di incontro e di dialogo fuori dagli schemi usuali, mio padre ne creava: per esempio stimolò i giovani di «Lotta Continua» ad allargare il proprio orizzonte di contatti per coagulare un piú ampio «fronte della trattativa» nel drammatico frangente del sequestro Moro. In quei giorni sposò con trasporto le prese di posizione di Craxi e del Psi per la ricerca di una «soluzione umanitaria». Contattò i giovani di «Lotta Continua», ancora arenati sull'ambiguità di quella brutta formula, «né con lo Stato, né con le Br».

«Attraverso persone come Tobagi – conclude Lerner – abbiamo incontrato il resto del mondo. Abbiamo incontrato vescovi e cardinali, i famigliari di Aldo Moro, teologi, personalità da noi lontanissime con le quali si sviluppava l'idea che ci fossero cose piú importanti della politica e che la lotta di classe non poteva passare sopra le persone e i loro corpi».

Milano, 15 luglio 1975.

Una serata di mondanità milanese, un'occasione speciale.

Il «Premiolino» al miglior giornalista del mese è stato assegnato al giovane Walter Tobagi del «Corriere d'Informazione», «per la coraggiosa, spregiudicata e documentata inchiesta sulla crisi e sugli scandali esistenti nella realtà politica e sociale lombarda, alla vigilia del voto del 15 giugno 1975», recita la motivazione.

È un riconoscimento prestigioso: dal 1960 la giuria del premio segue con particolare attenzione il giornalismo «impegnato», le inchieste difficili degli anni della strategia della tensione; nel corso degli anni Settanta tra i premiati ci sono Pansa, Scalfari e Turani, Vergani, Zincone, Galli, Flamini.

Papà ha ventotto anni, da tre lavora al «Corriere d'Informazione», è un apprezzato notista politico e inviato speciale articolista. A volte gli è affidato anche un corsivo d'opinione, con tanto di fotografia.

Il premio lo riceve per un ampio reportage a puntate. L'inchiesta sarà sempre la forma giornalistica a lui piú congeniale, quella che gli consente di mettere a frutto l'ampiezza e la puntigliosità del suo lavoro di documentazione. L'inchiesta, pubblicata nell'arco di vari mesi, che gli è valsa il premio ha come oggetto i rapporti tra poteri politici ed economici in Lombardia. Durante il praticantato si è sbarazzato delle velleità letterarie del liceo. La profondità d'analisi va di pari passo con una scrittura che riesce a restituire atmosfere e mentalità con pochi vividi fotogrammi.

La serata volge al termine, la cena è alle ultime battute, stanno per servire caffè e amari; la sala è piena di giornalisti che fumano e spettegolano passando da un tavolo all'altro, un cicaleccio fitto di frecciate, sottointesi, malignità e calorose pacche sulle spalle. Uno scatto coglie il festeggiato senza che se ne accorga, mentre sta guardando negli occhi sua moglie Stella, seduta di fronte a lui, che compare appena nell'immagine, «di quinta», come si dice in gergo cinematografico. Si sente appena la luce dei suoi capelli biondi. A lei non piacciono le occasioni mondane, ma stasera è una circostanza speciale. È molto elegante, ha indossato anche l'anello di fidanzamento e, contrariamente alle abitudini, si è truccata, le ciglia allungate dal mascara fanno risaltare gli occhi verdi.

Dopo il turbine della cerimonia e l'*overdose* di pubbliche relazioni Walter appare un po' stanco. Persino la scriminatura incorruttibile da bravo ragazzo degli anni Ses-

santa si è leggermente scompigliata. Forse un attimo dopo Stella allungherà una mano ad aggiustargli i capelli, sfio-
randogli con tenerezza la fronte con la punta delle dita.
Penserà a come è elegante, in quel completo chiaro, adesso poi che è cosí dimagrito; sorriderà tra sé e sé, ricordando che fatica è stata tenerlo a dieta.

Si vede che papà è contento. Il salotto buono del giornalismo milanese è lí a rendere omaggio all'ex *popularis*.
Ha un'espressione aperta, serena, quasi indifesa, che lo
fa sembrare piú giovane ancora della sua età. La vita è
una promessa e lui si specchia negli occhi della donna che
ama.

Il suo sguardo è dolcemente interrogativo. *Sei un po'*
stanca tesoro? Sei contenta? Lo sai che sei bellissima? Mi ricorda certe occhiate soffici dei dipinti di Renoir, i giovani innamorati nella luce sfavillante delle colazioni all'aperto in riva al fiume.

Ritrovo papà ripreso casualmente in alcune foto d'a-
genzia di quel periodo di affermazione personale e professionale. Fine ottobre 1974, sta seguendo per il «Corinf»
la lunga crisi di governo che vede il tramonto definitivo
della formula di centro-sinistra. Tra i tentativi di un redivivo Fanfani, duramente provato dalla sconfitta del referendum contro il divorzio, e Aldo Moro che ha già enun-
ciato la «strategia dell'attenzione» verso il Pci, lui è tra gli
inviati sempre in prima fila, per cui finisce per essere im-
mortalato dai reporter accanto ai «cavalli di razza» della
Dc. In quegli scatti ritrovo nei suoi occhi il divertimento
e la luce dell'entusiasmo giovanile.

Sorride, è innegabile che un po' si sta divertendo. Ormai è un *habitué* del Transatlantico e dei palazzi romani.
Il suo lavoro gli piace e segue la politica e i bizantinismi
democristiani con genuino interesse e distacco ironico,
riuscendo come sempre a tradurli in cronache chiare e
precise.

A guardarla col senno di poi la foto con Moro fa uno strano effetto. È bella, si respira un'aria rilassata. Dopo il 9 maggio del 1978 papà la conservò come un tesoro. A mia volta, l'ho donata ad Agnese Moro, figlia dello statista.

Gli anni al «Corriere d'Informazione» sono stati faticosi, hanno portato parecchie soddisfazioni, conquistate però a caro prezzo. L'atmosfera nel giornale è molto tesa; il comitato di redazione, a prevalenza comunista, non vede di buon occhio questo giovanissimo emergente di idee socialiste. La testata, poi, è già avviata verso un inesorabile declino.

Walter confida al proprio quaderno sbalzi d'umore e stati d'animo contrastanti.

16 luglio [1975]

Scrivo dopo mezzanotte. Ho riordinato lo studio. ... Ho passato una serata di enorme depressione. Al giornale la solita umiliante routine, ho dovuto passare perfino un articolo sul comico Marty Feldman! Quando son tornato a casa, e la Stella m'ha parlato un po' aspramente di un piccolo problema per lo scaldabagno nuovo, mi sono sentito crollare il mondo addosso. E ho fatto pesare, ahimè troppo, questo stato d'animo sia su Stella che su Luca.

Ieri sera, da Prospero, m'hanno consegnato il Premiolino, per l'inchiesta preelettorale nella Lombardia. In fondo ci tenevo, al Premiolino, e m'ha fatto piacere riceverlo. Però, al momento, mi sono sentito oppresso da un senso di isolamento. Dovevano venire almeno Giampaolo [Pansa, che è ancora al «Corriere della Sera»], Rumi [Giorgio, lo storico] e Nascimbeni [Giulio, responsabile delle pagine culturali del «Corriere»]. Non s'è visto nessuno. ... La Stella era molto bella, elegante, curatissima. Il senso, in fondo, è che al di fuori della famiglia c'è ben poco, o nulla.

A casa, infatti – a parte i piccoli screzi per gli elettrodomestici *et similia* – è un periodo di ritrovata serenità, dopo qualche scossa di assestamento. I ritmi di lavoro frenetici di Walter hanno provocato momenti di tensione nella giovane coppia, specialmente dopo la nascita di Luca. Stella gli ha imposto un diktat: «Devi trovare almeno dieci minuti al giorno tutti per noi!» Come ho detto, papà detestava le liti (la mamma invece ha un temperamento piuttosto infiammabile). Soluzione salomonica, papà decide di trovare casa a Milano, per ricavare i famosi dieci minuti risparmiando sugli spostamenti avanti e indietro da Cusano Milanino. Proprio nel 1975 si sono trasferiti nella casa dove poi sono nata e cresciuta.

Un ciclo si sta chiudendo e il premio rappresenta una cesura. Appena doppiato un traguardo, si riaffaccia il senso di inappagamento, l'irrequietezza degli esordi. Walter sente che è giunto il momento di cambiare, di crescere ancora. Il lavoro attuale ormai ha ben poco da dargli, a volte sente sul collo, scrive, un po' melodrammatico, «l'oppressione del fallimento professionale». Come niente fosse, registra di passaggio che sta cominciando a lavorare a un nuovo libro: ha ventott'anni ed è già il terzo. Stanco di sentirsi sempre «promettente», da tempo sta misurando il salto per passare all'ammiraglia, al «Corrierone», in cerca di una piú consistente affermazione professionale. È questione di tempo e di occasioni, il premio senz'altro aiuterà. Anche se la prospettiva di ricominciare da capo facendo la «talpa di redazione» lo spaventa un po'.

E per questo ora sono piú triste ... forse rimpiango di non aver avuto il coraggio di fare una scelta professionale, l'anno scorso, quando mi si offrí la possibilità di andare a Roma.

Nel 1974, infatti, molto soddisfatta del suo lavoro come inviato speciale, la direzione gli aveva proposto di diventare capo della redazione romana, una scelta professionale che lo aveva tentato, ma infine rifiuta, anche per via della famiglia.

Un lungo salto temporale nel quaderno-diario verde, si balza al 18 gennaio 1976: il pomeriggio dopo comincia al «Corriere».

Finirà, come aveva temuto, a fare la talpa in redazione. Dovrà ricominciare da capo, con il massimo dell'umiltà. Ma i risultati non tarderanno.

Sento spesso ricordare con ammirazione com'era giovane papà, rispetto ai traguardi professionali raggiunti, al numero di libri pubblicati. Con davanti a me il quaderno verde a quadretti di quei giorni di transizione, mi sembra che per la prima volta queste parole diventino vere. Era davvero giovane, poco piú che un ragazzo. Era piú giovane di me che adesso scrivo di lui. Con tutti gli entusiasmi, le tristezze, gli eroici furori e le arrabbiature di quando sei giovane e ti tuffi a capofitto nel lavoro che hai scelto e sognato.

Papà non si sentirà mai «arrivato». Come nel 1975, ogni traguardo è provvisorio, un nuovo punto di partenza. C'è sempre un orizzonte piú ampio da scoprire. In occasione di un lungo viaggio di formazione negli Usa organizzato dall'Usis, nel quadro di un rilancio della «diplomazia culturale» promosso dall'ambasciatore Gardner durante la presidenza Carter, Walter confessa al proprio taccuino:

5 novembre 1979

Quando son salito sull'aereo, e mi son trovato solo nel mio sedile, lo speaker che parlava un inglese incomprensibile, m'è tornato in mente quando arrivai da San Brizio a Milano. E nella scuola di Bresso ... mi sentivo emigrato da un mondo inferiore, lontano. La mia lingua era il dialetto. Ed è la stessa sensazione che provo ora. Chissà cosa doveva immaginare un giovane greco sulla triremi in viaggio verso Roma! Magari si consolava con un po' di sciovinismo sul passato, sulle glorie. In me, sull'aereo che vola ormai da cinque ore, prevale una sensazione diversa. Non mi considero erede né di una grande cultura né di una grande tradizione. Sono, mi sento *homo novus*; senza antenati che vadano oltre il nonno. Mi sento emigrante. Emigrante che da bambino è salito da San Brizio a Milano, e adesso fa un salto verso il cuore dell'Impero. L'America è questo, il cuore dell'Impero. È una sfida umana, professionale, culturale, personale. È con questo mondo, con questa realtà che bisogna fare i conti. L'Italia è provincia, il «Corriere» è provincia. Sento la pateticità di certi argomenti, l'insoddisfazione dell'inviato che, al massimo, si cimenta col capo squadra della Fiat o col capo sgarrettato. Certo, è piú difficile umanamente rimettermi in discussione, volersi confrontare con questa realtà. Ma il fascino della sfida vale ben piú della tranquilla routine che si può immaginare nella provincia italica. ... Lo scopo di questo viaggio è vedere, conoscere una certa realtà. Senza troppe illusioni.

L'ambizione professionale si mescola con la curiosità entusiasta del ragazzo che non si spegne mai nel suo sguardo. Per chi, come lui, amava il mestiere sul campo, e il gusto dell'inchiesta l'aveva fin dentro al midollo, la carriera che da inviato e articolista porta a corrispondente dall'estero era molto piú appetibile che non la trafila per avanzare nelle gerarchie interne, da caposervizio a caporedattore, alle vicedirezioni. Viene ventilata, brevemente, la possibilità di un suo incarico in Cina, in sostituzione di Piero Ostellino. Fu ucciso sette mesi dopo il viaggio in America.

Penso alla logica dei controfattuali e alla semantica dei mondi possibili, che mi affascinò tanto ai tempi dell'università. In un sistema parallelo, papà dopo qualche tempo diventa corrispondente e io frequento le scuole elementari a Pechino, poi chissà. Magari New York o Washington. È un pensiero crudele.

Milano, gennaio 1980.

Una delle foto piú famose. La trovo molto bella: rappresenta la pienezza della maturità. Anche se non posso ricordarlo, questo è l'uomo che anch'io ho conosciuto. Lo sguardo è morbido, tranquillo, divertito. Sta uscendo dall'ufficio del sostituto procuratore Pomarici: nel gennaio

1980, significa quasi certamente che è stato appena ascoltato riguardo al «caso Fioroni». Erano fuoriusciti i verbali di interrogatorio di Carlo Fioroni, il «professorino» che accusava Toni Negri di molteplici attività eversive. Mio padre ne aveva scritto insieme ad altri e per questo fu messo sotto inchiesta per violazione del segreto istruttorio (poi assolto). Quella vicenda gli procurò non poche preoccupazioni e dispiaceri. Nonostante ciò, si lascia andare a un sorriso disteso, quasi un accenno di risata. Al collo porta la lunga sciarpa che mi è tanto cara.

Ho chiesto a bruciapelo a molte persone che l'hanno conosciuto di chiudere gli occhi e dirmi, senza pensarci, la prima cosa che veniva loro in mente di mio padre.

La risposta è stata regolarmente: il sorriso.

«Un sorriso che si sentiva persino quando gli parlavi al telefono», ricorda malinconico Giorgio Santerini, che ha diviso con lui spalla a spalla la difficile quotidianità al «Corriere della Sera». Affianca a esso due immagini molto vivide. Il contraltare del sorriso: i «sigari della disperazione». Le rarissime volte che riuscivano a fargli perdere le staffe, in redazione o al sindacato, si accendeva, in via del tutto eccezionale, un pestilenziale sigaro toscano, che aspirava con sommo gusto per far sbollire l'incazzatura. E poi il suo lato edonista: la soddisfazione immensa con cui godeva della buona cucina, in particolare le cene alla trattoria *La bersagliera*, vicino casa, dove erano clienti abituali.

Parlo con Giorgio Santerini della fatica di quel periodo, degli scontri, delle minacce, dell'ostilità di tanti colleghi. «Povero papà», mi scappa di dire. «Non dirlo mai! – reagisce Giorgio con uno scatto inaspettato. – Ricordati sempre che è stato un uomo felice». Rifletto un istante. So che ha ragione. Il sorriso era l'indicatore di una serenità d'animo che, a livello profondo – pare un miracolo – non perse mai.

Dal sorriso di mio padre ricostruisco la fenomenologia

di un uomo gentile. «Gentile» è un aggettivo fuori moda. Non godeva di buon corso nemmeno negli anni Settanta: prevalevano allora gli atteggiamenti provocatori, la ribellione ostentata, un codice di comunicazione che per apparire libero e spregiudicato trascendeva spesso in aggressività o sfacciataggine. Walter era inattuale anche in questo, come nel portare sempre giacca e cravatta.

Piero Morganti, perennemente in conflitto con lui all'interno del comitato di redazione del gruppo «Corriere della Sera», lo descrive come «il morbido Tobagi col suo faccione da bambino col "magone"». Se si filtra il tono sarcastico, resta la sua effettiva, caratteristica «morbidezza», intesa come mitezza dei modi garbati – dietro cui si celava però una determinazione ferrea, come aveva potuto verificare piú volte l'avversario sindacale. Walter sapeva essere duro e tagliente nei contenuti, ma non trascendeva mai nella forma.

Resta anche l'impressione di un qualcosa di infantile nei tratti del viso tondo, che a volte tradiva quell'età giovanissima, per cui alcuni colleghi, tra cui Pansa, lo chiamavano «il tobagino», un viso dai lineamenti dolci, che tante foto di dibattiti e conferenze mostrano serio serio (ecco il «magone») mentre ascolta gli interventi dei correlatori.

La gentilezza è un abito che non dismette mai, e talora utilizza come una sorta di *passe-partout*, se non addirittura un grimaldello, per cavarsela in situazioni difficili. Il suo sorriso spiazzava gli interlocutori e gli permetteva sovente di trovare vie d'uscita impreviste da situazioni di tensione, come testimoniano alcuni aneddoti.

Ricorda Antonio Ferrari quando, nel 1979, si recarono insieme a Padova nel pieno della tempesta seguita all'arresto dei leader dell'Autonomia Operaia Organizzata (Toni Negri e i suoi piú stretti collaboratori). Bussano alle porte di Radio Sherwood, la radio libera dei temutissimi «autonomi» locali, apre una bellissima ragazza che, aggressiva, intima loro di andarsene: con la stampa borghese non si parla.

Racconta Ferrari, ancora esterrefatto, che Walter non si scompose e apostrofò candidamente la ragazza col migliore dei suoi sorrisi: «Ma come, una ragazza con due meravigliosi occhi azzurri come i tuoi, come fa a essere cosí dura?» La giovane «autonoma», colta alla sprovvista, ne fu disarmata: il flauto doma anche le bestie selvatiche. Aperta una breccia nella corazza della sua diffidenza, riuscirono a entrare. Sulla copertina del quaderno di appunti di papà c'è l'adesivo di Radio Sherwood: trofeo del fortino espugnato.

Spesso metteva l'arma della gentilezza al servizio di giovani colleghi: Gianni Riotta rievoca un episodio del 1978 quando, redattore ventiquattrenne della cultura al «Manifesto», fu mandato a Torino per seguire il processo al nucleo storico delle Brigate Rosse in sostituzione di Tiziana Maiolo. Ne riferisce in un articolo, *La lezione di Tobagi tra giornalisti arroganti e Br schiamazzanti*:

«I capi Br, tra cui Curcio, schiamazzavano in gabbia: ... urlavano morte al povero Aldo Moro. I giornalisti erano i grandi del mestiere, Giorgio Bocca che chiacchierava con la solare Daria Lucca, tutte le altre firme migliori. Arrivarono le copie con l'atteso comunicato Br, ci fu la corsa a prenderlo. Ero un ragazzo, mi feci sotto. Uno dei vecchi, rimasto senza, mi intimò di consegnarglielo: "Seguiamo sempre il processo, le copie sono nostre!" Non ci pensavo neppure, la grande firma si voltò per cercare solidarietà. In quel momento un signore garbato mi prese sottobraccio e mi portò via, come se fossimo amici da sempre. Era Walter Tobagi. Disse di aver letto i miei pezzi, che gli piacevano. Parlò a lungo del sindacato, del terrorismo, si disse felice che a sinistra c'erano sempre meno complicità. Ma soprattutto mi parlò di giornalismo, sempre passeggiando su e giú per l'aula: "Scrivere chiaro è difficile. Occorre studiare e poi filtrare tutto per i lettori". Mi invitò ad andare a trovarlo in via Solferino, mi presentò agli altri. Bastò la sua gentilezza a farmi accettare».

Papà aveva un atteggiamento di cura particolare verso i colleghi giovani, poiché era molto giovane lui stesso e aveva sperimentato sulla propria pelle tutte le asprezze della gavetta. Riservava speciale attenzione all'area del «movimento», ai nuovi talenti che rischiavano di restare impigliati nelle maglie fitte dell'ideologia e del conformismo. Un atteggiamento cui contribuiva una mai sopita vocazione all'insegnamento che si era manifestata nelle aule universitarie, coi praticanti in redazione, a volte anche nelle scuole di partito del Psi: «Avevo 17 anni, mi ricordo ancora le sue lezioni di storia: mi ha lasciato davvero qualcosa», mi confida un vulcanico editor della Feltrinelli.

Gad Lerner specifica cosí i termini del proprio debito professionale:

«Lui mi ha fatto capire cosa poteva essere il giornalismo. Badate che a "Lotta Continua" noi consideravamo una parolaccia anche "giornalista". Noi eravamo dei redattori ... portavoce prestati provvisoriamente a rappresentare, a delineare le istanze dei movimenti. L'idea del giornalismo come professione ci pareva la negazione delle ragioni per cui noi scrivevamo. E invece abbiamo scoperto che c'erano altri giornalisti professionisti del piú grande giornale italiano che non scrivevano soltanto per la carriera, ma che erano veramente appassionati al dibattito delle idee, e anche all'idea che quello che tu scrivevi poteva servire a cambiare la realtà in meglio».

Il direttore di «Repubblica» Ezio Mauro, allora giovane cronista della «Gazzetta del Popolo», conferma: «Ci siamo incontrati, seguendo il terrorismo, a Torino. Discutevamo, spesso non ero d'accordo con lui. Ma noi giovani abbiamo imparato il mestiere dai grandi inviati come lui. Certo, era piú anziano...» Mi chiede l'anno di nascita di papà: resta sinceramente sorpreso quando gli rivelo che era del 1947. Mauro ha solo un anno di meno. Di nuovo l'immagine del precocissimo «giovane-vecchio».

In una delle mie abituali scorribande in libreria mi imbatto in un volumetto insolito, *Elogio della cortesia*, di Giovanna Axia. L'autrice interpreta la gentilezza non solo come virtú sociale, ma come uno speciale tipo d'intelligenza, volto a capire le circostanze e lo stato d'animo altrui, «un'intelligenza che non si limita a dire "Questo è il tuo territorio e io me ne sto fuori", ma è tesa proprio alla comprensione di quel territorio». La gentilezza si nutre di leggerezza senza superficialità. Rifugge l'enfasi e i gesti plateali, servendosi piuttosto di mezzi semplici, alla portata di tutti, come attenzione, ascolto, riflessione, scelta delle parole, e lo fa in maniera mai banale. Una vera e propria arte tesa a rendere piú lieve la fatica del vivere.

Papà era proprio cosí.

Un po' sfocato, in lontananza, al crocevia tra questi sguardi, sta mio padre. Mi osserva in quel modo tutto suo, e mi sorride.

8. Parole di morte, ragioni di vita

OGGI, MERCOLEDÌ 28 MAGGIO, UN NUCLEO DELLA BRIGATA 28 MAR-
ZO HA ELIMINATO IL TERRORISTA DI STATO WALTER TOBAGI, PRESI-
DENTE DELL'ASSOCIAZIONE LOMBARDA DEI GIORNALISTI.
ONORE AI COMPAGNI CADUTI PER IL COMUNISMO.
INDIVIDUARE E COLPIRE I TECNICI DELLA CONTROGUERRIGLIA PSICO-
LOGICA.
NIENTE RESTERÀ IMPUNITO.
UNIFICARE IL MOVIMENTO RIVOLUZIONARIO COSTRUENDO IL PARTI-
TO COMUNISTA COMBATTENTE.

PER IL COMUNISMO

BRIGATA XXVIII MARZO

Brutale. Per avvicinare quella mattina piovosa di tarda
primavera scelgo di prendere il toro per le corna e mi ritrovo sulle sei cartelle dattiloscritte del volantino con cui
una semisconosciuta formazione terroristica rivendica l'o-
micidio di mio padre.

La firma, innanzitutto. Era diffusa tra le bande armate l'abitudine di intitolare brigate e colonne alla memoria
dei compagni caduti. Il nuovo gruppo, che aspirava ad ac-
creditarsi presso le Brigate Rosse operando per la «disar-
ticolazione» del settore dell'informazione, aveva scelto di
commemorare i morti della strage nel covo di via Fracchia.
In quel frangente la stampa ha toccato (cito dal volantino)
«il suo punto piú basso e schifoso con il plauso generaliz-
zato alla fucilazione dei comunisti combattenti».

Il 28 marzo 1980 a Genova quattro brigatisti erano
morti a seguito di un'incursione dei carabinieri della squadra speciale antiterrorismo del generale Dalla Chiesa in una
base della locale colonna delle Br, una delle piú attive e fe-

roci. Genova è una città-chiave nella vicenda del terrorismo brigatista; qui, nel 1976, avviene il primo omicidio pianificato, quello del giudice Francesco Coco e dei suoi agenti di scorta (dopo le tre uccisioni «non programmate» del 1974). La colonna genovese è incistata nelle grandi fabbriche, nell'università, nel porto.

Tra i morti verrà poi identificato anche il famigerato capocolonna Riccardo Dura, responsabile di delitti efferati come l'uccisione di Guido Rossa, operaio dell'Italsider, sindacalista comunista, o del commissario Antonio Esposito, che era stato un dirigente della disciolta squadra antiterrorismo del questore Santillo.

Via Fracchia rappresenta un punto estremo, asperrimo, dello scontro tra lo Stato e i brigatisti. Molti sospettarono un'esecuzione pianificata, dubitando della versione ufficiale, secondo cui si era trattato dell'esito tragico di una sparatoria scatenata dagli stessi brigatisti.

Nella primavera del 2008 una giovane fotografa, nell'allestimento di una galleria di immagini intitolata *Muri di piombo*, ha inserito in mezzo ai luoghi dove sono cadute le vittime dei terroristi anche il portone di via Fracchia 12. Questa scelta mi ha colpito molto. Vittime del terrorismo, in qualche modo, anche quei terroristi che la spirale di violenza l'avevano innescata? Questo no. Ma quella foto lí in mezzo, vistosa anomalia, risuonava di molti significati, evocava i fantasmi dell'esasperazione che porta a invocare la legge del taglione e anestetizza i sentimenti di umana pietà.

La mattina del 28 marzo mio padre si recò a Genova con il collega Antonio Ferrari; c'è anche Giancarlo Pertegato: l'evento è di sicura rilevanza e il «Corriere» lo copre con tre inviati.

Notizie vaghe, niente immagini, massimo riserbo da parte delle fonti ufficiali. Papà fu molto turbato. Anche lui si domandò se si fosse trattato di una ritorsione, un'incursione realizzata con l'intento di uccidere. Era preoccupato e amareggiato. Il 29 marzo 1980 firma un commento, taglio medio in prima pagina: *Adesso si dissolve il mito della colonna imprendibile.* Un pezzo equilibrato che sollevava molti interrogativi, senza toni trionfalistici. Non manca di rilevare gli aspetti poco chiari, nella misura in cui era possibile farlo sul piú istituzionale dei quotidiani.

«E cosí il mito dell'imprendibile colonna genovese, il nucleo d'acciaio delle Brigate Rosse, ha subito un colpo durissimo. E l'ha subito in quella strada di Oregina dove un commando aveva teso l'agguato a Guido Rossa, ... che osò denunciare Francesco Berardi, postino in fabbrica delle Br. Non tutto si può ridurre a simbologia, ma non si può nemmeno sfuggire alle coincidenze, ancora una volta impressionanti. ... attorno a questo spazio angusto, una specie di triangolo maledetto tra le case di Oregina, ruota il dramma e il mistero piú impenetrabile ... Se qualcuno non credeva ancora che il terrorismo può celarsi dietro porte insospettabili, adesso dovrà cambiare idea. E dovrà riflettere anche su quello schedario da tremila nomi trovato nell'appartamento: riprova del gran numero di persone, di "obiettivi" che il partito armato tiene sotto controllo. Resta da vedere se l'incursione alle quattro di notte – l'ora degli agguati e dei tradimenti – ha colpito un centro nevralgico o solo una base d'appoggio del terrorismo. L'altra "svolta" riguarda la decisione con cui sono intervenuti i carabinieri, troppe volte negli ultimi mesi vittime designate degli agguati piú brutali. Poco si sa di come si sia sviluppata l'operazione; comunque risulta chiaro il massiccio spiegamento di forze e l'impiego di nuovi mezzi antiguerriglia. ... E sarà difficile sfuggire a questa logica di crescente "militarizzazione", innescata dal crescendo terroristico».

Dedica spazio all'atmosfera cupa e tesa, coglie l'esasperazione dei cittadini, sentimenti che avvelenano la convivenza civile. A tratti il tono si fa dolente, quasi un'elegia in morte della *pietas*.

«Quel che è successo l'altra notte, in fondo, alla gente appare come il contrapposto inevitabile di questo stillicidio di sangue. Nella latteria all'angolo di via Fracchia, una signora tranquilla e sorridente, modesto cappotto rosso, commentava con due amiche: "Mi sarebbe dispiaciuto se fosse morto il carabiniere. Per gli altri no"; ed è la conseguenza piú avvilente di quella strategia perversa che ha voluto puntare sulla lotta armata. ...

Fra la gente raccolta in via Fracchia, c'era qualcuno che diceva: "Se li avessero arrestati, i brigatisti avrebbero potuto parlare, come Fioroni". Ma c'erano altri, e piú numerosi, che ribattevano: "È la paura che può indurre qualcuno a rompere il cerchio dell'omertà". I frutti prodotti dal fascino malefico della clandestinità sono un seme che avvelena e angustia, ormai, l'intera società. È una paura diffusa, un terrore istintivo; la paura e il terrore di chi non vorrebbe immischiarsi in queste faccende, ma teme di trovarcisi in mezzo per banale fatalità».

Due mesi dopo, sempre il 28, i terroristi saldarono per sempre il nome di Walter Tobagi alla strage di via Fracchia. È una formazione nuova, che solo un paio di settimane prima ha firmato la sua prima azione, la gambizzazione del cronista di «Repubblica» Guido Passalacqua, giornalista di sinistra con un passato nelle file di Lotta Continua. Passalacqua conosceva due ragazzi della banda, Mario Marano e Francesco Giordano: erano stati a cena da lui, gli avevano persino dato una mano a imbiancare casa – per poi imbrattare quegli stessi muri di scritte minatorie la mattina dell'attentato.

Quando si parla di terrorismo spesso si ricordano solo le Brigate Rosse, dimenticando che il fenomeno è stato ben piú complesso e composito, a sinistra come a destra. Sempre il 28 maggio 1980, di prima mattina, a Roma, il poliziotto Francesco Evangelista, detto Serpico, è stato assassinato davanti al liceo Giulio Cesare da un nucleo dei

Nar neofascisti: ne fanno parte Francesca Mambro e Valerio Fioravanti – condannati per la strage alla stazione di Bologna.

Nella seconda metà degli anni Settanta si assiste a una proliferazione di sigle, la cui consistenza numerica aumenterà dopo l'ondata di proteste violente del '77. Milano, dove il terrorismo rosso è nato, sarà un terreno di coltura particolarmente fertile. Non è facile orientarsi all'interno della costellazione di quello che Giorgio Galli ha definito il «partito armato», mutuando l'espressione da Toni Negri.

La differenza principale tra le Brigate Rosse e le altre formazioni riguardava l'organizzazione. Le Br sono fortemente compartimentate e militarizzate, tutti i loro militanti «regolari» (cioè a tempo pieno) sono in clandestinità, e guardano con un certo disprezzo ai *parvenus*. Le formazioni cresciute dopo la fiammata del '77, come Prima Linea (il gruppo piú rilevante per dimensione, numero di azioni e radicamento dopo le Br), hanno la loro matrice ideologica nell'operaismo anziché nel marxismo-leninismo, insistono sul principio di mantenere un piú organico rapporto con il «movimento», con le masse, in contrapposizione alle Br, che se ne sono allontanate troppo. Le organizzazioni competono per l'egemonia, divise da rivalità personali oltre che ideologiche. Tuttavia, soprattutto ai livelli piú alti, è esistita una fitta rete di contatti e scambi di persone, armi, documenti.

Gli anni della parabola discendente del terrorismo di sinistra vedono una decisa impennata nel numero delle azioni omicide. Annotava mio padre nel suo quaderno personale il 31 gennaio 1980:

> Un mese, otto vittime del terrorismo. Saranno colpi di coda. Ma che coda dura e lunga!

E poco oltre:

> Cos'è il potere oggi? Partecipare a tanti, troppi funerali.

«È il tragico paradosso dei terroristi: uccidono per dimostrare che sono vivi», scrisse in un articolo di quegli stessi giorni.

Solo nel 1980 le varie sigle del terrorismo rosso assassinarono ben ventiquattro persone.

Le reclute delle organizzazioni terroristiche sono sempre piú giovani, talvolta provengono da ambienti borghesi, agiati, se non addirittura privilegiati (fece scandalo l'arresto di Marco Donat-Cattin, leader di Prima Linea e figlio del notabile democristiano). Quest'ultima stagione ha messo a dura prova la razionalità degli osservatori: Bocca e Stajano hanno fatto ricorso alla categoria del nichilismo per incasellare questa ondata di manifestazioni di violenza pianificata cosí assurda e gratuita. In Germania il genio provocatorio del regista R. W. Fassbinder offrí una grottesca ma pregnante rappresentazione degli epigoni del partito armato nel film *La terza generazione* – di terroristi, s'intende.

La Brigata XXVIII Marzo è stata uno dei frutti malati di questa stagione e ne esprime in sommo grado i tratti irrazionali e sconcertanti. Un gruppo raccogliticcio di sei giovanissimi, studenti o disoccupati, quasi tutti di buona famiglia. Tra loro i figli di due noti esponenti del mondo giornalistico ed editoriale. Walter conobbe e frequentò per lavoro Donato Barbone, dirigente editoriale della Sansoni, società affiliata al gruppo Rizzoli, e padre del suo futuro killer. Una circostanza che ha fatto versare fiumi d'inchiosto sul parricidio simbolico (Bocca) e la corruzione dei figli della buona borghesia che ha flirtato troppo a lungo con la rivoluzione (Montanelli). L'omicidio Tobagi appariva cosí aberrante e insensato da accrescere a dismisura i sospetti che dietro gli attentatori tramasse qualcun altro. È stato raccontato quasi come un caso a parte nella storia del terrorismo di sinistra. Ma, a guardar bene, la differenza è tutt'al piú di grado, non di genere.

Il volantino di rivendicazione è stato sezionato, analizzato, dibattuto e contestato dentro e fuori dai tribunali. Sostiamo un momento sulle nude parole con cui gli assassini hanno motivato il proprio gesto.

«L'OPERAIO DOVREBBE SAPERE CHE IL GIORNALE BORGHESE (QUALUNQUE SIA LA TINTA) È UNO STRUMENTO DI LOTTA MOSSO DA IDEE E DA INTERESSI CHE SONO IN CONTRASTO CON I SUOI. TUTTO CIÒ CHE È STAMPA È COSTANTEMENTE INFLUENZATO DA UN'IDEA: SERVIRE LA CLASSE DOMINANTE, CHE SI TRADUCE IN UN FATTO: COMBATTERE LA CLASSE LAVORATRICE» (A. GRAMSCI).

La stessa citazione si ritrova in apertura della sezione dedicata ai mass media nella «Risoluzione strategica» delle Brigate Rosse risalente al febbraio 1978. Da quel documento i giovani terroristi traggono l'ossatura dell'invettiva contro i giornalisti, descritti come «funzionari della guerra psicologica sotto la direzione dell'Esecutivo», «agenti distaccati del ministero dell'Interno».

IL PROCESSO DI RISTRUTTURAZIONE IN ATTO NEL SETTORE DELLA INFORMAZIONE PASSA CON L'INTRODUZIONE DELLE NUOVE TECNOLOGIE DI STESURA E STAMPA DEI MAGGIORI MEZZI DI COMUNICAZIONE. LA PAROLA D'ORDINE DEL CAPITALE È COMPUTERIZZAZIONE. L'INTRODUZIONE DELLE TECNICHE E DELL'INFORMATICA IN QUESTO SETTORE, NON È UNA SCELTA MODERNISTA O DI PROGRESSO, BENSÍ RISPONDE ALLE SECOLARI ESIGENZE DEL CAPITALE: PROFITTO E CONTROLLO. CON LA FOTOCOMPOSIZIONE ENTRAMBI QUESTI RISULTATI SONO RAGGIUNGIBILI.

Dal 26 settembre 1978 il piú che centenario «Corrierone» era passato «dall'età del piombo al computer», come annunciò enfaticamente dalle proprie pagine il giorno successivo all'evento: tutte le sue pagine erano ora prodotte col sistema della fotocomposizione. Una vera rivoluzione tecnologica che imponeva massicce ristrutturazioni aziendali e allarmò la fortissima rappresentanza sindacale dei tipografi. Appena giunto al «Corriere», papà fu coinvolto in una commissione sulle nuove tecnologie. Esprimeva in materia una posizione pragmatica, molto sensata: la tecnologia in sé non è un male, anzi può ampliare le possibilità e gli spazi degli operatori dell'informazione, velo-cizzarne l'attività.

All'ossatura delle argomentazioni di matrice brigatista contro la stampa, si intrecciano dunque motivi polemici piú specifici, legati al gruppo Rizzoli, la grande concentra-zione di testate che negli ultimi anni aveva destato per-plessità e preoccupazioni. Ritroviamo piú oltre espliciti ri-ferimenti alle grandi concessionarie monopolistiche della pubblicità, al neonato quotidiano popolare lanciato da Riz-zoli, «L'Occhio», al discusso progetto di riforma dell'edi-toria che era al vaglio del parlamento. L'abbondanza di ri-ferimenti a questioni all'ordine del giorno nel sindacato del gruppo ha indotto molti a sospettare che dietro agli at-tentatori ci fossero degli «addetti ai lavori».

CHI FA EFFETTIVAMENTE FUNZIONARE, QUOTIDIANAMENTE, LA MAC-CHINA DELL'INFORMAZIONE È LA CORPORAZIONE DEI GIORNALISTI ... NELLE REDAZIONI SI ANNIDANO I VERI VERMI STRISCIANTI, GLI SPRE-GEVOLI FIANCHEGGIATORI DELLO STATO: I CRONISTI. QUESTE FIGURE SI RIPARANO ALL'OMBRA DEI COLLEGHI PIÚ FAMOSI ... DAI SOTTO-SCALA IN CUI SONO ANNIDATI PRATICANO LE VIVISEZIONI DEI COMU-NISTI, APPOGGIANDO LE CAMPAGNE DI ANNIENTAMENTO, CONTRI-BUENDO A CREARE IL MOSTRO A TUTTI I COSTI E COSÍ VIA. A QUESTI SPORCHI FIGURI RACCOMANDIAMO UNA COSA SOLA: NON SCHIERATE-VI NELLA GUERRA DI CLASSE CONTRO IL PROLETARIATO E LE SUE AVANGUARDIE; ALTRIMENTI VE NE ASSUMETE IN PIENO IL CARICO PO-LITICO E... MILITARE. ... PER TUTTI QUESTI C'È SOLO UN MODO DI SFUGGIRE ALLA GIUSTIZIA PROLETARIA: CAMBIARE MESTIERE AL PIÚ PRESTO.

Si esplicita la finalità intimidatoria, di stampo mafio-so, dell'attentato. Marco Barbone, killer reo confesso, dal banco degli imputati si è premurato di spiegare con una certa pedanteria: «Il nostro scopo era di fare del vero e proprio terrorismo, cioè di far scaturire in tutti i giornali un clima di intimidazione, di violenza ... avevamo scelto questi personaggi [Passalacqua e Tobagi] perché pensava-mo fossero piú appartenenti a una fascia intermedia, per-ché colpire il direttore, come avevano fatto le Br, ci sembrava fosse meno congruo rispetto a questo obiettivo di seminare il terrore nelle redazioni».

SE I MILITARI ESEGUONO LE SENTENZE DI MORTE, L'INFORMAZIONE ED I GIORNALISTI FANNO DI TUTTO PER GESTIRE QUESTO PASSAGGIO DELLA GUERRA ORDINATO DALL'ESECUTIVO. È IN CORSO UNA VERA E PROPRIA GUERRA PSICOLOGICA MARTELLANTE LADDOVE LE INDECISIONI E LE CONTRADDIZIONI POLITICHE LASCIANO IL PASSO AD UN PRECISO ALLINEAMENTO ALLA POLITICA DI GUERRA DELLO STATO. L'INGIURIA, LA DIFFAMAZIONE DEI COMUNISTI, LA NEGAZIONE DELLA IDENTITÀ POLITICA DEI COMBATTENTI, SONO ASPETTI DI QUESTA GUERRA.

L'insistenza sulla parola *guerra* ed espressioni semanticamente contigue è martellante. I terroristi vedono un conflitto bellico in atto, e assimilano alla propria l'organizzazione del loro nemico, lo Stato. Le squadre antiterrorismo dei Carabinieri del generale Dalla Chiesa divengono «bande d'annientamento» o «bande armate», i giornalisti «fiancheggiatori» con precise «responsabilità politico-militari».
  Spesso si fa riferimento al periodo degli anni Settanta in cui piú intensa è stata l'offensiva terroristica definendolo una «guerra civile», magari «strisciante» o «a bassa intensità». L'utilizzo di questa categoria è inappropriato sotto il profilo storico e ritengo che anche i suoi impieghi in senso lato o metaforico siano fuorvianti. È tuttavia interessante notare come convergano sul suo utilizzo sia ex terroristi, sia alcuni politici che hanno ricoperto importanti cariche di governo in quegli anni. In guerra valgono regole differenti: se c'era un conflitto civile il ministro degli Interni o il presidente del Consiglio non devono rendere conto di eccessi e opacità della gestione dell'ordine pubblico, mentre le azioni dei terroristi vengono fatte rientrare, dal loro punto di vista, in una logica bellica, anziché criminale.
  In questa immaginaria guerra civile è annichilita la prospettiva delle vittime. Niente dovrebbe cancellare il fatto che, nella loro «guerra», i terroristi colpivano, come membri di un immaginario esercito nemico, persone normali,

colte nell'ordinario svolgimento della loro professione, nell'esercizio delle libertà civili o impegnate nella tutela dell'ordine pubblico.

C'È ANCHE CHI NON SI ACCONTENTA DI FAR DA PASSACARTE E METTE A DISPOSIZIONE DELLA CONTROGUERRIGLIA LE PROPRIE CAPACITÀ DI ANALISI, ALLO SCOPO DI INDIVIDUARE E TENTARE DI NORMALIZZARE I SETTORI DI CLASSE ANTAGONISTI ALLO STATO ... WALTER TOBAGI, PRESIDENTE DELL'ASSOCIAZIONE GIORNALISTI DELLA LOMBARDIA, ... SI È CARATTERIZZATO COME «EFFICIENTE» PERSECUTORE DELLA CLASSE OPERAIA. LE SUE CONOSCENZE, LE SUE INDAGINI, ERANO SEMPRE VOLTE ALLO SCOPO DI FORNIRE UTILI STRUMENTI DI CONTROLLO PREVENTIVO E REPRESSIVO SULLE ESIGENZE DI CLASSE. ALLE ROZZEZZE DEI SUOI COLLEGHI HA CONTRAPPOSTO UN'ANALISI DI CLASSE PUNTUALE LADDOVE I CARABINIERI OPERAVANO. DUE ESEMPI: L'ANALISI DELLA COMPOSIZIONE DELLA CLASSE OPERAIA FIAT, PRIMA E DOPO I LICENZIAMENTI, E DURANTE L'ATTACCO DEI CC ALLA COLONNA MARA CAGOL; LA VIVISEZIONE DEI QUARTIERI PROLETARI DI MILANO CON L'INDICAZIONE AGLI SGHERRI DELLO STATO DEI MIGLIORI PUNTI D'ATTACCO ALL'ANTAGONISMO DI CLASSE. ... NEL CORRIERE, ENTRATOCI COME UOMO DI CRAXI, SI È SUBITO POSTO COME CAPOSCUOLA DI QUESTA TENDENZA «INTELLIGENTE» DEGLI APPARATI DELLA CONTROGUERRIGLIA PSICOLOGICA, E SU QUESTE CAPACITÀ HA COSTRUITO LA SUA CARRIERA.

I terroristi prestano fede alla vulgata, diffusa dai suoi antagonisti sindacali, che vede in papà un agente delle manovre di Bettino Craxi. A parte questo, mi impressiona come, nel fango dell'invettiva, riconoscano appieno i meriti professionali di papà. Capirono il valore dell'inchiesta di prima pagina del 10 gennaio 1980: *Come e perché un «laboratorio del terrorismo» si è trapiantato nel vecchio borgo del Ticinese*. I cancelli di Mirafiori Walter li ha frequentati per anni. L'«efficiente persecutore della classe operaia» aveva annotato meticolosamente nei suoi taccuini le opinioni di decine e decine di operai e, quando morí, mia madre ricevette lettere di solidarietà e stima da molti di loro.

MA IL RUOLO SENZA DUBBIO PIÚ RILEVANTE LO GIOCAVA ALL'INTERNO DEL SINDACATO DELLA CORPORAZIONE: PRESO IL VOLO DAL COMITATO DI REDAZIONE CORSERA DAL '74, SI È SUBITO POSTO COME DI-

RIGENTE CAPACE DI RICOMPORRE LE GROSSE CONTRADDIZIONI POLI-
TICHE ESISTENTI FRA LE VARIE CORRENTI. QUESTA CAPACITÀ GLI HA
CONSENTITO DI GIUNGERE AL POSTO DI COMANDO DEL SINDACATO IN
UNO DEI POLI PIÙ PREGNANTI DAL PUNTO DI VISTA POLITICO. IN QUA-
LITÀ DI RAPPRESENTANTE DEI GIORNALISTI EGLI GESTIVA RAPPORTI
CON L'INTERO CETO POLITICO, FACENDOSI ANCHE CARICO DI PROMUO-
VERE I PASSI NECESSARI ALL'ATTUAZIONE DI UN RAPPORTO ORGANICO
TRA I GIORNALI E I CORPI ANTIGUERRIGLIA (MAGISTRATURA IN TESTA).

Papà era un inviato speciale, una «firma» riconoscibi-
le e apprezzata, e al tempo stesso una figura di spicco nel
mondo sindacale: questa convergenza di ruoli è una rarità.
Operò una sintesi felice tra i talenti dei due maestri che
s'era scelto, da giovane cronista famelico di apprendere:
Giampaolo Pansa e Giorgio Santerini, che hanno una de-
cina d'anni piú di lui.

11 aprile 1975

Giampaolo mi dà una copia, con dedica, di *Cronache con rabbia*. Mi fa piacere. E mi torna in mente quella mattinata del luglio dell'anno scorso, in taxi: stava-
mo andando all'Eur, e io gli consigliavo di raccogliere
i suoi articoli. Adesso è fatto. Sono contento, in modo
un po' infantile.

Pansa è da tempo una firma prestigiosa, le sue inchieste sulle «morti bianche» e altri gravi problemi hanno contribuito a caratterizzare il nuovo corso del «Corriere» sotto la direzione di Piero Ottone; papà che ha cominciato a
seguirlo da lettore prima di conoscerlo personalmente e
prova nei suoi confronti grande ammirazione, unita al
compiacimento di godere della stima di un interlocutore
del suo livello. Sogna di diventare, un giorno, un giornalista famoso come lui.

Con Giorgio Santerini c'è un legame diverso, molto piú
confidenziale, che diviene vera amicizia, cementata dalla
frequentazione assidua in redazione e dalle lunghe telefonate quasi quotidiane (per la disperazione di mamma: quel-

la – simbiotica – con il telefono è l'unica relazione di papà verso cui abbia confessato gelosia). Una complicità nutrita da tratti in comune, come l'origine famigliare e la cultura politica, che si esalta nella complementarietà dei caratteri: sorridente, mediatore, dialogante Walter; Giorgio piú ombroso, sanguigno e spigoloso: in breve, un caratteraccio. Se papà divenne cosí abile nel destreggiarsi in redazione, lo doveva soprattutto a lui, che fu anche il suo maestro in materia di questioni sindacali.

Il sindacato lombardo ha un'importanza strategica: a Milano hanno sede le maggiori testate e c'è il piú alto numero di iscritti all'Ordine professionale. Tutto questo rende Walter Tobagi doppiamente rappresentativo, doppiamente colpevole. I suoi assassini sapevano bene quanto fosse contestato nell'ambiente sindacale e ne ricavano un motivo in piú per colpirlo: «Era amato e odiato, quindi i risultati dell'azione sarebbero stati destabilizzanti per gli assetti interni dell'Associazione e del "Corriere"», si legge in una memoria processuale di Francesco Giordano.

LA CLASSE OPERAIA E IL PROLETARIATO SANNO DISTINGUERE; SI SA CHE L'ODIO ANTICOMUNISTA, PUR COMUNE A TANTI PENNIVENDOLI, NON SEMPRE SI ESPRIME CON I TONI DELL'INVETTIVA ALLA LEO VALIANI, ANZI, SPESSO, SI NASCONDE DIETRO LE ETICHETTE DI «DEMOCRATICO» E «DI SINISTRA», USANDOLE PER CREARE CONFUSIONE NELLE MASSE, PER INFILTRARSI DENTRO DI ESSE.

Un'eco sinistra: la corrente sindacale fondata da Walter Tobagi si chiamava proprio Stampa Democratica. Di nuovo un paradosso, che rivela fino a che punto le parole, a quel tempo, fossero ambigue e polisemiche: il nome della nuova corrente era stato scelto, anche contro forti resistenze interne, proprio nella volontà di riappropriarsi dell'aggettivo nel suo significato originario, fuori dalle connotazioni e coloriture politiche che aveva assunto negli anni (era divenuto, grossomodo, sinonimo di sinistra filocomunista).

Eccetera eccetera, per sei cartelle. Un esempio della documentazione prodotta dai terroristi e spesso bollata come «delirante». In psichiatria, le convinzioni deliranti sono espressione di un distacco dalla realtà sociale, che coesiste con uno stato integro della coscienza. L'aggettivo, dunque, non è inappropriato: calca l'accento sulla drammatica divaricazione tra la rappresentazione del mondo nei documenti del partito armato e la complessità reale della società.

La lettura di documenti simili produce un effetto di straniamento. Come in certi incubi, elementi noti o familiari e brani di discorso intelligibili sono assemblati in un insieme che, seppur dotato di una propria logica interna, risulta allucinante, perché scollato dalla realtà delle cose e del tutto privo del sentimento dell'essere umano.

I meriti che rendono mio padre una figura di spicco diventano i capi d'accusa di una condanna a morte: anche questo è stato il terrorismo di sinistra. Alla fine degli anni Settanta è ormai evidente a tutti che la scelta dell'obiettivo risponde alla logica perversa del «tanto peggio, tanto meglio», per dirla con un motto brigatista. Sono proprio i piú meritevoli, i piú capaci, i piú progressisti a essere eliminati: essi restituiscono un volto credibile alla magistratura, al mondo dell'informazione, allo Stato che ha messo a dura prova la fiducia dei cittadini con le vicende collegate alla «strategia della tensione» e i primi grandi scandali di corruzione e malgoverno. La rivoluzione abbisogna invece che lo Stato disveli il suo presunto volto autoritario. Le rivendicazioni di altri due assassinî maturati nella stessa temperie dell'omicidio Tobagi non lasciano dubbi.

[GUIDO] GALLI APPARTIENE ALLA FRAZIONE RIFORMISTA E GARANTISTA DELLA MAGISTRATURA, IMPEGNATO IN PRIMA PERSONA NELLA BATTAGLIA PER RICOSTRUIRE L'UFFICIO ISTRUZIONE DI MILANO COME UN CENTRO DI LAVORO GIUDIZIARIO EFFICIENTE, ADEGUATO ALLE NECESSITÀ DI RISTRUTTURAZIONE, DI NUOVA DIVISIONE DEL LAVORO DELL'APPARATO GIUDIZIARIO, ALLA NECESSITÀ DI FAR FRONTE ALLE CONTRADDIZIONI CRESCENTI DEL LAVORO DEI MAGISTRATI DI FRONTE ALL'ALLARGAMENTO DEI TERRENI D'INTERVENTO, DI FRON-

TE ALLA CONTEMPORANEA CRESCENTE PARALISI DEL LAVORO DI PRO-
DUZIONE LEGISLATIVA DELLE CAMERE

scrivono i killer di Prima Linea. La stessa organizzazione
descrisse cosí un'altra vittima, Emilio Alessandrini:

> È UNO DEI MAGISTRATI CHE MAGGIORMENTE HA CONTRIBUITO IN QUE-
> STI ANNI A RENDERE EFFICIENTE LA PROCURA DELLA REPUBBLICA DI
> MILANO; EGLI HA FATTO CARRIERA A PARTIRE DALLE INDAGINI SU
> PIAZZA FONTANA CHE AGLI INIZI COSTITUIVANO LO SPARTIACQUE PER
> ROMPERE CON LA GESTIONE REAZIONARIA DELLA MAGISTRATURA, MA
> SUCCESSIVAMENTE, SCARICATI DALLO STATO I FASCISTI, ORMAI FER-
> RI VECCHI, DIVENTANO IL TENTATIVO DI RIDARE CREDIBILITÀ DEMO-
> CRATICA E PROGRESSISTA ALLO STATO.

Morti, come innumerevoli altri, «non malgrado il loro
valore, ma per il loro valore», come scrisse Primo Levi.
Non si sentiva in guerra con nessuno, Walter Tobagi. Non
sospettava di essere un colonnello delle truppe scelte della «controguerriglia psicologica», né tantomeno un «terrorista di Stato», alla stregua degli agenti degli «squadro-
ni della morte» responsabili della sparizione e delle tortu-
re dei *desaparecidos* argentini.

Esiste un documento prezioso, in cui papà ha cercato
di esprimere le motivazioni ideali che lo guidano nella professione. Si tratta di una lettera che scrisse a mia madre in
occasione del Natale del 1978, al termine di un'annata difficile. Papà si sente in colpa per le assenze che infligge alla moglie e ai figli, i «michelangiolini» (il vezzeggiativo nasce dalla nostra supposta somiglianza con i putti di Miche-
langelo che la mamma, ex insegnante di disegno, amava
schizzare sul suo album). Una storia antica come il mondo, quasi un luogo comune: l'uomo che trascura la famiglia per la carriera. Ma papà appartiene al non vasto novero di persone che coltivano una vocazione autentica.
Cerca di spiegare che a motivarlo nel suo lavoro è anche
l'amore che nutre per la propria famiglia. Il suo modo di
stare nel mondo è una delle forme in cui si manifesta il suo
essere padre.

Questa lettera-confessione è quanto di piú lontano si possa immaginare dal volantino di rivendicazione. Tra i due testi si spalanca il baratro che separa il lessico burocratico di una sentenza di morte dalle parole pulsanti che esprimono le motivazioni di una vita.

Provo un'intensa commozione ogni volta che le rileggo.

Natale 1978

Tesoro,

ti ho voluto scrivere questo biglietto perché svegliandoti trovassi un segno che le mie ore di letture notturne non sono un'evasione, ma sono anche un ripensare a te, a noi, ai michelangiolini.

In questi mesi ti ho trascurata molto, in tutti i sensi. In parte mi sono lasciato trascinare dalle cose, ho preferito essere scelto piú che scegliere: lavorare per il giornale, sfiancarmi per la Lombarda. Perché l'ho fatto? M'è capitato tante volte di domandarmelo, e di stentare a trovare una risposta precisa. Nel giornale certo ci sono tanti fattori: l'ambizione, il desiderio di realizzarsi, di fare qualcosa di buono. Nell'Associazione tutto questo mi è sembrato secondario: ho cercato anche lí di fare il mio dovere, ma il motivo per cui mi sono addossato quella parte è un altro: un gesto di solidarietà verso quei colleghi, che considero anche amici, coi quali ho condiviso tante esperienze negli ultimi due anni. Un senso di solidarietà, un modo di non ragionare solo in termini di utilitarismo personale. So bene che tutto questo si ripercuote su di te e sui michelangiolini. Per questo spero che dalla storia-Lombarda possa uscire al piú presto, senza che sia compromessa né la mia immagine personale né la posizione di quei colleghi che ho cercato di rappresentare.

Tanti lo accusarono di manovre politiche e fame di potere, ma papà assunse la carica di presidente quasi contro-

voglia, con forte spirito di servizio. Fu accusato di essersi fatto eleggere con un «golpe», spaccando la corrente di
sinistra e alleandosi con la destra, ma un anno dopo fu
rieletto a larga maggioranza. Dopo la sua morte, Stampa
Democratica rimase la corrente piú forte del sindacato nei
decenni a seguire e Santerini arrivò al vertice della Federazione nazionale. Papà lavorò per un sindacato che fosse piú vicino ai problemi concreti dei giornalisti e soprattutto piú pluralista. Il risultato che lo inorgoglí maggior-
mente fu di essere riuscito a far approvare, mediante un
democraticissimo referendum, la riforma dello statuto del-
l'associazione, che introduceva un metodo di rappresentanza proporzionale, piú adeguato a dare spazio alla varietà di posizioni e problematiche presenti all'interno della categoria. Vedeva in questo anche un possibile antidoto
alla lottizzazione imposta dall'alto che aveva ormai preso
piede.

Ho riflettuto tante volte sulla storia di Moro. E se
quella storia mi ha colpito tanto è anche per questo:
perché mi identificavo, indegnamente, nel suo rapporto familiare. Mi sono anche chiesto: e se dovessi sparire di colpo, che immagine lascerei alle persone che ho
piú amato e amo, te e i michelangiolini? E mi sono
risposto che al lavoro affannoso di questi mesi va data una ragione, che io sento molto forte: è la ragione di
una persona che si sente intellettualmente onesta, libera e indipendente, e cerca di capire perché si è arrivati
a questo punto di lacerazione sociale, di disprezzo dei
valori umani. Mi sento molto eclettico, ideologicamen-
te; ma sento anche che questo eclettismo non è un male, è una ricerca: è la ricerca di un bandolo fra tante verità parziali che esistono, e non si possono né accettare né respingere in blocco.

Penso al tuo sacrificio silenzioso in casa, e penso che
per i michelangiolini questa tua presenza vale piú di

cento articoli che io posso cercare di scrivere. Perché
tu sei un esempio di abnegazione: capace di scegliere la
via del silenzio casalingo, per scelta deliberata, non per
incapacità di trovare spazi anche professionali fuori.
Penso all'attaccamento di Luca, penso alle tenerezze
della Bebi. E mi sembra di non fare tutto quello che dovrei (e forse potrei) fare per loro. Se un giorno non
dovessi piú esserci, ti prego di spiegargli, di ricordar-
gli, il motivo di tante assenze che oggi li fanno soffrire. Mi sentirei ancor piú in colpa se oggi non spendessi quei talenti che, bene o male, mi sono stati affidati;
e non li spendessi per contribuire a quella ricerca ideologica che mi pare preliminare per qualsiasi incitamento, miglioramento nei comportamenti collettivi: con la
speranza che possa essere meno assurda la società in
cui, fra un decennio, i nostri michelangiolini si trove-
ranno a vivere la loro adolescenza.

In questi giorni ho quasi una sensazione-presenti-
mento, che forse risponde al mio desiderio piú profondo. L'ultimo anno è stato dedicato a una corsa frenetica sugli avvenimenti anche piú stravolgenti: il 1979
potrà essere un anno di riflessione, di ricerca anche interiore; di recupero di tante esperienze o letture. E mi
auguro di poterti avere sempre piú vicina, uniti dall'a-
more che oramai ci guida da tanti anni. In questa alba
di Natale 1978, voglio ripetertelo con le parole piú semplici: ti voglio bene, tanto bene e non riuscirei a fare
nulla di quello che faccio, se non ti sapessi vicina a me
in ogni momento.

Tuo Walter

Purtroppo il '79 fu se possibile piú frenetico dell'anno
precedente. Walter continuò a mancare spesso da casa, a
fare sempre di piú e sempre meglio.

C'è, nella lettera, un'ombra di morte, che accresce l'urgenza. Ma non è il messaggio di un condannato. Mi ven-

gono in mente le frasi bellissime lasciate da altri uomini che hanno avuto una fine tragica.

Scriveva Guido Rossa nel 1970 – assai prima di qualunque avvisaglia di pericolo – per spiegare a un amico i motivi che lo inducevano a lasciare l'alpinismo per intensificare l'impegno politico-sindacale. A questo si aggiungerà una rischiosa attività di *intelligence* per conto del Pci volta a individuare i terroristi nella fabbrica (come ha raccontato la figlia Sabina molti anni dopo la sua morte):

> Da ormai parecchi anni mi ritrovo sempre piú spesso a predicare agli amici che mi sono vicino l'assoluta necessità di trovare un valido interesse nell'esistenza ... che ci liberi dal vizio di quella droga che da troppi anni ci fa sognare e credere semidei o superuomini chiusi nel nostro solidale egoismo, unici abitanti di un pianeta senza problemi sociali, fatto di lisce e sterili pareti, sulle quali possiamo misurare il nostro coraggio per poi raggiungere (meritato) un paradiso di vette pulite perfette e scintillanti ... dove per un attimo o per sempre possiamo dimenticare di essere gli abitanti di un mondo colmo di soprusi e di ingiustizie, di un mondo dove un abitante su tre vive in uno stato di fame cronica ... Per questo penso, anche noi dobbiamo finalmente scendere giú in mezzo agli uomini a lottare con loro, allargando fra tutti gli uomini la nostra solidarietà che porti al raggiungimento di una maggior giustizia sociale, che lasci una traccia, un segno, tra gli UOMINI di tutti i giorni e ci aiuti a rendere valida l'esistenza nostra e dei nostri figli.

Nel 1975, Giorgio Ambrosoli, nominato da circa un anno commissario liquidatore della Banca Privata Italiana di Sindona, lui sí già conscio del pericolo che corre (un sicario mafioso assoldato da Michele Sindona lo ucciderà sotto casa il 12 luglio 1979), scrive una lettera vibrante di passione civile.

Anna carissima,

è il 25.2.1975 e sono pronto per il deposito dello stato passivo della Bpi, atto che ovviamente non soddisferà molti e che è costato una bella fatica. ... È indubbio che, in ogni caso, pagherò a molto caro prezzo l'incarico. Lo sapevo prima di accettarlo e quindi non mi lamento affatto, perché per me è stata un'occasione unica di fare qualcosa per il paese. Ricordi i giorni dell'Umi [Unione monarchici italiani], le speranze mai realizzate di far politica per il paese e non per i partiti: ebbene, a quarant'anni, di colpo, ho fatto politica e in nome dello Stato e non per un partito. Con l'incarico ho avuto in mano un potere enorme e discrezionale al massimo ed ho sempre operato – ne ho piena coscienza – solo nell'interesse del paese, creandomi ovviamente solo nemici ... Qualunque cosa succeda, comunque, tu sai cosa devi fare e sono certo saprai fare benissimo. Dovrai tu allevare i ragazzi e crescerli nel rispetto dei valori nei quali noi abbiamo creduto ... Abbiano coscienza dei loro doveri verso se stessi, verso la famiglia nel senso trascendente che io ho, verso il paese, si chiami Italia o si chiami Europa. Riuscirai benissimo, ne sono certo, perché sei molto brava e perché i ragazzi sono uno meglio dell'altro.

La fine tragica non deve trarci in inganno: il minimo comun denominatore di queste tre lettere è la vita, e la vocazione a spendersi – in ambiti e modalità differenti – per il bene comune. Un'intensa idealità, il desiderio di «fare politica» nel senso piú alto del termine, e – terzo elemento – il pensiero dei figli e delle generazioni future.

Impegno civile e partecipazione allo sforzo per il miglioramento complessivo della società: una cifra sovente dimenticata degli anni Settanta, liquidati troppo spesso solo come «anni di piombo». A quell'epoca grazie alla mobilitazione dei sindacati, dei movimenti e della società civile si raggiungono traguardi importanti: lo Statuto dei lavoratori, il divorzio, la depenalizzazione dell'aborto, la riforma del diritto di famiglia, l'obiezione di coscienza.

Un impegno portato avanti molte volte «a costi personali elevati», come disse papà davanti ai colleghi, assumendo la carica di presidente dell'Associazione. A volte si addormentava persino nella vasca da bagno. «Amava definirsi pigro, – ricorda mamma, – ma in realtà era stanco». Le riunioni spesso si trascinavano fino alle prime luci dell'alba. Mia madre ricorda i retroscena del congresso nazionale di Pescara nell'ottobre '78: un grande successo, per lui e i colleghi che condividevano le sue posizioni. Ma quando tornò a casa era pallido, disfatto dalla stanchezza. Riuscí soltanto a buttarsi sul letto, senza una parola: «Lí ho temuto che gli venisse un infarto».

Un impegno costruito giorno per giorno, alle prese con le gravi contraddizioni del reale. Sempre per costruire anziché distruggere.

L'originale della lettera di Natale sta nella Bibbia consumata, gonfia di fogli, biglietti e fotografie, che mia madre legge ogni mattina da una vita. In questa Bibbia c'è un segnalibro su cui lei ha vergato, in quella sua ordinatissima grafia a stampatello minuscolo per cui papà la prendeva affettuosamente in giro da ragazzo, una frase a cui ho pensato spesso negli anni:

Piú tenace della tua paura
Piú profonda del tuo dolore
Nel silenzio dell'essere
La Vita canta.

Un passaggio estratto dalla lettera di Natale è adesso inciso sulla targa commemorativa posta nel venticinquesimo anniversario in via Salaino, vicino al luogo del delitto. Ho insistito perché vi fossero incise alcune parole di mio padre, al posto delle sterili formule di rito in cui – paradossalmente – sono gli assassini e le loro azioni a rimanere protagonisti.

Ora chi passa di lí e alza gli occhi non trova solo un nome e una data, ma un pensiero che esprime le motivazioni profonde della vita di un uomo. Per un momento sente quella voce che non c'è piú e pensa alla persona che è stata uccisa, anziché a un tragico fatto di cronaca.

Ora riesco a passare tranquillamente per quella strada. Anzi, ogni tanto vado a «salutarla», la targa. Non devo piú sforzarmi di distogliere gli occhi dal marciapiede dove lui è caduto: lo sguardo corre naturalmente in alto, dove, incisa nel marmo, la vita canta.

9. Violenza

Nel cuore del Ticinese, quartiere di frontiera e di cerniera tra centro e periferia di Milano, affollato di circoli politici extraparlamentari, c'era la Libreria Calusca, il tempio della controcultura e dei movimenti di protesta. Dentro, nel via vai di gente, due uomini parlano fitto. Uno è alto, asciutto, vestito con eleganza, capelli neri un po' lunghi, un viso dai tratti esotici, tra l'orientale e il nativo americano: è il libraio e archivista Primo Moroni, una leggenda vivente a Milano, punto di riferimento per tutta l'area antagonista. Al suo fianco, un signore non molto alto, grassoccio, l'aspetto dignitosamente borghese e i modi compiti. Contrariamente alle apparenze, è piú giovane del libraio. Formano un'accoppiata bizzarra, ma al di là delle apparenze sono molte le cose che li accomunano: prima di tutto, il folle amore per la carta stampata.

Mio padre frequentava abitualmente la Calusca: lí trovava tutti i fogli della galassia extraparlamentare, le ultime pubblicazioni, ma soprattutto, poteva parlare con Primo, che aveva sempre il polso del «movimento». Da lí passavano tutti, autonomi, anarchici, «cani sciolti». Primo era un libertario che amava studiare e spiegare, un maestro per generazioni di ragazzi. Fu molto addolorato quando uccisero papà: «Adesso sparano agli unici con cui si può parlare», sbottò. Alla sua morte, Primo ha lasciato un ricco archivio, strumento prezioso per chi voglia avvicinarsi alla storia dei movimenti dagli anni Sessanta in poi.

Al lavoro affannoso di questi mesi va data una ragione, che io sento molto forte: è la ragione di una persona che si sente intellettualmente onesta, libera e indipendente, e cerca di capire perché si è arrivati a questo punto di lacerazione sociale, di disprezzo dei valori umani ... per contribuire a quella ricerca ideologica che mi pare preliminare per qualsiasi mutamento, miglioramento nei comportamenti collettivi.

È questa la frase della lettera di Natale incisa sulla targa posta nel luogo dell'attentato. Cosa intendesse con quell'espressione desueta, «ricerca ideologica», lo evinco dal libro-intervista con Bocca del '79, quando gli domanda: «Si direbbe che tu, nel corso della tua professione, non ti ponga mai dei problemi ideologici: chi siamo, dove stiamo, che cosa facciamo e perché la facciamo, che senso ha la nostra storia...» Papà invece si soffermava spesso a riflettere sul senso complessivo, sia della professione che degli avvenimenti.

A Milano, dopo l'intensa fioritura di entusiasmo e partecipazione politica del Sessantotto, si comincia ben presto a respirare un'atmosfera gravida di inquietudine e minacce. Il 12 dicembre 1969 è il giorno della perdita dell'innocenza per l'Italia che fremeva per sbocciare in una democrazia piú aperta, matura, inclusiva. Una foto del 1972 coglie bene l'incupirsi dell'atmosfera: mattina presto, una bruma leggera nella piazzetta del Palazzo Reale, proprio accanto al Duomo, deserta. Le camionette delle forze dell'ordine ferme allineate in attesa del corteo, mentre tre studentesse perbene si affrettano ad allontanarsi.

Papà seguí tutto, dall'inizio. Nella sua produzione abbondano le analisi, invece degli scoop. Non si affida alle intuizioni, non cede alle passioni. Preciso, cauto, documentato, si definiva «l'opposto del tifoso».

«A non fare il cronista d'assalto si rischia meno», gli rimproverò una volta il collega Marco Nozza, il grande «pistarolo» (cioè un cronista specializzato in «piste» investigative, soprattutto le famigerate «piste nere»), e nelle sue memorie confessa rimpianto per questa frase. I fatti lo smentirono. Furono due i giornalisti uccisi dai terroristi, Carlo Casalegno e Walter Tobagi: diversi tra loro, ma accomunati dall'essere lontani dal modello del cronista investigativo e piú attenti agli aspetti sociali e culturali di una violenza che contagia tutta la società.

La cautela permise a papà di evitare errori grossolani, come il disconoscimento dell'emergente violenza di sinistra. È questa una pagina imbarazzante nella storia del giornalismo progressista degli anni Settanta. Finora un solo libro, *L'eskimo in redazione*, di Michele Brambilla, ha scoperchiato il vaso di Pandora del conformismo e delle sottovalutazioni operate da tanti giornalisti, insieme ad ampi settori del mondo politico e della cultura di sinistra. Condizionati dall'atmosfera greve della strategia della tensione, troppi si ostinarono – almeno fino al 1975 – a parlare di «sedicenti Brigate Rosse» (ossia terroristi neri travestiti a fini di provocazione), si dissero certi che Giangiacomo Feltrinelli fosse stato assassinato, sottovalutarono il fatto che un ampio numero di militanti, soprattutto quelli addestrati alla pratica della violenza nei servizi d'ordine dei gruppi della sinistra extraparlamentare, si stava armando in funzione di progetti di insurrezione armata contro lo Stato. Chi si avviava sulla strada del terrorismo proclamava che lo Stato, con le bombe, aveva mostrato infine il suo vero volto autoritario: era dunque tempo di accelerare l'innesco di una situazione rivoluzionaria «esasperando le contraddizioni», attraverso gli attentati mirati a figure-simbolo o con la violenza diffusa.

Ho fatto le pulci agli articoli di papà, e sono orgogliosa di potergli ascrivere il merito di aver saputo leggere correttamente i fenomeni sin dal loro primo manifestarsi. Nel 1972 concluse un lungo articolo, una sorta di bilancio degli attentati di varia matrice che avevano riempito le cronache degli ultimi tre anni, scrivendo: «Il terrorismo, di destra o di sinistra, sempre terrorismo è, e sempre inaccettabile». Frase che pare oggi lapalissiana, in realtà tutt'altro che ovvia se reinserita nel contesto di un paese dove moltissimi giornalisti e intellettuali si persero in estenuanti distinguo sulla maggiore o minore gravità della scelta della violenza, a seconda della matrice politica. «Uccidere un fascista non è reato», gridavano in tanti. Papà scrisse spesso della posizione equivoca di ampi settori di gruppi come Lotta Continua e ancor più dell'Autonomia Operaia Organizzata, che si limitava a criticare l'operato delle Brigate Rosse o di Prima Linea sotto il profilo della tattica, ma condivideva l'obiettivo, abbattere lo Stato fondato sulla Costituzione. Sugli omicidi «esemplari» il gruppo esprime posizioni ambigue. Papà cita in proposito un articolo del n. 7 di «Autonomia. Settimanale politico comunista» di Padova:

«Si prospetta il passaggio alla "guerriglia diffusa"; e si definiscono, pur con qualche critica, le uccisioni dell'operaio Guido Rossa e del magistrato Emilio Alessandrini "due azioni di combattimento contro esponenti del revisionismo operaio nostrano"».

Segue quasi tutti i casi di terrorismo piú importanti. Mi basta posare lo sguardo sul mucchio di quaderni che riempie durante i cinquantacinque giorni del sequestro Moro per avere la misura dell'apprensione con cui segue l'intera vicenda.

La cifra distintiva del suo contributo è da cercare nell'analisi che non si scoraggia davanti alla complessità. Giovanni Moro, nel saggio *Anni Settanta*, elogia la «virtú morale e civile del distinguere»: un sottotitolo ideale per la collezione delle inchieste di papà sul terrorismo. Pansa, piú pittoresco, parla della sua «capacità di mettere la mano nella nuvola nera». Privilegiava temi scomodi, come la presenza dei terroristi nelle fabbriche, cui dedica numerosi articoli e un intero capitolo del suo ultimo saggio sui sindacati.

«Nessuno vuole criminalizzare il sindacato, anzi, siamo convinti che sia un pilastro del sistema. Però deve scegliere tra la grande massa degli operai che vogliono lavorare pacificamente e quei dieci, cento, mille al massimo che vogliono la rivoluzione continua»,

scrive il 7 ottobre '79 nell'articolo *Un angoscioso interrogativo: i segnali escono dalla fabbrica?* I terroristi sono una presenza esigua, ma significativa per la centralità – anche simbolica – del mondo operaio nella cultura del tempo come nel progetto brigatista. Papà racconta le lacerazioni prodotte nei sindacati dalla vicenda dei sessantuno operai

Fiat licenziati, alcuni in odore di terrorismo (*Tensione e disagio*, «Corriere», 17 ottobre; *In meno della metà scioperano alla Fiat Mirafiori*, 24 ottobre 1979), intervista gli operai che discutono l'improvvisa cassa integrazione. Mette in luce le sacche di ambiguità, gli errori strategici, le trascuratezze, anche da parte delle confederazioni, che hanno perso il controllo di larghe fasce di operai arrabbiati e sono giunte a una ferma posizione di condanna della violenza e del terrorismo solo dopo anni di silenzio, omissioni e accesi dibattiti interni.

Antonio Pizzinato mi racconta di come lottò all'interno del sindacato metalmeccanici per imporre una linea limpida. Ricorda scelte difficili, come far approvare lo sciopero generale per l'uccisione dei poliziotti Sergio Bazzega e Vittorio Padovani nel dicembre del '76. La madre di Walter Alasia, il terrorista che li assassinò e fu a sua volta ucciso, era una delegata Cgil. Guido Rossa fu lasciato solo a firmare la denuncia contro il fiancheggiatore delle Br Franco Berardi. Scrive ancora papà il 20 aprile 1980, nell'articolo sempre associato al suo nome, *Non sono samurai invincibili*:

«Quanti dovevano essere, in febbraio all'Alfa Romeo, per compiere l'agguato contro un dirigente dentro lo stabilimento? Quanti dovevano essere, alla Lancia di Chivasso, per scrivere "onore ai compagni caduti" sui muri della fabbrica dove aveva lavorato Piero Panciaroli, uno dei quattro uccisi nell'appartamento di via Fracchia? ... Intendiamoci: le Brigate Rosse si sforzano di dimostrare una forza superiore a quella reale. Però chi vuol combattere seriamente il terrorismo non può accontentarsi di un pietismo falsamente consolatorio, non può sottovalutare la dimensione del fenomeno. ... La fabbrica è diventata il centro di uno scontro sociale che poi ha trasferito i suoi effetti nella società, nei rapporti politici. I brigatisti hanno cercato d'inserirsi in questo processo, in parte raccogliendo il consenso delle avanguardie piú intransigenti».

Circa venticinque anni dopo mi trovo a lavorare sul set di un film con un bravissimo direttore della fotografia, cinquantenne agrigentino, ex operaio Fiat. Quando capisce chi sono, passiamo ore a parlare davanti a grandi insalate di arance. Mi racconta la rabbia e la miseria del suo passato di immigrato, poi attivista nei Consigli di fabbrica e cassintegrato, l'ostilità per i grandi sindacati, l'ebbrezza delle grandi manifestazioni autonome della base: «Quando ci muovevamo tutti insieme sentivi tremare la terra, ti veniva il cazzo duro!» Gli occhi nerissimi si accendono nel viso scavato: è come parlare col protagonista del romanzo *Vogliamo tutto* di Nanni Balestrini. Mi guarda dritto negli occhi e conclude con durezza: «Devi capire: per noi Guido Rossa era un infame». Mi sento gelare, ma è troppo facile limitarsi a inorridire. Questa è parte della realtà, non ha senso rimuovere dalla memoria l'esasperazione di quegli operai che per molti anni assistettero passivamente, quando non con simpatia, alle azioni dei brigatisti, che con l'intimidazione ammorbidivano la durezza dei capireparto. Vorrei parlarne con mio padre, che provò a capire per costruire con le parole la via stretta fra un atteggiamento superficiale o troppo indulgente e le voci di chi ne approfittava per demonizzare *in toto* il sindacato, le lotte operaie e le rivendicazioni sociali piú accese, cercando di richiamare tutti i soggetti a maggiore consapevolezza e responsabilità.

«La lezione pare fin troppo chiara: le lotte sindacali piú dure, quelle oltre i limiti convenzionali della legalità, sono servite agli arruolatori delle Br come un primo banco di prova e di selezione. Il sindacato dovrà tenerne conto, giacché i proclami nobili vanno accompagnati con revisioni coerenti. Questo può implicare anche una temporanea diminuzione del potere sindacale in fabbrica. Ma la scel-

ta non ammette grandi alternative, se è vero come è vero
(e tutti i dirigenti sindacali lo ripetono) che il terrorismo
è l'alleato «oggettivamente» piú subdolo del padronato, e
se non viene battuto può ricacciare indietro di decenni la
forza del movimento operaio»,

prosegue la sua analisi. In questo senso, Pansa afferma che
anche mio padre «aveva capito che i terroristi giocavano
per il re di Prussia», cioè favorivano oggettivamente le forze piú conservatrici e soffocavano gli spazi per ogni altra
forma di dissenso e antagonismo sociale. Il terrorismo ha
di fatto rallentato, se non bloccato, per anni, lo sviluppo
democratico del paese.

> *Humanas actiones non ridere, non lugere, neque dete-*
> *stari, sed intelligere.*

Trovo nel suo diario questa frase dell'*Etica* di Spinoza,
come un viatico. Quando entra in contatto con l'evidenza sconvolgente che ci sono studenti, insegnanti, operai,
intellettuali che, esasperati dalla situazione italiana, decidono di entrare in clandestinità e armarsi, impegna tutte
le proprie risorse umane e intellettuali per capire e raccontare chi sono i terroristi, da dove vengono, cosa vogliono.
Conclude nel celebre articolo: «La sconfitta politica del
terrorismo passa attraverso scelte coraggiose: è la famosa
risaia da prosciugare».

Le scelte coraggiose di cui parla sono non tanto e non
solo il rafforzamento delle forze dell'ordine e l'adeguamen-
to delle normative. Con le leggi, la repressione e i processi si esce dall'emergenza, ma occorre sradicare il fenomeno estinguendone le basi materiali e trasformare le mentalità: le istanze di maggiore giustizia sociale devono
trovare spazio e ascolto, perché si possa prosciugare la pa-
lude in cui nuota il terrorista.

Il 25 aprile 1980 Milano si stringe attorno al presidente della Repubblica Pertini, amatissimo dai cittadini, che

si rivolgono istintivamente a lui, smarriti di fronte alla violenza dilagante e a una classe politica che ispira sempre meno fiducia. Walter Tobagi lo intervista: «Il terrorismo si combatte rendendo la società piú giusta», insiste il vecchio partigiano. Quante volte ritorna, negli articoli di papà, questo richiamo forte a rispondere alla disperazione del partito armato con riforme concrete, richiamo affidato alla voce algida dei sociologi o a quella esasperata di operai esausti o di ventenni arrabbiati perché si sentono presi in trappola, senza prospettive di futuro.

Circa un mese dopo, il Presidente si trova in Spagna per una visita ufficiale: quando gli comunicano che Tobagi è stato assassinato scoppia in lacrime.

Sempre il 25 aprile Walter firma un'altra intervista. Andrea Casalegno, duro e coraggioso, si rivolge ai giovani militanti: «Non basta disertare, bisogna denunciare». Molti tacciono per paura, molti di piú rigettano l'idea di tradire i compagni.

Papà sceglie di concentrarsi sulle motivazioni e il radicamento sociale del terrorismo. Non perché altri aspetti fossero irrilevanti: riconosce la centralità dei rapporti di forza internazionali, come pure delle complicità e dei traffici d'armi con l'estero. Altrettanto vitale indagare i flussi di finanziamento che consentono ai gruppi principali di tenere in piedi un'organizzazione stabile: rapine, sequestri di persona, probabilmente apporti dai fiancheggiatori; lascia un articolo del 28 febbraio 1980, *Bilancio di 10 miliardi all'anno per mille esecutori clandestini*, e si proponeva di tornare a occuparsene. Ma per affrontare alla sua maniera – sulla base di fatti e dati verificabili – questi temi, le informazioni ancora scarseggiavano, mentre è evidente che il terrorismo vive e prospera grazie all'«area di contiguità», una vasta zona grigia in cui si mescolano fiancheggiatori e simpatizzanti, a sfumare fino ai semplici indifferenti. Lo slogan «né con lo Stato né con le Br», coniato da «Lotta Continua» all'indomani della strage di via

Fani, godette di una grande popolarità. Questa resta ancora oggi una «nuvola nera» in cui pochi osano mettere la mano.

Papà scandagliò ostinatamente la zona grigia in cui il disgusto e la sfiducia nelle istituzioni, che non hanno saputo attuare le riforme promesse né individuare e punire i colpevoli delle stragi, arriva ad accecare a tal punto le persone da renderle indulgenti verso la ferocia brigatista. Qui si innesta la sua polemica costante contro chi legittima la violenza come strumento di lotta politica.

«Che te ne pare?» Negli ultimi mesi papà sottoponeva ogni tanto questi articoli difficili al compagno di stanza Alberto Mucci. «Coraggioso», gli rispose lui piú di una volta. «Sí, coraggioso. Ma queste cose le sento, ne sono convinto e quindi le scrivo».

Il terrorismo imponeva scelte coraggiose e continui dilemmi anche al mondo dell'informazione. Si fa presto a dire «libertà di stampa», quando occorre decidere se pubblicare o meno i comunicati dei brigatisti, fra le tesi di McLuhan che propone di boicottare il terrorismo (che ha bisogno della cassa di risonanza dei mass media come dell'ossigeno) scegliendo il silenzio stampa, il diritto-dovere all'informazione, l'interesse dei giornali a vendere e appelli disperati come quello della figlia del giudice Giovanni D'Urso, che chiede la pubblicazione di un documento brigatista in cambio della salvezza del padre. Le agendine di Walter sono fitte di appuntamenti per dibattiti pubblici intorno a questi temi. Il 29 maggio 1980 avrebbe dovuto incontrare il magistrato Adolfo Beria d'Argentine per dar vita a un progetto che stava a cuore a entrambi: la creazione dei comitati Giustizia e Informazione, fori di dibattito permanente per affrontare i punti piú tesi del rapporto tra stampa e magistratura.

«Vediamo a chi toccherà la prossima volta», cosí concluse l'intervento alla tavola rotonda *Fare cronaca tra li-*

bertà d'informazione e segreto istruttorio. La battuta rimane tristemente celebre perché la mattina dopo gli sparano. Non si riferiva però alla prossima vittima dei terroristi, bensí al prossimo cronista che sarebbe finito in tribunale, o magari in carcere, per aver divulgato notizie ancora coperte dal segreto istruttorio.

Della sua ultima sera rimane una riflessione articolata sui rischi della «superinformazione». Bocca le chiamava «le notizie del diavolo», indiscrezioni lasciate trapelare alla stampa con finalità poco limpide da magistrati o, peggio, uomini dei servizi segreti, in un rapporto ambiguo di strumentalizzazione reciproca.

Sono tanti i temi scivolosi, per il cronista, come spiega con schiettezza il 26 marzo 1980, intervenendo in qualità di presidente dell'Associazione Lombarda dei Giornalisti al consiglio della Federazione Nazionale della Stampa.

«Faccio un esempio molto chiaro, proprio molto pratico: per descrivere, capire cos'è socialmente il fenomeno dell'Autonomia, bisogna andare a parlare con questi ragazzi, bisogna rendersi conto del tipo di condizione che vivono, bisogna riferire quello che pensano. Ma se si fa questo, ci si ritrova subito bollati, e si rischia di essere bollati o come possibili fiancheggiatori, o come persone di una notevole ambiguità. E questa è una questione di sostanza, perché o noi riusciamo a tagliare questo nodo scorsoio che delimita enormemente la funzione della stampa, o corriamo dei rischi molto seri rispetto non solo alla funzione della stampa, ma alle prospettive del sistema politico: perché infatti quando un sistema di informazione nel suo complesso concentra il proprio impegno nel ripetere dei messaggi che sono carichi di pregiudizi, cioè di giudizi dati sulla base di valutazioni politiche precostituite, allora si rischia di non capire realmente la dimensione e lo spessore che i fenomeni sociali cominciano, hanno assunto e continuano ad avere, e si brancola nel buio».

L'area di autonomia fu un altro centro d'interesse permanente delle sue inchieste. Non gli bastava qualificarli come «untorelli»: voleva capirli, i giovani che all'università avevano contestato il segretario della Cgil Luciano Lama e sembravano aderire all'ideologia del «rifiuto del lavoro» profetizzato da Toni Negri. Capire la disperazione di quei «non garantiti»: solo cosí si poteva sperare di disinnescare le spinte verso il terrorismo diffuso.

C'era il problema di farli parlare, gli autonomi, ostili alla stampa borghese. Tempo fa sono stata contattata da Giorgio, che a vent'anni era la «talpa» di mio padre nella piazza autonoma bolognese. Mi segnala un esilarante finto «Corriere» diffuso dal settimanale satirico «Il Male»: c'è un Tobagi apocrifo in terza pagina. Racconta che papà commentò con sussiego che l'imitatore non rendeva giustizia allo stile dell'originale. Dovevano vedersi di nascosto, data l'atmosfera ostile. Un giorno, a primavera inoltrata, un gruppo rumoroso li urta alle spalle mentre stanno chiacchierando; quando papà, la giacca sul braccio, si allontana da lui, Giorgio vede stampata in mezzo alla camicia bianca l'impronta di una mano rosso sangue. Si spaventa moltissimo: «Tuo papà era generoso e cercò di tranquillizzarmi».

«Quando lo vedevo andare a fare certi servizi mi chiedevo: ma come fa un ragazzo cosí a porsi in situazioni di accentuata tensione? – si preoccupava lo storico Giorgio Rumi. – Per me era piuttosto un viaggiatore del Settecento che un uomo di situazioni coinvolgenti, e mi pesava questa sua esposizione. Ma lui era un giornalista, e sempre in servizio».

Non basta che qualcuno parli perché ci si possa capire. Spesso il dialogo è bloccato dall'incomunicabilità tra paradigmi ideologici. Il rifiuto del lavoro, ad esempio, parlava un linguaggio alieno: per il cristianesimo e l'umanesimo socialista di papà, che vedeva in esso il mezzo di emancipazione dell'uomo, era un controsenso, come per tanti altri. Penso a

Primo Levi, che proprio nel 1978, pubblicando il suo romanzo *La chiave a stella*, volle precisare nell'introduzione:

«So che il mio libro è destinato a provocare qualche polemica, anche se non è nato con intento polemico. Certo, al giorno d'oggi il rifiuto del lavoro è addirittura teorizzato da componenti giovanili, ma anche senza giungere a queste posizioni estreme esiste in strati piuttosto diffusi una tendenza a sottovalutare la componente professionale intesa come valore positivo in sé. ... Amare il proprio lavoro costituisce la migliore approssimazione concreta alla felicità sulla terra».

La voce di chi ha conosciuto i cancelli con la scritta «Il lavoro rende liberi» risuona con una dignità splendidamente inattuale.

Walter cerca di capire cosa c'è dietro l'adesione alla vulgata delle teorie negriane: mondi per cui il lavoro è spesso degradante, alienante, dequalificato, le enormi difficoltà dei piú giovani a ottenere condizioni retributive e contrattuali accettabili. Cosa che, ad esempio, il Pci non volle né seppe fare – e quanti militanti dell'estrema sinistra di allora non possono perdonarglielo, un antico livore che riemerge intatto nei dibattiti di oggi. Il Partito comunista rivendica le posizioni ferme assunte per isolare il terrorismo, la difficile congiuntura internazionale: resta però il fatto che non seppe cogliere la profondità delle trasformazioni economiche e sociali in atto, scelse piú spesso posizioni rigide e chiuse, e scontò per anni questo colpevole ritardo.

Papà legge Sergio Bologna, che con «Primo maggio», il libretto *La tribú delle talpe* e altri studi analizza il radicamento e le dimensioni sociali del fenomeno autonomo. Negli anni Novanta, Sergio Bologna si interessa all'incremento delle libere professioni, ai profili del popolo delle partite Iva; in un'analisi recente spiega come per molti che simpatizzarono con l'idea del rifiuto del lavoro, questa (fortunamente) non si tradusse in sabotaggio o insurrezio-

ne, come predicavano Negri e altri, ma significò cercare
forme di lavoro piú libere e gratificanti, sperimentandosi
in settori creativi, diventando lavoratori della conoscenza
e professionisti autonomi.

Walter seguí la fioritura delle «radio libere» e si impe-
gnò perché anche i giovani giornalisti che vi lavoravano
potessero iscriversi all'Ordine, ad esempio gli operatori di
Radio canale 96 a Milano. Nei documenti di Stampa Democratica trovo dichiarazioni programmatiche d'impegno
in favore delle radio private e della distribuzione della
stampa alternativa.

«È difficile fare le cose difficili», recita una poesia di
Gianni Rodari che ho imparato a memoria da bambina.
«Imparate a fare le cose difficili, – conclude, – regalare
una rosa a un cieco, cantare per un sordo». Mi torna in
mente quando guardo mio padre alle prese con gli autonomi. È difficile captare le pulsazioni vitali e le istanze po-
sitive senza lasciar correre sulle degenerazioni e gli inviti
alla violenza. Papà questa fatica se la sobbarcò sempre. Ri-
prendendo il discorso interrotto nel 1971, nel settembre
'77 pubblica l'inchiesta *Dai gruppi organizzati ai «cani sciolti» la confusa mappa dell'ultrasinistra*. Per me è stata un
punto di riferimento.

Show, don't tell è la regola d'oro del giornalismo anglo-
sassone: la sua scrittura restituisce un mondo variopinto
di strade, case occupate, slogan «trasversalisti» e «neoda-
daisti», musiche, pubblicazioni occasionali:

«Bastano 200mila lire per stampare duemila copie di
una rivistina di quattro pagine, i titoli sono spesso giochi
di parole ... cosí gli autonomi di Pero fanno "La pera matura", quelli di Sesto San Giovanni "Sesto Senso"; i brian-
zoli "Bjlot. Giornale dell'eutanasia, giornale dell'autopsia
dell'autonomia". Decine di fogli composti e stampati con
criteri artigianali e testate di fantasia».

Anche se i confini sono sfumati, cerca di raccontare le differenze tra gli «Autonomi Organizzati», e l'area che li circonda.

«Si fa presto a dire autonomi. Quelli che lanciano molotov e cubetti di porfido, i ragazzi che praticano l'autoriduzione, gli esaltati della P38. Tante immagini che in questi mesi si sono sovrapposte, e coprono una realtà gelatinosa e sotterranea, un arcipelago con tanti Gulag diversi, eppure tutti collegati ... Il primo girone degli autonomi è composto da giovani come questi che si ritrovano al Cosc [Centro organizzazione senza casa, coordinamento di una cinquantina di circoli giovanili tra Milano e la periferia]. Sono l'"area dell'autonomia" ancora distinta dagli "autonomi organizzati". Sono due realtà diverse, talora collegate e con una certa osmosi, piú spesso indipendenti. ... È un'"area" cosí come si parla di "area socialista" o "area comunista"; è l'area della sinistra ex rivoluzionaria, dei giovanotti che rifiutano il lavoro perché "degrada", non vogliono diventare "Fantozzi modello". ... vive nel concreto della società milanese, nei "circoli giovanili" e nei "circoli del proletariato giovanile" che sorgono quasi sempre in vecchi edifici occupati ... Fanno lavoro di quartiere, dal Ticinese al Baggio, da Quarto Oggiaro al Gallaratese. Ma che lavoro? "Al circolo ci si ritrova in venti, trenta, quaranta. Si discutono i nostri problemi. Siamo quasi tutti iscritti alle liste di collocamento ... ci organizziamo per fare assemblee, riunioni, dibattiti sulle lotte nelle fabbriche, nei quartieri, nelle scuole; è anche un posto dove far musica, teatro, cinema. Si fa lotta all'eroina e al lavoro nero". Lotta violenta, in molti casi: aggressioni, per esempio, agli spacciatori di eroina ... Dietro lo slogan "riprendiamoci la vita" c'è la nuova "teoria dei bisogni". Dice uno studente autonomo, anarchico: "Siamo contro il lavoro salariato"».

Nelle carte processuali ho visto l'autopsia delle frange piú violente di questo organismo complesso che si agitava vivo e pulsante nei suoi racconti. I giovani autonomi che vogliono tutto e subito, che «espropriano» beni voluttuari, jeans, ingressi al cinema, mi sembrano spesso i figli della cultura consumista che si maschera da «bisogno di comunismo» ed è insofferente all'austerità predicata da Berlinguer.

Papà è preoccupato della presa che gli argomenti in favore della violenza possono avere sui piú giovani. Li va a cercare in situazioni non ancora drammatiche, ma a loro modo inquietanti. Torna nel suo vecchio liceo: «Al Parini picchiano un fascista. I ragazzi si chiedono: è un reato?» La maggioranza degli studenti approva una mozione di condanna dell'episodio: il ragazzo, appartenente al Fronte della Gioventú, è stato chiuso in uno stanzino per una sorta di «processo» e poi picchiato. L'ultrasinistra sostiene che si sono limitati all'intimidazione. «Differenza sottile, – osserva papà, – quasi che possa considerarsi un modo corretto e leale di fare politica». Chiosa le loro parole con i commenti del vecchio antifascista Arturo Carlo Jemolo e di Norberto Bobbio, che richiama la Costituzione: «Sono forme antidemocratiche che vanno fermamente respinte».

I loro fratelli maggiori avevano respirato un'ebbrezza di libertà urlando a squarciagola nei cortei, i liceali della fine degli anni Settanta putroppo si trovano piú spesso a scendere in piazza per seguire cortei funebri.

«La pietà o il partito armato ai "funerali rivoluzionari"?» si chiede papà seguendo il corteo di duemila persone alle esequie di una militante di Prima Linea nel marzo 1979, cercando di leggere nel coacervo di sentimenti contraddittori che si respira ai funerali dei giovani terroristi uccisi.

Molto piú numerosi gli studenti che meno di un anno dopo seguono senza bandiera il funerale di tre poliziotti uccisi dai terroristi: sono in tanti, stanchi di una violenza che appare ormai senza sbocchi – un segno che, finalmente, i tempi stanno cambiando. Papà raccoglie, instancabile, le loro voci sul suo taccuino.

Troppe volte ho discusso vivacemente con ex appartenenti alla vasta area della sinistra extraparlamentare sul problema della violenza politica. Molti si sottraggono con richiami suggestivi ai massimi sistemi: come condannare le lotte per la liberazione nel Terzo Mondo? La rabbia dei palestinesi contro Israele? La ribellione degli ebrei nel ghetto di Varsavia? Obietto che nessuna di queste situazioni rassomiglia neppure vagamente alla società italiana degli anni Settanta. Giunge allora la fatidica battuta, pronunciata con irritazione o benevolo paternalismo: «Non puoi capire cos'erano gli anni Settanta», estremo baluardo contro le domande e l'ombra pesante di un giudizio: il fantasma del ragazzino che inchioda il padre nel film *Colpire al cuore*. Scelte estreme come quelle di Cossiga nel 1977, mandare in piazza le autoblindo contro le manifestazioni, coprire la presenza di agenti in borghese, le morti di Francesco Lorusso e Giorgiana Masi, non fecero che fornire nuovi pretesti e aizzare quanti scrivevano sui muri: «Finché la violenza dello Stato si chiamerà giustizia, la giustizia del proletariato si chiamerà violenza». Papà si interessò molto alla vicenda dello studente Roberto Franceschi, ucciso da un colpo sparato dalla polizia mentre manifestava nei pressi dell'Università Bocconi di Milano. Ma torna ad ascoltare anche i giovani poliziotti, i figli del popolo di pasoliniana memoria, dando voce alla loro esasperazione.

Ho volto il disappunto in commedia. Sulla credenza della mia cucina, tra le foto e la lista della spesa, campeggia, per l'ilarità dei visitatori, un solitario bigliettino verde acido che mi saluta ogni mattina mentre bevo il caffè: «DEVI CAPIRE COS'ERANO GLI ANNI SETTANTA». Mi rispedisce con una risata al tavolo di lavoro, tra pile di libri e giornali dell'epoca, la confortante razionalità degli articoli di

mio padre sempre a portata di mano. La prova vivente che
un diverso modo di reagire e di pensare è sempre possibile: di certo, lo era anche allora.

Toni Negri compiace il proprio narcisismo intitolando
una recente riedizione di cinque *pamphlets* degli anni Settanta *I libri del rogo*. La scelta è maliziosa: Toni Negri non
è stato un perseguitato politico, la sua fuga a Parigi non ha
nulla da spartire con l'esilio degli intellettuali antifascisti. Il
7 aprile 1979 a Padova, il sostituto procuratore Pietro Ca-
logero aveva emanato l'ordine di arrestarlo, insieme ai
cofondatori di Potere Operaio Franco Piperno e Oreste
Scalzone e a diversi dirigenti di Autonomia Operaia Organizzata, con l'accusa di associazione sovversiva e insurrezione armata contro lo Stato. Furono incriminati intellettuali notissimi, come il direttore di Radio Sherwood Emilio Vesce e lo scrittore Nanni Balestrini, che risultarono
innocenti. Nel cosiddetto «processo 7 aprile», trasferito al
tribunale di Roma, i tre leader storici di Potop furono ac-
cusati inoltre di aver preso parte al rapimento e all'uccisione di Aldo Moro.

L'immagine di perseguitato che si è cementata nel tempo nasce proprio dalla enorme campagna stampa montata
intorno all'accusa che Negri fosse il capo delle Brigate Rosse e il cervello del caso Moro. Queste accuse non supera-
rono la prova dei processi. Negri è stato però condannato
a dodici anni di carcere in relazione alle strutture illegali
dell'Autonomia Organizzata, le cui numerose testate si au-
tofinanziavano principalmente attraverso rapine, a volte
erano un canale per il traffico d'armi, un mondo che fu
contiguo alle bande armate piú note. Molti imputati scon-
tarono lunghe carcerazioni preventive prima che le accuse nei loro confronti cadessero (nel caso di Vesce addirittura cinque anni), per effetto dell'irrigidimento dei codi-
ci imposto dal terrorismo. Ingiustizie contro cui si scagliò
l'opinione pubblica garantista, mentre tanti, sul fronte

opposto, chiedevano allo Stato addirittura i tribunali speciali e il ripristino della pena di morte contro i terroristi: furono anni di terribile tensione anche per lo Stato di diritto.

Negri predica l'illegalità diffusa e il sovvertimento della Repubblica, salvo poi fare appello alle garanzie costituzionali quando si trova imputato, fino a cercare la protezione di uno scranno parlamentare. «Bisogna costruire un'organizzazione flessibile che esprima una produttività di stampo mafioso», spiegava. Policentrismo e fluidità garantiscono di sgusciare piú facilmente attraverso le maglie del codice penale, mimetizzandosi dietro una facciata innocua o nell'area grigia dell'illegalità diffusa e tollerata. A Padova, il suo dipartimento è l'epicentro delle manifestazioni piú virulente e insieme sfuggenti della violenza di massa: la città ricorda ancora con paura le «notti dei fuochi»; il tutto, nell'omertà terrorizzata dei testimoni.

La formula «cattivi maestri» risulta usurata dalle estenuanti polemiche divampate attorno a Toni Negri. Pesarono gli eccessi di molta stampa che, dopo anni di silenzio o disconoscimento della pericolosità dei bracci illegali dell'Autonomia, si svegliò d'un colpo dando massima risonanza a ogni sospetto. Senza preoccuparsi di misurare le parole, di attendere che le accuse passassero il vaglio dei tribunali. Walter è sempre stato contrario alla cultura del sospetto, diffidente nei confronti degli eccessi del circo mediatico innescatosi attorno al «7 aprile». Lascia però un articolo duro e limpido, in cui invita i nuovi paladini del garantismo a dissipare ogni ambiguità circa le loro posizioni sull'illegalità e la pratica della violenza.

Rimuovendo le incrostazioni, possiamo forse riappropriarci del significato di parole come «maestro» e riflettere sulle responsabilità che gli competono.

Sono stati tanti, i «buoni maestri» feriti o uccisi. Maestri, letteralmente: perché insegnavano all'università e vollero, nonostante i pressanti impegni dovuti ai loro incarichi istituzionali, mantenere un contatto diretto con gli studenti. Penso ad Aldo Moro, che modificò l'orario delle riunioni del Consiglio dei ministri per poter garantire continuità ai suoi studenti di diritto penale; a Vittorio Bachelet e a Guido Galli, assassinati nei corridoi delle rispettive università. Docente di criminologia alla Statale di Milano, Galli è stato inoltre il maestro e il modello per una generazione di giovani magistrati. La famiglia Galli ha voluto che accanto alla porta dell'ufficio istruzione occupato da Guido fosse posta una lapide: «La tua luce annienterà le tenebre in cui vi dibattete». Guido Petter, docente a Padova, un uomo minuto, gentile, grandi occhi chiarissimi, fu massacrato a colpi di chiave inglese dagli autonomi formatisi alla scuola di Negri: non è morto come Sergio Ramelli solo per aver avuto la prontezza di ripararsi il capo con le mani. Dopo l'aggressione, non cede alla rabbia e impiega i propri strumenti di psicologo dell'età evolutiva per tracciare linee d'analisi dei fattori, psichici, culturali, sociali, per cui una simile violenza bestiale ha potuto attecchire presso larghe fasce di giovanissimi.

Al di là dei reati penalmente perseguibili, esistono responsabilità, morali e intellettuali: gravi, indubitabili. È la responsabilità per le mie parole e le mie azioni che fa di me una persona libera. C'è qualcosa di osceno nell'autogiustificazionismo, nella pervicace ostinazione a disconoscere questo fatto. Si possono piantare semi buoni o cattivi. Si può avere attenzione e rispetto per l'altro, o non averlo. Si può cercare di disinnescare la spirale delle azioni violente, lavorando per il dialogo e la reciproca comprensione. Oppure no: demonizzare l'avversario e «cavalcare la tigre», per usare un'espressione dell'epoca, fomentando le pulsioni piú aggressive di una massa di ragazzi che non hanno avuto modo o tempo per dotarsi di strumenti di comprensione, dunque di azione, adeguati.

Non pochi giovani come quelli incontrati da papà, nel-
l'amarezza del riflusso, scelsero l'insegnamento come via
per portare avanti le istanze che li avevano infiammati negli anni Settanta. Ne ho incontrati due, diversissimi. Ricordo lo sgomento negli occhi di entrambi quando scopri-
rono che la Benedetta che occupava uno dei banchi delle
loro aule gremite era figlia di Tobagi.

Alberto è un professore universitario, ha la stessa età
che avrebbe mio padre. Me l'ha detto lui, colpito dalla
coincidenza. Da ragazzo, in Veneto, era stato un fervente
te operaista. Nel 1976 capí che il movimento piegava verso una violenza assurda. Prima di staccarsene, prese uno
per uno gli studenti e gli operai del collettivo di cui era responsabile per convincerli ad allontanarsi: «Mi dà sollievo pensare che forse sono riuscito a salvarli». Alberto conobbe dall'interno le rabbie e la mentalità di quel mondo
cosí lontano da me: mi aiuta a capire il senso di tante polemiche che ancora angustiano il dibattito pubblico sulla
violenza politica e il terrorismo.

«Tuo padre mi ricordava mio fratello. È stata una cosa tremenda, la sua morte», dice Marina, regista colta e
sensibile che ha avviato al mestiere del cinema centinaia
di ragazzi, tra cui me, con passione e rigore. Marina a
vent'anni frequentava «Rosso». Era il tipico «cane sciolto», anche perché cattolica praticante. «Seguace della teo-
logia della liberazione», ama precisare. Parla di quel periodo con pudore e sofferenza, ma ho passato ore a casa sua
a discuterne, a confrontarci. Ricorda la sensazione di impunità che si respirò a lungo. Mi presta un vecchio libro,
una bibbia degli autonomi, *Il diritto all'odio*. «Leggilo. È essenziale per capire. Siamo stati educati a odiare». Non posso fare a meno di tornare sulla domanda che ancora mi as-
silla, la stessa di mio padre: perché alcuni varcarono la linea e altri no? Anche se so che non c'è una risposta,
tantomeno univoca. Abbassa gli occhi: «Io so che mi sono salvata perché avevo una famiglia alle spalle». Marina

era amica di William Waccher, trucidato come sospetto delatore a pochi metri da casa sua, di Mario Ferrandi, «Coniglio», autonomo e poi piellino, pentito, che in via De Amicis sparò e uccise l'agente Antonio Custra. Marina vive il lutto di chi ha visto tanti ideali, e tanti compagni, perdersi. Per niente.

Alla Calusca, mondi distanti si incontravano per dialogare e cercare di spiegarsi a vicenda, con curiosità e rispetto reciproco. Walter Tobagi e Primo Moroni: entrambi hanno lasciato un prezioso patrimonio di libri e carte, e soprattutto un segno indelebile nei giovani che li hanno conosciuti. Cosí differenti eppure cosí ansiosi di confrontarsi, fuori dagli schemi e dai preconcetti ideologici. La storia dei loro incontri è uno dei tanti frammenti dimenticati nella memoria degli anni Settanta: un'oasi di dialogo possibile nella febbre delle contrapposizioni. Fa male ripensarci: quante cose sarebbero potute andare diversamente.

10. Voci

Quando mi hanno spiegato che i suoni si diffondono attraverso onde che si propagano nell'aria come cerchi d'acqua in uno stagno ero una bambina. Ricordo di avere visualizzato questa nozione come un'illustrazione del *Piccolo principe*, prezioso regalo della zia, che dall'età di sette anni era diventato, insieme al *Gabbiano Jonathan Livingstone*, la mia bibbia personale. Nella mia fantasia, come ci arriva la luce delle stelle dopo migliaia e milioni di anni, cosí, forse, in direzione opposta, le onde sonore di tutte le parole pronunciate sulla Terra continuavano a viaggiare nello spazio, per sempre. Vedevo i cerchi allargarsi e salire sempre piú su, fino a librarsi nello spazio infinito. Da qualche parte, molto molto lontano, pensavo, galleggiano ancora le tracce delle parole del mio papà.

Poi, come alcuni si dimenticano dei baobab e dei pitoni, cosí io ho smesso di speculare sulla persistenza astrale delle parole e ho chiuso in un cassetto il pensiero della voce perduta di mio padre.

Fino a pochi anni fa, quando ho pensato che, assai piú prosaicamente, avrei potuto trovare delle registrazioni.

Devo il primo contatto alla Rai. Quando una squadra di giornalisti di Giovanni Minoli, per *La storia siamo noi*, si occupò della preparazione di una trasmissione dedicata a Tobagi, setacciò meticolosamente gli archivi di via Teulada, recuperando un filmato. Ebbero la gentilezza di farmene copia: ricevere quel vhs fu una piccola festa. Ma quando ho sentito la sua voce nel filmato di repertorio ne sono stata delusa. Parlava lento, con sussiego, aveva un tono curiale:

sembrava freddo. Fatico ad ammetterlo, ma lo trovai quasi antipatico.

Capisco come mai da ragazzo si lamentasse per l'«incapacità di non parlare forbito». Per una mezza giornata mi sento profondamente contrariata, ma finisco per ridere del mio disappunto. Questa resta agli atti come l'unica circostanza in cui papà ha deluso le mie aspettative nel corso di una lunga ricerca che mi ha portato a frugare in tutti gli angoli.

Me l'avevano ben detto che lo punzecchiavano perché quando parlava in pubblico sembrava un giovane monsignore.

Rotto il ghiaccio, ho deciso di recuperare le registrazioni che faceva di tanto in tanto per motivi di lavoro. Preferiva lavorare all'antica, penna e taccuino, ma mi risultava che nei meandri dello studio qualche cassetta fosse rimasta. Ebbene, i nastri in realtà erano addirittura novantasei.

Ci sono lezioni universitarie, qualche intervento a congressi. Il tono vescovile a tratti è soporifero.

Dopo un'intervista a Guido Carli, presidente di Confindustria, appuntò:

8 marzo 1980

Riascolto la registrazione dell'intervista con Carli. Ha il gusto della citazione, e dice scherzando: «Le citazioni non sono sfoggio di cultura: semmai un gesto di umiltà, per far vedere che non sono invenzioni proprie, ma che si sono lette da qualche parte».

Potrebbe anche parlare di sé.

Attinge alla storia del sindacato e del giornalismo, alla cultura classica: sono le sue radici. In un senso molto profondo, mio padre «era» quello che aveva pensato e studiato: prassi e teoria si nutrono a vicenda.

Mi colpisce la solidità della struttura argomentativa. Il corso dei suoi ragionamenti è sempre rigoroso nel delimitare il campo del discorso ed esplicitare le premesse, cristallino nei passaggi interni, fino alle logiche conseguenze. Stefano ricorda tra le sue doti migliori la mente velocissima nel cogliere nessi e implicazioni nelle parole dell'interlocutore. Questo gli consentiva di anticipare il corso della discussione e stringerlo sempre piú nelle maglie del proprio ragionamento. Riusciva a metterlo all'angolo prima che se ne rendesse conto, muovendosi con la calma determinazione di un buon giocatore di scacchi. Riusciva ad avere ragione senza averne l'aria, senza schiacciare. Litigarci era quasi impossibile, le intemperanze altrui gli scivolavano addosso. Deve aver fatto impazzire parecchi colleghi: «monsignore» e «viperotto».

Trovo che l'arte della discussione sia uno dei piaceri della vita, come il vino e la buona tavola. Penso a quanto mi sarei divertita a confrontarmi con lui.

Nelle innumerevoli interviste per fortuna lo scopro piú sciolto. Sempre ferratissimo sull'argomento, molto sicuro. A volte divertito, come nella registrazione di una lunga intervista a Giacomo Mancini (il «politico-politico» lo definirà) raccolta durante un viaggio in auto, in cui dibattono intorno al caso Moro e ai giochi interni al Psi. Sempre garbato, torna con puntiglio sulle domande inevase.

Trovo preziosi documenti sonori: a cavallo tra il '77 e il '78 era riuscito a farsi approvare dalla direzione del «Corriere» una serie di interviste con i «Padri della Patria», figure-simbolo della vecchia classe politica che si erano forgiate nell'antifascismo e nella Resistenza, per dialogare sulle prospettive d'uscita dalla crisi di quegli anni.

Si lascia travolgere dalle dissertazioni-fiume di Saragat, che rievoca con un certo compiacimento le colte frequentazioni viennesi degli anni Venti.

Rispetta i tempi distesi e i lunghi silenzi tra le parole di un Nenni ormai stanco, forse ammalato (morirà esattamente due anni dopo), riempiti dal cinguettio degli uccelli, il fruscio degli alberi, il rumore lontano di qualche automobile che raggiunge la terrazza della sua villa a Formia.

Lo incontrò il 2 gennaio 1978: dev'essere stato bello per papà cominciare l'anno dialogando con una delle icone della sua formazione politica. Dei colloqui con Pertini trovo solo gli appunti: peccato.

In una professione in cui tutti urlano, arringano e calcano i toni, mio padre parlava piano, a voce bassa. All'inizio era anche una questione di timidezza: il sanguigno direttore di «Sciare» ricorda, con una punta d'impazienza, che alle volte doveva fargli ripetere le cose, perché sembrava che sussurrasse. Victor Ciuffa, responsabile per la politica del «Corriere d'Informazione», si ricorda quando il nuovo redattore di politica interna Walter gli fu affidato perché lo introducesse nel tentacolare mondo politico romano: un microcosmo che al giovane era del tutto ignoto, ma nel quale avrebbe dovuto condurre inchieste, un genere che richiede una vasta rete di conoscenze e amicizie personali. Lo ospitava nel proprio ufficio. Walter, seduto alla scrivania a pochi metri da lui, parlava fitto al telefono ma a voce cosí bassa che non riusciva a capire una parola.

La voce pubblica di mio padre riposa tutta intera nei suoi articoli. Noto una fraseologia ricca di espressioni come: «A me pare», «Si potrebbe convenire», «Se guardiamo ai fatti degli ultimi mesi», «Se consideriamo»: i tecnici li definiscono «atti linguistici di cortesia positiva». Non ha il gusto del paradosso, predilige il tono discorsivo, l'ironia velata. È bravo, a raccontare. Le coloriture efficaci sono divenute una cifra stilistica, come gli riconobbe anche Indro Montanelli. Negli articoli, una galleria di ritratti, freschi ed efficaci come schizzi a china.

Papà la sente tutta la responsabilità di parlare a centinaia di migliaia di persone ogni giorno. Le sue convinzioni circa i compiti del giornalista si concentrano nella massima: «Poter capire, voler spiegare». Si sente vicino a quella che Bocca definisce la funzione maieutica della stampa: «aiutare la gente a tirar fuori quello che ha dentro», informare con l'intento di fornire al lettore gli strumenti per ragionare e chiavi interpretative per intendere la realtà.

Mi è capitato di risentire qualche sera fa una vecchia frase di Ottone, nella quale io personalmente credo, che il compito del giornalista sia quello di fare informazione senza preoccuparsi in modo preliminare di fare formazione, nel senso che il giornalista non può ridurre, o ampliare, il suo ruolo (il che in qualche modo è la stessa cosa) pensando di divenire una sorta di pedagogo collettivo che deve preoccuparsi dei problemi, che deve preoccuparsi di raddrizzare le gambe a tutti i cani che circolano su questa terra, perché poi il risultato ... è che si fa sempre meno giornalismo dal vivo, nel concreto delle realtà sociali. Un risultato che dipende anche dal condizionamento ideologico, dal condizionamento politico.

Da buono storico, papà sa bene che l'obiettività pura è una chimera, «una foglia di fico che è servita, per tradizione, ad accreditare le "interpretazioni ufficiali" di tutto», scrisse nel '69. Una lezione che ritrova nella prima «controinformazione» e si rafforza con l'esperienza nel movimento dei «giornalisti democratici» aggregatosi spontaneamente a Milano in reazione alla vergognosa prova di sé data dai principali quotidiani all'indomani della strage di piazza Fontana.

«Le conclusioni vengono sempre dopo un'inchiesta, e non prima», diceva citando Mao Zedong; dalla pratica del «mestiere di storico» trattiene poi la necessità di controllare le proprie passioni politiche nell'interpretare i fatti e le fonti: una regola, questa, non condivisa da tante firme che intesero la controinformazione, al pari dei giovani del «movimento», come prosecuzione della militanza politica con altri mezzi.

«A me pare che si corra il rischio di dire che è democratico il giornale che dice quello che mi piace», disse con tagliente semplicità a un dibattito.

Ho intessuto un lungo dialogo a distanza con la voce di
carta del giornalista Tobagi, un gioco segreto che ha reso
lo studio degli anni Settanta piú leggero. Per ogni tema,
andavo a cercare se papà ne aveva scritto e rivolgevo le mie
domande ai quotidiani ingialliti. A volte provavo a prenderlo in contropiede, evidenziavo una falla, una lacuna. Il
piú delle volte mi accorgevo di non aver letto con attenzione, oppure trovavo il resto una manciata di articoli dopo.
Siamo riusciti a parlare di tante cose che mi interessavano.
A volte, mi limitavo ad ascoltare: li ho letti e riletti, gli articoli, per farmi raccontare, a distanza di tanti anni, un
mondo che non ho conosciuto.

«Scriver chiaro è difficile», diceva papà, ma lui lo sapeva fare. Riuscivo sempre a capirlo.

Da tempo vengo chiamata dagli insegnanti nelle scuole superiori in giro per l'Italia: mi chiedono di parlare di
mio padre ai ragazzi. Ogni volta mi sforzo di passare la parola direttamente lui: fornisco selezioni di articoli, altri li
leggo di persona. Attraverso un mosaico delle sue parole
di testimone e «storico del presente», dal 1968 all'80, posso raccontare tante cose importanti: l'uomo, l'epoca, il
contesto, un modo d'intendere il giornalismo anche come
servizio alla società, il terrorismo che lo ha ucciso. I ragazzi mi guardano: zitti, attenti, curiosi. La voce di mio padre risuona limpida anche per loro, che ascoltano, e capi-
scono. È un'emozione indescrivibile.

Mi restava il desiderio struggente di conoscere la voce
di casa. Ero sicura che ci fosse qualche registrazione famigliare, anche se nessun altro se ne ricordava. Mi era rimasta in mente chissà come l'esistenza di un nastro con una
conversazione tra mio padre e Luca, sull'importanza di
non dire mai bugie. Contro ogni aspettativa riesco a ritrovarla: mi intenerisce immensamente.

Mi pare di vederli, seduti sul pavimento del soggiorno

in mezzo ai pezzi di Lego, che armeggiano col registratore, papà che abbandona da una parte il mucchietto di fogli su cui sta sbobinando l'ultima intervista per giocare con Luca e rispondere serio alle sue domande.

Luca gli stava sempre intorno. Ritrovo i suoi scarabocchi a pennarello sulle pagine dei notes, tra numeri di telefono e gli appunti di una conversazione con qualche nome famoso. Una foto bellissima li ritrae insieme, papà tiene sulle ginocchia il suo bambino che si esercita a battere i tasti della macchina da scrivere. Luca manifestò una curiosità precoce per il mondo di segni e di suoni che popolavano la vita di papà: cominciò a parlare prestissimo e si pavoneggiava usando parole difficili, a quattro anni già leggeva e tentava di scrivere. Di ritorno dai viaggi dell'inviato speciale, tra i regali per noi non mancavano mai i libri. Ricordo bene *Oreste Lancetta*, un volume-gioco con un orologio tridimensionale, per imparare a leggere le ore, su cui mi sarei applicata anch'io.

Quando mio fratello fu un po' piú grande, a volte se lo portava dietro anche al giornale. Giampaolo Pansa si ricorda di qualche domenica ai giardinetti pubblici, Luca che gioca a pallone con suo figlio Alessandro mentre lui si intrattiene con Walter.

Papà non alzava mai la voce; se mamma si arrabbiava, difficilmente reagiva, assumeva piuttosto un'aria afflitta. Era molto sensibile e stava male a vederci piangere. Quando uno di noi era ammalato e dovevamo fare un'iniezione, impallidiva e non poteva restare nella stanza ad assistere alle nostre scene di disperazione. In mezzo ai racconti dei travagli al «Corriere», consegna al diario questa immagine:

25 dicembre [1978], notte

Luca s'è addormentato, appoggiato sulla mia spalla. È una delle sensazioni piú dolci, e commoventi, sentire una persona che ti si affida con totale affetto.

Un appunto dattiloscritto incollato nel suo diario, sfogo rubato al foglio su cui sta battendo il pezzo per l'indomani:

3 marzo 1980

È l'aria di Roma o cosa? La camera piccola, come un guscio riparato. La voglia di dormire, chiamare a casa, sentire come stanno i bambini. «A chi telefono? No, quello no, magari un'altra volta». Ogni gesto, fatto e soprattutto non fatto, avrà un senso. «Stai attento a quello che mangi», ti ripeti. Lavorare in albergo. Il tavolo è una striscia di vetro lunga e sottile, un piano d'appoggio che trasmette quel sottile senso di provvisorietà ch'è doveroso per un albergo.

La vita da inviato speciale lo costringeva spesso fuori casa, ma quando c'era, era un padre affettuoso e pieno di tenerezze. Nel risvolto della sua agenda del 1979 trovo una foto che ha scattato a me e Luca al parco Sempione, in primavera.

Rubo ai ricordi altrui scampoli della nostra complicità. Avevo l'abitudine di sgusciare sotto il suo braccio mentre era seduto al tavolo a cenare, muovendomi silenziosa come un gattino, per arrampicarmi su una delle sue ginocchia e rimanere accoccolata nell'incavo del gomito mentre mangiava. Papà mi teneva lí, anche se non doveva essere molto comodo, e mi allungava di soppiatto piccole prelibatezze. Credo che a quegli assaggi rubati si possa far risalire il mio amore di vecchia data per il gorgonzola dolce e una meno comprensibile passione per il grasso del prosciutto crudo.

Io ero la sua «cuoriciona», un termine coniato appositamente per me.

Anche se non me lo posso ricordare.

Poi la sorte mi ha fatto un regalo, il piú bello che potessi desiderare.

Dopo aver rovistato ogni angolo della casa, da un armadietto salta fuori una scatola di vecchie cassette scarabocchiate. Sigle dei cartoni animati e i nastri logorati dall'uso con la storia di Heidi, che ho ascoltato mille volte da bambina. Riconosco la voce della perfida istitutrice, la signorina Rottermeier.

Ci sono un paio di nastri anonimi. Distrattamente ascolto e trovo un tesoro del tutto insperato.

«Stiamo registrando ragazzi! Questa è la voce del papà che parla!»

Mi si ferma il cuore. È un miracolo. Una registrazione dimenticata da tutti, un compleanno di papà, il penultimo: 18 marzo 1979. La sua voce di casa, giovanile, giocosa. Si sente bene la leggera zeppola, che correggeva quando parlava in pubblico, con la stessa metodicità con cui aveva ripulito negli anni la propria voce da inflessioni dialettali. Il mio fratellone, con la loquace invadenza dei suoi sei anni, non sta zitto un momento e monopolizza la scena. Io zitta, timida come sempre.

«Adesso si sente la voce della Bebina...»

Mio padre tiene a bada Luca e ripetutamente, con pazienza e immensa tenerezza, mi invita a parlare, finché non mi faccio coraggio e affronto il microfono. «Tanti auguri papà», e poi mi metto a cantare insieme a Luca e a nonna Virginia.

Ogni tanto penso a quella voce dolce e mi ci avvolgo dentro. Non riesco ad ascoltarla spesso, è un'emozione troppo forte, uguale ogni volta. Un minuscolo caleidoscopio di relazioni. Un minuto e cinquantaquattro secondi che mi hanno fatto capire tante cose.

Lo immagino cosí, un buon padre: una persona che ti sostiene, ti protegge e ti sollecita, amorevole, affinché trovi il coraggio di tirare fuori la tua voce.

11. Paura

Che cos'è la paura? Camminare per strada e sobbalzare a ogni macchina che ti passa vicino, guidare l'automobile e spaventarsi a ogni moto che ti si affianca. L'altra mattina, 30 gennaio, mi telefona Abruzzo alle 8 e mezzo. Ha la voce affranta. «Gresti ti vuol parlare», dice ... è stata ritrovata una scheda con il mio nome nella borsa tipo 24 ore lasciata da un terrorista in viale Lombardia. Provo una sensazione di angoscia. Questa paura mi accompagna da piú di un anno, da quando uccisero Carlo Casalegno e mi toccò scrivere di brigatisti. ... Mi pare di essere, forse è una suggestione, il giornalista che come carattere e come immagine è piú vicino al povero Alessandrini.

Questo scriveva Walter Tobagi nel suo quaderno personale.

Come la vicenda Moro, anche l'assassinio di Alessandrini lo colpí nel profondo, e non solo per la confessata sensazione di rispecchiamento. Provava un sincero attaccamento alla figura del magistrato. Una collega di Alessandrini, Carmen Manfredda, ricorda che dopo l'omicidio papà si recò a palazzo di giustizia: doveva preparare il pezzo. Bussò al suo ufficio. Lei non riusciva a parlare. Papà chiuse la porta, rinunciò a porre domande e piansero insieme. Poche ore dopo, il 29 gennaio 1979, scrisse un articolo divenuto celebre: *Vivere e morire da giudice a Milano*.

«È la prima volta che uccidono un magistrato a Milano. Ma il fatto che la vittima sia proprio Alessandrini sembra raddoppiare il dolore. Non è retorica, né spirito di casta: è la reazione di chi ha conosciuto questo sostituto procuratore e vede in lui il personaggio emblema del giudice milanese: serio, rigoroso, attento allo spessore sociale di ogni indagine. Chi era Alessandrini? Il cronista può cercare una prima risposta nella memoria. Una domenica dell'anno scorso, in pieno sequestro Moro: assemblea nazionale dei magistrati nel "Palazzaccio" milanese. Si parlava di terrorismo, di provvedimenti speciali. Alessandrini mi prese da parte per spiegarmi che non ci si poteva "fare illusioni": il partito armato era diventato una cosa drammaticamente seria e andava affrontato non solo con la forza. "La polizia – mi disse – è piú brava a combattere la criminalità comune. Contro le Brigate Rosse ci vogliono i magistrati: se vogliamo fronteggiare il terrorismo politico dobbiamo prima di tutto capirne l'ideologia"».

Mio padre l'aveva conosciuto e intervistato piú volte, nel corso degli anni. Ho anche trovato una fotografia che li coglie insieme: papà è appena visibile, di spalle, alla sinistra del magistrato, lo sguardo chino sul solito quaderno.

«Alessandrini applicava le sue "categorie" logiche, che s'era costruito nel fuoco della cronaca milanese di quegli anni. Anni terribili per un magistrato che aveva la fortuna (o la sfortuna?) di essere "bravo", caparbio, efficiente. ... Il mestiere di magistrato è fatto anche di gesti di coraggio, di minacce che non arrivano sulle pagine dei giornali. Alessandrini interpreta questo ruolo. Conduce l'inchiesta sulle Squadre d'Azione Mussolini: una notte, il 20 febbraio 1972, scoppia una bomba nel suo cortile di casa. Paura? Coi cronisti quasi si schermisce: "È un atto rivolto non contro di me, bensí contro la magistratura". Le minacce si moltiplicano il mese dopo, quando riceve l'incarico di occuparsi, insieme all'altro "trentenne" Luigi Rocco Fiasconaro, dell'inchiesta su piazza Fontana. Dai fascicoli del giudice di Treviso si dipana un'inchiesta lunga, che tocca i piú oscuri retrobottega del potere».

Il nome di Alessandrini resta inestricabilmente collegato proprio alle indagini sulla strage. Con i colleghi Fiasconaro e D'Ambrosio, riuscí a individuare i collegamenti tra i neofascisti veneti indagati e l'«agente Zeta» del Sid, Guido Giannettini. Quando si seppe che il processo sarebbe stato trasferito a Catanzaro, per evitare che queste tracce scottanti andassero disperse compí un'impresa memorabile: scrisse, in due giorni e due notti di lavoro ininterrotto, la requisitoria contro Giannettini, «documento esemplare di cosa è stato, e significa ancora, "impegno civile" per un magistrato». Alessandrini è «il prototipo dei magistrati di cui tutti si possono fidare, che non combina sciocchezze». Eppure, in seguito a queste indagini coraggiose tentano di diffamarlo: dopo il sequestro Sossi, insinuano che sia uno dei giudici «filobrigatisti», nonostante si fosse occupato di inchieste scomode come quelle sugli episodi di violenza al Policlinico di Milano (dove le Br s'insedieranno con una «colonna ospedaliera») o sulle case occupate di via Famagosta: «A ripensarci adesso, viene un senso di raccapriccio. Ma quelli erano i tempi, una stagione di sospetti».

«E non è un caso, con questi comportamenti, che Alessandrini si ritrovi nel gruppo di giudici che danno vita alla corrente progressista di "Impegno costituzionale"; e diventi segretario dell'Associazione Magistrati a Milano. Desiderio di potere? Piuttosto senso del dovere, dicono i colleghi; la coscienza che la società si cambia solo con l'impegno continuo, quotidiano; e gli estremismi non servono, nella magistratura come nella società».

Dal ragionamento metodico all'impegno civile, al coinvolgimento sindacale, alle malevolenze dei colleghi, da ogni parola di ricordo si comprende meglio perché lo sentisse tanto affine a sé: i punti di contatto sono cosí numerosi da fare impressione. Sulla genesi dell'omicidio si addensano ombre.

«Alessandrini tocca la parte sommersa di questa società, che mai si vorrebbe conoscere. Si occupa della "sezione reati finanziari" … da qualche mese coordinava un gruppo di magistrati antiterrorismo nell'Italia settentrionale. Ma quella notizia col nome di Alessandrini non era mai stata pubblicata: vuol dire che anche nei corridoi del "palazzaccio" milanese circolano informatori del partito armato?»

Infine un passaggio tristemente presago:

«Non credeva all'utilità delle scorte: se ne convinse ancor piú dopo la strage di via Fani. E anche per questo, forse, reagí con molta, troppa flemma a una scoperta che oggi fa sudar freddo: in settembre, nell'abitazione-arsenale di Corrado Alunni, l'ex brigatista fondatore di Prima Linea, fu trovata una sua foto. Alessandrini veniva indicato fra gli "obiettivi da colpire". Non doveva bastare a mettere sull'avviso? Sulle prime Alessandrini si spaventò. Poi seppe che quella foto non era stata scattata in un pedinamento, né sottratta da un archivio: l'avevano ripresa da una trasmissione televisiva. Roba fatta in casa, da artigiani del terrorismo».

Nella sala dei microfilm della biblioteca Sormani, davanti ai miei occhi rossi di stanchezza scorrono le pagine del «Corriere», 1977, '78, '79... Quasi ogni giorno ritrovo il nome di papà, come i tratti rossi e bianchi dipinti sui tronchi degli alberi a marcare il sentiero. Nelle prime pagine, una sequela di ferimenti, uccisioni, violenze, scandali. Sono esausta, mi aggredisce una sensazione di claustrofobia, esco nella normalità tranquillizzante di corso di Porta Vittoria, tra studenti che chiacchierano e avvocati che corrono verso il vicino palazzo di giustizia. Non riesco a levarmi dagli occhi i bastoni neri dei quotidiani, i lampi blu delle volanti, le chiazze rosse di sangue sui lenzuoli bianchi, sui marciapiedi nei contorni tracciati col gesso. Mi guardo intorno e sento scoppiarmi nella testa le urla e il fumo dei cortei passati mille volte da qui, come una pellicola appiccicosa che si sovrappone all'immagine della strada trafficata della città presente. È forse la stessa ombra che cala negli occhi di tanti milanesi sopra i cinquanta, che appena si sente parlare di anni Settanta si rabbuiano e ripetono che si aveva tanta paura, che non si può nemmeno immaginare.

Il terrorismo alimenta l'inquietudine che serpeggia tra i cittadini e avvelena la quotidianità; produce al contempo una sorta di abitudine, un'assuefazione alla violenza nei media e nell'opinione pubblica. Per affermarsi nel mercato sempre piú affollato del partito armato, si innesca tra i terroristi un'escalation di violenza in cui alle gambizzazioni si sostituiscono gli omicidi. Cruciale diventa anche la scelta degli obiettivi: da una parte occorre «specializzarsi» in un settore (la stampa, la magistratura, i carabinieri, il mondo dell'impresa, gli ospedali), dall'altra scegliere vittime che garantiscano «visibilità» o un sicuro effetto intimidatorio: le piccole ditte del terrorismo devono rendersi competitive e mirare all'efficienza, nella guerra contro il capitalismo dello Stato Imperialista delle Multinazionali.

Un ex terrorista ha confidato al cardinale Martini, in uno dei suoi tanti colloqui nelle carceri: «Era come se fossimo alla ribalta, su un palcoscenico, accecati dalle luci, e sparavamo sulla platea, nel buio». Un'immagine potentissima che cattura al tempo stesso la natura intrinsecamente mediatica dell'azione dei terroristi, il narcisismo esasperato e l'incapacità di riconoscere l'umanità delle vittime.

Paradossalmente, questa cecità coesiste nella piú parte dei casi con una scelta chirurgica nell'individuare le eccellenze nei vari settori professionali come obiettivi da colpire.

«I comunisti non sparano nel mucchio», leggo nel volantino di rivendicazione dell'omicidio di papà. A parità di funzione, spesso compiono scelte accurate: il giornalista piú attento al retroterra sociale dell'eversione, il magistrato che ha svolto istruttorie approfondite sulle organizzazioni, l'agente che ha accumulato esperienze investigative nei nuclei antiterrorismo. La vittima non è un puro e semplice simbolo. Questo tema è materia di controversie tra chi sostiene che i terroristi fossero del tutto autonomi nell'individuazione dei bersagli e chi, invece, allertato da ricostruzioni lacunose o dubbie coincidenze, sospetta che in alcuni casi vi possano essere stati suggeritori occulti, forme di condizionamento, magari indiretto, o di manipolazione. Papà, cautamente, citava una battuta dello stesso Alessandrini: «Nelle Brigate Rosse un Giannettini non l'abbiamo ancora trovato». Sono temi che la ricerca dovrà approfondire ancora.

Le organizzazioni terroristiche tenevano nei loro covi degli schedari in cui catalogavano le informazioni raccolte intorno ai possibili obiettivi: da semplici schede a veri e propri dossier. Sono parte del loro patrimonio.

Nelle deposizioni dei pentiti in tribunale e nella memorialistica trovo resoconti dettagliati dell'attività d'inchiesta sulle future vittime, che i membri dell'organizzazione svolgono con agghiacciante meticolosità. Anzitutto, si deve individuare fisicamente l'obiettivo: spesso, infatti, non si tratta di «volti noti». In questo lavoro, a volte i terroristi si servono di complici appartenenti alla loro rete di «simpatizzanti»: esemplare il caso delle fabbriche. Scriveva Walter Tobagi sul «Corriere» il 7 ottobre 1979:

«L'immagine del terrorista isolato dal resto della società ingiallisce nel ricordo di vecchi discorsi. L'esperienza dimostra che uomini e ragazzi con la pistola ricevono informazioni dirette attraverso una rete autonoma. Il nome di Cesare Varetto, il responsabile sindacale della Fiat gambizzato l'altra sera con il bambino in braccio, non era mai comparso nelle cronache di giornale. Idem per quasi tutti gli altri venti dirigenti Fiat colpiti nell'ultimo triennio. Logica vuole che se ne tragga una conclusione: i segnali escono dalla fabbrica».

Si individua la persona, la sua abitazione, il numero di telefono; seguono appostamenti sotto casa e nei pressi del luogo di lavoro per familiarizzare con gli orari della vittima predestinata e scegliere il momento piú opportuno per colpirla; si segna la targa della sua macchina, i mezzi di trasporto di cui si serve abitualmente. Renato Briano, direttore del personale alla fabbrica Ercole Marelli, sarà ucciso su un vagone della metropolitana; il magistrato Minervini, responsabile generale delle carceri, su un autobus nel centro di Roma; il commissario di polizia Berardi, uomo dell'antiterrorismo, mentre aspetta alla fermata del tram. Mio padre mentre raggiunge la sua automobile a due passi da casa.

Spesso non si ha una percezione reale del processo di deumanizzazione che coinvolge sia il carnefice che la vittima. Ci si ferma all'attimo dell'esecuzione, ma questo non è che il momento culminante di una lunga catena di azioni preparatorie con cui gli attentatori e i loro complici stringono la rete attorno a un uomo inerme. Una lunga danza macabra. Gruppetti di ragazzi e ragazze di venti, massimo trent'anni – persone che hanno amici, un amore, magari dei figli – osservano la vittima predestinata, la seguono, giorno dopo giorno, la vedono con i bambini, con la moglie, o la fidanzata. Imparano a conoscerne le abitudini. Questo non li ferma: continuano a pensare solo a come ferirla, come ucciderla. «Noi non vedevamo lo sforzo di ricerca di un uomo. Vedevamo il nemico, il membro di un apparato», spiega il killer Barbone in aula. Racconta che una domenica ci videro tutti e quattro a spasso insieme, vicino a casa della nonna. Sergio Segio e Marco Donat-Cattin sparano ad Alessandrini che aveva appena lasciato a scuola il figlio Marco, di otto anni. I terroristi leggono le cose che uno scrive, o ascoltano i suoi interventi pubblici. Dedi Andreis fu sconvolta quando apprese che uno dei carnefici del marito Carlo Casalegno aveva ritagliato ogni settimana, come lei, i suoi articoli: lo stesso gesto che lei compiva con amore paziente era servito a compilare il dossier che decise la condanna a morte.

Questo è il metodo dei terroristi.

La scissione che consente loro di uccidere a sangue freddo persiste anche dopo il delitto. Nelle deposizioni processuali, come nelle interviste pubbliche, i terroristi fanno riferimento agli omicidi compiuti utilizzando una terminologia neutra, chirurgica: l'«azione», il «fatto», magari «il fatto piú grave» o la «tragica pratica», oppure grottesche perifrasi, come «gestire un discorso di morte». «Gestire è un verbo molto usato dai terroristi, – scriveva Ibio Paolucci nel 1983, – e anche di questo, dell'uso linguistico delle bande eversive, si era interessato Tobagi. Gestire, dialettizzare, annientare». Le parole creano le cose, ma possono anche occultarle. Non ci sono la carne e il sangue nella burocrazia della morte.

È importante sforzarsi di pensare a tutto questo, non dimenticare che è accaduto, continuare a interrogarsi su come sia stato possibile: nella nostra società industriale avanzata, non in campi profughi degradati, in un paese del Terzo Mondo ridotto alla fame, sotto un regime dittatoriale. L'hanno fatto esseri umani come noi. Tra loro, molti si erano avvicinati alla militanza politica spinti da un'attenzione per temi di grande rilevanza sociale, nelle fabbriche come nelle periferie degradate: lotte per la casa, contro il lavoro nero, contro l'eroina.

È l'invito che spesso torna negli articoli di mio padre, accanto all'analisi politica e sociale, a «ripercorrere, e descrivere, tante biografie personali, nelle quali spesso fattori psicologici e rabbie individuali o di piccoli gruppi finiscono per determinare anche comportamenti politici drammatici».

Quando riescono a penetrare nei covi «caldi», ossia ancora in uso, gli uomini dell'antiterrorismo trovano spesso, insieme a grandi quantitativi di armi e documenti falsi, anche il materiale d'archivio dell'organizzazione: volantini, schedari e inchieste.

Come avviene il 13 settembre 1978: nella base milanese di via Negroli dove fu arrestato Corrado Alunni, al tempo sospettato di essere capo delle Brigate Rosse, erano state ritrovate molte schede, seppure poco dettagliate. Anche quella di Alessandrini: questo probabilmente fece scattare dei campanelli d'allarme.

Corrado Alunni è una figura-simbolo del terrorismo e seguendo la sua storia possiamo ripercorrere le evoluzioni di un ampio filone del partito armato. Romano, ex operaio, nome di battaglia «Carlo», Alunni è nato nel 1947:

come mio padre. Era uscito dalle Br nel 1975: per dissen-
si nei confronti della linea dell'organizzazione, dichiarerà;
ma documenti e pubblicazioni ritrovati in una base brigatista in provincia di Pavia suggeriscono invece che egli si
fosse allontanato in accordo con le Br, per favorire la nascita di nuove formazioni terroristiche. Che è poi quello
che farà. Trasferitosi a Milano, diventa il responsabile «lo-
gistico» (ossia di azioni armate e addestramento dei militanti) della struttura illegale di «Rosso», la piú diffusa rivista dell'Autonomia Operaia Organizzata a Milano. Tra
i redattori-militanti Roberto Serafini, che confluirà poi
nelle Br, passando per le Fcc. È lui a reclutare Barbone,
Morandini, Ferrandi e altri giovani dei collettivi politici
studenteschi milanesi. La rivista si finanzia soprattutto attraverso le rapine. Alunni è anche nella segreteria «sog-
gettiva» (che, cioè, si autoproclama e viene riconosciuta
tale, senza delega formale dalla base) di «Rosso», che fa
capo al solito Toni Negri, insieme a Fausto Tommei, Gianfranco Pancino, Raffaele Ventura. Si distacca dal gruppo
alla fine del 1977, a capo della fronda dei compagni favo-
revoli a una piú accentuata «militarizzazione». La *forma
mentis* del vecchio brigatista torna a farsi sentire: non di-
mentichiamo che aveva cominciato insieme al piú militarista dei capi Br, Mario Moretti, alla fabbrica Sit Siemens
di Milano.

Alunni costituirà le Formazioni Comuniste Combattenti (Fcc). Ben radicata sul territorio soprattutto tra Milano e Varese, questa banda armata non sopravviverà al-
l'arresto del suo leader, ma dai suoi resti sorgeranno per
scissione o gemmazione diversi gruppuscoli che continue-
ranno a operare negli anni successivi. Tra cui la Brigata
XXVIII Marzo. Contribuí inoltre alla fondazione di Prima Linea.

Alunni era in clandestinità dai primi anni Settanta: la
fama di imprendibile alimenta la sua leggenda. Piú anziano ed esperto, serio, duro, taciturno, efficiente, esercita

un notevole ascendente sui militanti giovani. Insegna loro a sparare, a fare rapine a mano armata (la sua specialità: nel 2003 ha persino pubblicato un breve saggio sull'argomento), li prepara alla clandestinità e all'attacco. Ragiona in grande: promuove la creazione di un «comando unificato» fra i terroristi di Prima Linea e le sue Fcc, proprio mentre l'Italia è paralizzata dal sequestro Moro, un progetto che – fortunatamente – avrà vita breve.

Un ispettore di polizia del supercarcere di Trani ricorda il suo sguardo feroce all'indomani dell'uccisione di un detenuto. I compagni avevano scoperto che si trattava di un informatore della polizia. «L'abbiamo ammazzato, venitevelo a prendere!» lo avvertí Alunni.

Un dettaglio da film: il 28 aprile 1980 fu protagonista di una breve, clamorosa evasione dal carcere di San Vittore di Milano, insieme al famoso bandito Vallanzasca, il «bel Renè».

Corrado Alunni ha attraversato da protagonista tutte le principali formazioni del cosiddetto partito armato e poi, da «irriducibile», i tribunali e le carceri di mezza Italia: è stato mentore e punto di riferimento per una leva di giovani terroristi, tra cui gli assassini di mio padre, di Emilio Alessandrini e di Guido Galli. Proprio il giudice istruttore Galli aveva firmato l'accuratissima sentenza-ordinanza contro di lui e i suoi sodali.

Un dettaglio agghiacciante: i suoi rampolli entrarono addirittura in competizione per colpire il giudice. Sergio Segio per Prima Linea e Marco Barbone con la costituenda Brigata XXVIII Marzo si incrociarono mentre conducevano l'inchiesta per l'«operazione Pollo»: Prima Linea li battè in velocità uccidendo Galli il 19 marzo 1980, e quelli «ripiegarono» su mio padre.

Trovo una bella intervista di Enzo Biagi alla famiglia Galli, dell'aprile '80. Quando i famigliari gli chiesero che tipi fossero, questi terroristi, Galli, sempre laconico e riservato, osservò sbrigativo: «Poveri diavoli tirati dentro o tipi duri che non dicono niente». E di Alunni, che non sottovalutava affatto, si limitò a dire che «era un giovanotto anche simpatico».

Scorrendo i giornali dell'epoca mi rendo conto della pregnanza di questa osservazione apparentemente banale. Nei quotidiani rimbalzano, ossessivamente ripetute, fotografie di Alunni nella gabbia, con la sua donna e i compagni. Il volto un po' equino, aperto, baffoni e occhi neri, allungati, nello sguardo uno scintillio di divertimento. Aveva ragione, Galli: sembra un normalissimo ragazzo di borgata; ha davvero un'aria simpatica.

Ride, ride quasi sempre. È perturbante. Quel sorriso mi ossessiona.

Una scheda relativa a mio padre fu rinvenuta nel covo e poi in una valigetta, quattro mesi dopo. La valigetta apparteneva a un militante dei Reparti Comunisti d'Attacco (Rca): una delle tante costole delle Formazioni Comuniste. E il 31 gennaio 1979 toccò anche a papà essere convocato:

> vado da Gresti. Personaggio emblematico del grande inquisitore, come si potrebbe immaginare in un film: asciutto, ascetico, il vestito di lana buona. Mi fa vedere le fotocopie di alcune schede.

La sua è molto scarna. Nome, indirizzo, telefono, qualifica. Ragiona papà:

> Possono aver ripreso quei dati dalla guida del telefono. L'errore per cui mi definiscono «Presidente dell'Ordine». Quella scheda sa di casereccio. Altre schede riguardano magistrati, ce n'è una anche di Gresti, con foto. Il quale Gresti m'invita alla cautela. Che vuol dire: guardarsi intorno... Esco rasserenato.

Sminuisce la gravità della minaccia, come aveva fatto Alessandrini. Col senno di poi, si può ricostruire una coincidenza inquietante. Il 30 ottobre 1978 era esploso un ordigno proprio davanti agli uffici dell'Ordine. I bombaroli, si scoprirà, provenivano sempre dall'area delle Fcc. Si prende di mira l'Ordine professionale, si scheda il presunto presidente... La minaccia ha già contorni concreti, purtroppo. Tobagi, in qualità di presidente del sindacato, aveva risposto con un coraggioso comunicato sul periodico di categoria, «Giornalismo»: «Non si illudano di spaventarci con le armi».
L'attacco alla stampa era cominciato nella seconda metà del 1977, con una campagna di ferimenti a opera

delle Br: Vittorio Bruno, vicedirettore del «Secolo XIX» di Genova; il direttore del «Giornale» Indro Montanelli a Milano; il direttore del Tg1 Emilio Rossi a Roma. Nino Ferrero, critico cinematografico della redazione torinese dell'«Unità», è gambizzato da due giovani di Azione Rivoluzionaria, un gruppetto che confluirà in parte in Pl.

La «campagna» culmina con l'assassinio di Casalegno, a novembre: è la prima volta che i brigatisti sparano a un giornalista con l'intenzione di ucciderlo.

> L'assassinio di Emilio Alessandrini vuol dire che non valgono piú le regole di un anno fa. Nel mirino ora entrano proprio i riformisti, quelli che cercano di comprendere,

prosegue papà nel suo quaderno. Anche la prima campagna delle Br contro la stampa aveva mirato a figure che esprimevano posizioni liberal-conservatrici, pur con varie e diverse gradazioni. Nella primavera del 1978, mentre seguiva il processo al nucleo storico delle Br, racconta infatti di aver sperimentato un breve sollievo:

> In parte, poi, la paura mi passò nelle settimane del sequestro Moro, quando conobbi piú da vicino gli avvocati dei brigatisti, Spazzali e Guiso. ... mi sembrava una specie di assicurazione sulla vita. ... Allora mi pareva di capire che certi giornalisti servissero anche ai terroristi, o meglio ai protagonisti della lotta armata: anche loro avevano bisogno di interlocutori che non li trattassero come assassini e basta, e si sforzassero di capire i loro ragionamenti e il senso politico di quel che facevano. Ne veniva fuori la sensazione rassicurante di non essere nel mirino delle Br.

Il sollievo cede subito il passo al disagio di avere a che fare con questi personaggi:

> Anzi. L'unica paura, nelle due settimane torinesi, la provai all'incontrario: quando arrivò la richiesta briga-

tista di liberare i tredici detenuti. Quella sera, mentre la televisione trasmetteva le immagini di quel che i bierristi avevano fatto, provai un senso di timore a restare in quell'albergo Venezia, accanto a Guiso, e mi trasferii al Majestic, solo, lontano sia dagli avvocati sia dagli altri colleghi.

Le Br avevano rilanciato la campagna contro la stampa nella già ricordata «risoluzione strategica» trasmessa ai quotidiani durante il sequestro Moro, il 4 aprile 1978; le nuove frange del partito armato accolgono l'indicazione. Le intimidazioni alla stampa riprendono in sordina tra l'aprile e il maggio del 1979. È il cosiddetto «caso 7 aprile» a dar fuoco alle polveri: con l'arresto di Toni Negri e altri intellettuali che hanno ruoli di primo piano nell'Autonomia Operaia Organizzata padovana, la stampa viene messa sotto accusa, per aver «fiancheggiato» l'azione della magistratura, orchestrando una campagna diffamatoria. L'Autonomia Organizzata teorizzava dai primi anni Settanta l'attacco ai riformisti e ai «socialdemocratici» (in primo luogo il Partito comunista). L'attacco alla stampa è rilanciato dalle gabbie nell'aula del tribunale di Milano durante il processo Alunni.

Qui, nella primavera del '79, una nuova formazione, Guerriglia Rossa, compie azioni di sabotaggio ai danni della distribuzione dei grandi quotidiani: prima incendia un camioncino addetto ai trasporti dell'«Unità» e dell'«Avanti!», poi s'introduce in un deposito per dare fuoco a sette furgoni del «Corriere della Sera»; firma infine un attentato dinamitardo contro l'agenzia pubblicitaria Manzoni.

Guerriglia Rossa è capeggiata da Marco Barbone, con lui Paolo Morandini e Daniele Laus: il nucleo da cui nascerà poi la Brigata XXVIII Marzo.

Le preoccupazioni, scrive papà, erano cominciate quando spararono a Casalegno, nel 1977.

Quando sono nata io.

I miei primi tre anni di vita sono stati per mio padre un tempo di attività febbrile, ma anche di paura e minacce. Ci sono poche fotografie famigliari di quel periodo, pochissime che ritraggano me e lui insieme. Per una sfortunata coincidenza sono tutte venute male: scentrate, fuori fuoco. Non dovrebbe avere molta importanza, ma mi intristisce che quel poco tempo passato insieme sia scivolato via lasciando solo pochi frammenti dietro un vetro appannato.

Sfogliando vecchi album trovo una bella fotografia scattata nello studio, forse proprio da papà. La mamma è seduta al posto di lui, alla scrivania, non si vede ma ha il pancione. C'è Luca – ha quattro anni – che gioca con un finto telefono. Sorridono, sono allegri, è la fine del 1976. «Qui mi ricordo che eravamo ancora felici, – commenta la mamma. – Tu non c'eri».

Anche se papà evita accuratamente di parlarle delle minacce, la paura è nell'aria, come un veleno sottile.

«Sapeva di essere entrato nel mirino dei cacciatori soprattutto per il suo nuovo incarico, la presidenza del sindacato lombardo dei giornalisti. Tobagi era stato eletto fra le polemiche nella primavera del 1978», scrisse Giampaolo Pansa. In realtà papà fu eletto presidente dell'Associazione il giorno dopo l'arresto di Alunni, il 14 settembre 1978, ma la sostanza è corretta. All'epoca lo stavano già «curando». Dopo la sua morte, con l'inchiesta giudiziaria, si è potuto apprendere quanto stretta fosse la rete che gli era stata messa intorno, e quanto antica: c'era ben di piú della bomba all'Ordine.

Le Formazioni Comuniste Combattenti avevano progettato di rapirlo addirittura nei primi mesi del 1978. A gennaio avevano attaccato la camionetta dei carabinieri di guardia al carcere di Novara, ma questi si erano salvati fortunosamente grazie ai vetri antiproiettile, una misura di sicurezza introdotta di recente. Niente morti, dunque la stampa aveva ignorato la notizia. Contrariata, la banda aveva deciso di rapire un giornalista e liberarlo solo in cambio della pubblicazione di un comunicato sull'azione di Novara.

La scelta era caduta su Walter Tobagi. Il fatto può destare meraviglia: all'epoca papà non era ancora una firma nota; era già entrato nel comitato di redazione del «Corriere», ma non aveva ruoli direttivi nel sindacato, né nell'Ordine. Un pentito ha spiegato che l'inchiesta sull'obiettivo Tobagi era stata svolta con estrema rapidità grazie a una giovane militante, Caterina Rosenzweig, che lo conosceva perché aveva seguito alcuni seminari di storia tenuti da lui all'Università Statale. Scorro i programmi dell'attività accademica di papà, storia del sindacato, molta metodologia della ricerca storica... chissà quali seguí, quella ragazza. A conclusione di un dibattito in una sala comunale, a cui Walter Tobagi partecipava come relatore, la Rosenzweig gli si avvicinò con i compagni al seguito. Mio padre non diede segno di riconoscerla, ma lei lo salutò con calore, baciandolo sulle guance. Era il segnale convenuto per indicarlo agli altri: il bacio di Giuda. Caterina era fidanzata da tempo con Marco Barbone.

Il pentito che riferí questo fatto agli inquirenti, Rocco Ricciardi, fu anche un confidente dei Carabinieri. Raccontò molte altre cose, una storia complicata che diventerà centrale al momento del processo.

Questi fatti, nel gennaio 1979, non erano ancora noti.

Le minacce che papà aveva ricevuto erano «ordinaria amministrazione» per quegli anni. Quando Gresti lo convocò non gli fu offerta alcuna scorta. Lo confermano le parole di Franco Abruzzo, del «Giorno», amico e collega di attività sindacale di mio padre. Il suo nome era nella lista, assieme a quello di Tobagi e Leo Valiani. Abruzzo telefonò a papà: «Quella sera abbiamo parlato a lungo. "Ma hai anche tu paura?" mi disse. "Io da Cosenza sono venuto a Milano per lavorare, non per fare l'eroe. Però vediamo cosa possiamo fare", gli risposi». Dal punto di vista pratico, però, se si rinunciava ad andarsene non si poteva far molto: «Un colonnello dei Carabinieri chiamato dal dottor Mauro Gresti ci diede un consiglio: "Dica pure a Tobagi che quelli lí sparano tra le 8 e le 8,30, voi dovete uscire dopo le 9". Fu l'unico consiglio, che tradotto vuol dire: "Non abbiamo uomini per darvi una scorta, ma uscite dopo le 9"».

Dopo il colloquio al tribunale, papà aggiunge:

> Abruzzo, spaventatissimo, mi fa vedere una lettera che ha mandato ad Afeltra [direttore del «Giorno»]: rinuncia all'incarico di cronista giudiziario, a meno che non gli diano quattro persone di scorta. Io non la penso cosí. Penso piuttosto a una ragazzata. ... Intanto comincia a diffondersi la voce che mi riguarda, naturalmente ingigantita. Cerco di minimizzare.

La sua reazione, come pure le blande raccomandazioni di prudenza, non devono destare sorpresa. Il terrorismo rosso, dal punto di vista quantitativo, era all'acme. Le minacce non si contavano. Anche se i militanti «regolari», ossia a tempo pieno, delle bande armate non erano molto numerosi, grazie al fatto di essere invisibili davano l'impressione di essere ubiqui. Soprattutto, potevano ancora contare su una vasta rete di sostegno, e un'ancora piú ampia area grigia di simpatia, o comunque tolleranza, da parte di cittadini comuni. Le risorse, in compenso, in particolare gli uomini di scorta, non erano sufficienti a coprire tutti i possibili obiettivi. Questo diffonde tra le moltissime vittime potenziali paura e rassegnazione in parti eguali. I ricordi dei magistrati fanno rabbrividire: in mancanza di uomini di scorta e auto blindate, racconta il pubblico ministero Armando Spataro, fu previsto di dar loro in dotazione una valigetta portadocumenti con un doppio fondo antiproiettile, «per difendersi».

Una schedatura generica come quella di mio padre, in una situazione simile, non era tale da guadagnarsi la priorità.

Ben presto però lo scenario si complica. Attraverso la carta sento il cuore che accelera i battiti:

> Stasera torno a casa dopo le nove ... Stella dice che ha appena chiamato Barbiellini [vicedirettore del «Corriere»]. Lo richiamo. E lui mi dice con voce allarmata: «Ha telefonato Rognoni [il ministro degli Interni], consiglia di stare molto attenti nei prossimi giorni». Pare che vogliano sparare a un giornalista del «Corriere». I primi della lista sarebbero Di Bella e Barbiellini, poi Giuliani e io. Mi riprende la paura.

Stavolta si spaventa sul serio. Torno indietro di qualche giorno e capisco perché. Annotava il 28 gennaio:

> Stasera parlo brevemente con Di Bella. Dice che gli hanno preannunciato una serie di attentati: molti contro giornalisti. Tocchiamo ferro.

E il giorno dopo aggiunge:

> Stamattina hanno ucciso Alessandrini ... Mi prendono molti dubbi. Da chi aveva saputo, Di Bella, il preannuncio degli attentati che riprendevano oggi?

Dà i brividi. Evidentemente, alla direzione del «Corriere» arrivano indicazioni precise. Da chi? Come mai quella telefonata direttamente dal Viminale, che presuppone l'esistenza di elementi piú allarmanti della scheda in possesso della magistratura?

Sono andata a chiederlo direttamente a Virginio Rognoni. L'ex ministro è un anziano gentiluomo e un fine giurista, interviene molto di rado su questioni relative ai cosiddetti anni di piombo sebbene abbia retto il Viminale attraverso innumerevoli esecutivi negli anni cruciali della lotta al terrorismo, dal giugno 1978 all'agosto 1983.

Continua ad attenersi alla regola della riservatezza che sposò assumendo l'incarico all'epoca. So che provava molta stima e addirittura affetto per mio padre: a lui aveva concesso la prima intervista da ministro degli Interni, apprezzandone molto l'intelligenza e la correttezza. Si videro altre volte, si creò un rapporto di confidenza. Per lui fu di conforto che quel giovane cronista comprendesse e rispettasse il senso della sua sobria discrezione: «Sentivo il dovere di dare coraggio a una cittadinanza spaventata e lasciar parlare i fatti». C'è una profonda consonanza etica tra questo atteggiamento e il modo in cui papà svolse il proprio compito di inviato sul fronte del terrorismo. Sento questo affetto profondo quando mi reco in visita nella sua casa immersa nella dolce campagna pavese, in un piovoso pomeriggio di primavera.

Rognoni nega recisamente la possibilità di aver telefonato al «Corriere» per dare un allarme di quel genere: non era proprio nelle sue corde usare canali informali. L'informazione dovette arrivare alla direzione da qualche altra parte.

13 febbraio 1980

Ieri hanno ucciso Bachelet. Domani parto per Roma, congresso democristiano. Addormento Luca, disteso nel letto. E lui mi dice: «Se torni da Roma...» «Perché se?» «Se non ti assassinano», risponde un po' dispiaciuto di aver detto una cosa da rabbrividire.

Purtroppo i bambini sentono tutto. Anche le cose che nessuno dice. Leggo dell'angoscia del piccolo Betò Ambrosoli che a sette anni ascolta per sbaglio una spaventosa telefonata di minacce. In quante famiglie sono successe cose come queste?

Il 28 marzo 1980, proprio quel giorno, il «Corriere della Sera» stipula una polizza sulla vita in favore di tre inviati: Antonio Ferrari, Giancarlo Pertegato e Walter Tobagi. Un'assicurazione analoga a quella dei corrispondenti dai teatri di guerra. La ritrovo, sepolta tra i documenti, quasi dimenticata.

Papà aveva sempre taciuto delle minacce, per non far preoccupare la moglie. Quando portò a casa quel contratto, lei ne fu terrorizzata.

Poco tempo prima dell'omicidio, mamma ebbe una sorta di premonizione. Come Porzia. Purtroppo certe cose non capitano solo nei drammi di Shakespeare. Durante il banchetto per l'anniversario di matrimonio di un cugino, guardando mio padre vide all'improvviso il suo volto come in un medaglione funebre, quelli con le foto in bianco e nero dai contorni sfumati che si trovano sulle vecchie lapidi. Come quello di suo padre – penso immediatamente – l'amatissimo nonno Plinio, quasi un divo degli anni Quaranta col suo bel sorriso e profondi occhi neri, morto di leucemia nel 1964. Mia madre si sentí mancare e volle andar via.

Non sono riuscita ad accertare se una scorta sia mai stata effettivamente offerta a mio padre. Propendo per una risposta negativa, ma esistono versioni contrastanti. In ogni caso, posso confermare, quasi con certezza, che l'avrebbe rifiutata. Come Alessandrini. Come tanti altri.

Già l'omicidio Coco aveva dimostrato che le piccole scorte non erano un deterrente efficace, ma l'eccidio dei cinque agenti della scorta di Aldo Moro segnò la coscienza di quasi tutte le persone che furono oggetto di minacce: accettare una scorta, specialmente se numericamente ridotta (e non poteva essere altrimenti) voleva dire condannare a morte anche gli agenti.

La strage di via Fani aveva inaugurato la «campagna di annientamento» nei confronti degli uomini di scorta da parte delle Br e di altre organizzazioni, tra cui le stesse Fcc. Si legge in un loro volantino, datato 8 novembre 1978:

L'ELIMINAZIONE DELLA SCORTA NON È SOLO UN'ESIGENZA TATTICA MILITARE (OGNI SCORTA FA LA FINE DEL PERSONAGGIO CHE PROTEGGE: CHI FA QUESTO MESTIERE LO SA BENE E SE NE ASSUME COSCIEN-

TEMENTE IL RISCHIO). SI INSERISCE SPECIFICAMENTE NEL PROGRAM-
MA D'ATTACCO ALLE FORZE ARMATE DEL NEMICO, CHE I RIVOLUZIO-
NARI COMBATTENTI HANNO COMINCIATO A PRATICARE. GLI AGENTI
DEI VARI SERVIZI ... CHE DIFENDONO CON ARMI GLI UOMINI E LE ISTI-
TUZIONI DEL POTERE, SAPPIANO CHE SONO LORO STESSI UN OBIETTI-
VO DA COLPIRE.

Quanti uomini di scorta caduti, e insieme quante notizie di gruppetti di fuoco dissuasi dal colpire un obiettivo
per la presenza della scorta... è difficile trarre un bilancio
univoco. Allora, gli elementi di valutazione erano ancora
piú incerti e contraddittori.

Giorgio Santerini si tormenta ancora oggi per non aver
convinto mio padre ad allontanarsi dal lavoro e dal sindacato. Pensa che avrebbe potuto far di piú per protegger-
lo. C'è il suo zampino dietro il viaggio in America che mio
padre compí nel novembre del 1979 (non a caso, come scopro dal suo diario, mio padre ricevette il primo invito dal-
l'ufficio dell'ambasciata poco dopo l'avvertimento della
magistratura). E anche dietro la proposta ventilatagli di
sostituire Ostellino come corrispondente dalla Cina.

Anche mia madre rimpiange di non aver insistito per
fargli rinunciare al giornale e dedicarsi solo all'università.
Al tempo stesso, riconosce che sarebbe stato impossibile:
lui amava molto il suo lavoro e voleva tener fede al proprio impegno.

Non era un cuor di leone, papà. Mamma ricorda che
anni prima, coinvolto nella preparazione di un'ampia inchiesta sul terrorismo nero promossa dalla Regione Lombardia, era molto spaventato all'idea di avere a che fare
direttamente con il mondo ambiguo e violento dei neofascisti. Lasciò quell'inchiesta ad altri. L'agiografia delle vittime si nutre di falsi miti, come quello dell'eroismo. Si ri-
muovono sentimenti umanissimi quali la paura, come fossero «macchie».

Mio padre non nascose mai di avere paura. Negli ultimi tempi parlò con tanti colleghi delle sue preoccupazio-

ni. Non era uno di quegli inviati spericolati, che si nutrono dell'ebbrezza del pericolo (penso al personaggio del giudice in *Tre fratelli* di Francesco Rosi). Dall'inizio dell'80 chiese varie volte al direttore Di Bella di essere allontanato dalle inchieste sui brigatisti. Ma dovette continuare a scrivere di terrorismo sino alla fine di aprile. Ha continuato a fare la sua parte, per lui era normale. Non per eroismo, né per incoscienza. Semmai il contrario: proprio per coscienza. Per il senso che aveva scelto di dare alla propria vita.

Un collega e amico, Marco Volpati, ricorda che dopo le minacce, a chi lo esortava a una maggior prudenza «da buon credente, rispondeva che si rimetteva nelle mani della Provvidenza».

Devo inerpicarmi su un sentiero scosceso: la Provvidenza è un concetto che mi risulta ostico e incomprensibile. Per tanti versi papà era l'incarnazione stessa della razionalità. Non era un fatalista. Continuo a scivolare sulla superficie liscia e curva di questa incomprensibile fiducia. È cosa diversa dal Fato: non è solo ineludibile, essa è per il meglio. Come può conciliarsi tutto questo dolore, questo osceno spreco di vita e di amore, con l'idea di una Provvidenza divina?

Provo a considerare le cose dalla prospettiva di chi va avanti e non sa cosa c'è dietro la curva, anziché volgere lo sguardo indietro sulla rovina delle macerie.

Per chi sta camminando, la fede nella Provvidenza non è una forma di fatalismo, ma la convinzione che la giusta condotta si iscriva in un disegno armonico. Ogni uomo è chiamato a scoprire i propri talenti e sposare la propria strada, con risolutezza. È piú di un obbligo morale: è il segreto per vivere con pienezza ed essere felici. Lungo questa strada può esserci del pericolo, allora è necessaria prudenza, e mio padre l'ebbe.

La fede nella Provvidenza però oltrepassa la convinzio-

ne della possibilità di dare un senso alla propria vita: è la
fiducia nell'esistenza di un senso ultimo in tutte le cose.
Implica un salto: la capacità di abbandonarsi nelle mani di
Dio. Fatto tutto il possibile, occorre riconoscere il proprio
limite e arrestarsi di fronte all'imponderabile, a tutto ciò
che non si può controllare. Con fiducia. Per i cristiani,
questa fede è dono della Grazia. È un mistero.

Sfioro un'isola di silenzio di cui posso solo tracciare i
confini. So che mio padre l'aveva, questa fede autentica,
profonda, silenziosa. È bello pensare che l'abbia accompagnato e rasserenato lungo tutta la vita. Ripercorro le sue
tracce e intuisco la fede non come rifugio, ma bussola che
orienta nel profondo le azioni. Il Vangelo raccomanda di
costruire su solida roccia. Anche la paura diventa affron-
tabile a partire dalla pienezza costruita giorno per giorno
con i comportamenti e le scelte quotidiane. Credo che,
dentro la parola «Provvidenza», papà mettesse tutto questo. Credo fosse questa la radice dell'incrollabile serenità
di fondo suggerita dal suo sorriso. La sua fede, e anche
noi: io, Luca, mamma.

Faccio un passo indietro, nelle pieghe di parole mai pronunciate tra le mura di casa.

Cosa pensa, cosa prova un uomo quando accetta di mettere a rischio non solo se stesso, ma anche la serenità delle persone che ama di piú?

Se toccasse a me, la cosa che mi spiacerebbe di piú
è di non aver trovato il tempo per scrivere una riflessione che spiegasse agli altri, penso a Luca e a Benedetta, il senso di questa mia vita cosí affannosa.

Ripercorro con tenerezza immensa l'ansia, le paure e
tutte le orme della sua umana fragilità. Papà scriveva veloce, di continuo. Questa lettera-testamento non la scrisse mai. Ne ricavo la convinzione che, nonostante le minacce, non si aspettava di essere ucciso. Si dilata, incon-

tenibile, l'orrore per quella mattina in cui è morto da solo, impreparato, colpito a tradimento, di spalle.

Vorrei poterlo rassicurare: le parole che compongono quella riflessione esistono, intessute in tutte le altre. Rileggendole, ho trovato in controluce la lettera mai scritta destinata a me.

Faccio silenzio nel mio cuore, ma non riesco a trovare nulla da rimproverargli. È tanto piú forte il sentimento di essere stata amata e pensata nella trama quotidiana del suo progetto di vita, come spiega nella lettera di Natale del 1978. Ci sono vite diverse e diverse forme di amore, ciascuna secondo il proprio sentiero e la propria natura.

Guardo il mio fratello maggiore, Luca. Ha tre bambini. Svolge un lavoro impegnativo e di responsabilità, ma ha sempre fatto in modo di avere orari regolari e non stare mai troppo tempo lontano da casa. È un padre presente e protettivo. I miei nipotini sono tre girasoli pieni di luce. Li guardo tutti insieme e vedo serenità e calore, bambini felici che non hanno nemmeno idea di quello che è stato. Mi rasserena guardarli. Vorrei dirglielo, ogni volta che li vedo – mi trattiene una sorta di pudore – che sono grata a lui, a sua moglie, alla vita, perché hanno costruito una vera casa. Penso che chi cresce attorno al vuoto e ne conosce il morso cerca di tessere una trama robusta e amorevole perché non vi cada piú nessuno.

«Tuo padre sarebbe diventato sicuramente un giovanissimo direttore del "Corriere della Sera"». L'hanno detto in tanti, è quasi un luogo comune: ma questa frase, pronunciata da Ferruccio De Bortoli, ha un suono diverso. È tornato a dirigere il «Corriere» nella primavera del 2009.

Credo che, tra le molte responsabilità che sente a occupare quella poltrona, ci sia anche il pensiero di mio padre; ha concluso il tradizionale discorso con cui il direttore si presenta alla redazione per chiederne l'approvazione (secondo un costume introdotto con la «carta dei diritti» del 1974) citando Walter Tobagi. Si rivolgeva ai giornalisti piú giovani e ha ricordato loro, insieme a Maria Grazia Cutuli, vittima del terrorismo in Afghanistan, un grande giornalista giovane: mio padre. L'ha conosciuto quando muoveva i primi passi al «Corriere d'Informazione», giovanissimo membro del comitato di redazione, fresco di nomina. Nelle montagne di appunti della frenetica attività sindacale di mio padre, il suo nome compare tra le giovani leve. «Dobbiamo coinvolgere De Bortoli»: lo teneva d'occhio, sembrava promettente.

Sono rientrata poche volte al «Corriere della Sera». Per il nonno e per mia madre quel palazzo era la tana del lupo, un luogo infido, pieno di cattiveria.

«Sono qui, sono qui dentro!», dentro le stanze di via

Solferino, s'intende. Nei repertori Rai Bettino Craxi riferisce con enfasi le parole gravi del direttore Franco Di Bella all'indomani dell'assassinio di mio padre. Alludeva ai mandanti dell'omicidio. Il direttore insisteva: occorre cercare tra i colleghi di area comunista che avversavano mio padre nel comitato di redazione e nel sindacato lombardo. Non l'ho mai creduto; le indagini del generale Dalla Chiesa, i processi e il buonsenso li hanno smentiti. Tuttavia certe parole, certe impressioni, proiettano ombre lunghe dure da rimuovere.

Sapevo che in quelle stanze papà aveva sofferto e lottato molto, e al tempo stesso lí si era sentito vivo, forse come in nessun altro luogo. «Ricordati che è stato un uomo felice», mi ammoniva sempre Giorgio Santerini. Desidero vedere con i miei occhi il suo mondo, di piú: cercare di vederlo con i suoi.

In un tardo pomeriggio d'estate, Antonio Ferrari vince la mia riluttanza e mi porta a fare un giro nella redazione quasi spopolata. Il «Corriere» ha sede in una zona discreta del centro, in un bellissimo palazzo inizio Novecento, immagine perfetta di un certo sobrio lusso della vecchia Milano. Guardo di sottecchi i miei piedi nudi nei sandali infradito e il prendisole estivo: sono del tutto incongrua in quella cornice austera. La struttura interna del palazzo è completamente trasformata, fatta eccezione per il «piano nobile» dove c'è la «Sala Albertini», con il lungo tavolo per le riunioni di redazione che lo storico direttore volle uguale a quello del «Times». Il corridoio silenzioso è tagliato da una porta di cristallo, minimalista, oltre la quale stanno gli uffici del direttore e dell'amministrazione, la lunga mano della proprietà. «Oltre quel vetro, c'è il Potere», sentenzia Antonio con aria grave.

Papà e Vittorio Zucconi, scherzando ma non troppo, chiamavano quel luogo il «corridoio dei passi perduti», che in origine è la molto poetica denominazione di un passaggio meglio noto come «Transatlantico», ossia il grande corridoio prospiciente l'aula di Montecitorio, sede della Camera dei deputati. L'anticamera del Palazzo pasoliniano, un ventricolo del Potere.

Con Zucconi, dopo il primo fatale incontro alla «Zanzara», si erano ritrovati al «Corriere della Sera». All'epoca Zucconi era inviato speciale a Mosca; l'ultima volta che si incrociarono, fu appena due giorni prima della morte di papà. Zucconi si lamentava dello squallore dell'era Brežnev: «Non hai idea di cosa sia Mosca». Amaro, Walter replicò che era lui a non avere idea di come fossero ridotte Milano e l'Italia in quei giorni. E anche il «Corriere». Le sue parole suonano amare, perché amava molto la sua testata. «Sarà molto corporativo, ma sento fortemente l'identificazione con il giornale», confessava a se stesso nel marzo del 1979.

Papà era entrato al «Corriere» nel novembre 1976: era il traguardo tanto sospirato, il sogno coronato del giovane *popularis*. Fu Giorgio Santerini a segnalarlo appena si liberò un posto in redazione. Entrò al «Corriere» dalla porta di servizio e i primi tempi furono duri. Sbircio dentro le stanze di via Solferino attraverso le pagine dei quaderni-diario.

23 gennaio [1976], notte (anzi, 24)

Sono reduce dal giornale, un po' frastornato. La redazione del «Corsera» mi sembra veramente una congrega di personaggi felliniani, pieni di paure, frustrazioni.

Patisce l'accoglienza fredda riservatagli dal direttore, Ottone, che a quel tempo doveva giostrarsi con estrema cautela per mantenere un buon rapporto con un comitato di redazione assai agguerrito e influente, in cui forte è la componente ostile ai giornalisti di area socialista e moderata. «Ho l'impressione di arrivare al "Corriere" contro la sua volontà», annota.

In redazione gli affidano il «soffietto». Il piú infame degli incarichi infami, mi viene spiegato dai «corrieristi»: consiste nell'integrare le notizie delle sezioni locali milanese e romana con le pagine diffuse su tutto il territorio nazionale.

Colse il primo successo professionale con un fondo sulla disastrosa situazione idrogeologica dell'Italia, *L'autunno in Italia con i fiumi alla gola*, della cui genesi gli amici tramandano una narrazione leggendaria: nessuno era preparato per scriverlo, ma Walter si attacca al telefono e in meno di due ore prepara un eccellente pezzo da prima pagina. A quattr'occhi, Giorgio Santerini si premura di completare il quadro, dissipando ogni alone romantico: l'articolo gli era stato affidato non con l'intento di valorizzarlo, ma per scaricare su di lui un compito difficile e rischioso, da cui tutti gli altri erano riusciti a scansarsi. Dopo, nella sua esistenza di redattore ordinario cambiò poco o nulla.

Questo era la dura gavetta: ricominciare tutto daccapo, e piú di una volta. Ma in meno di un anno riesce a entrare nel comitato di redazione.

Giancarlo Perego, oggi caporedattore, è fiero del suo debito di gratitudine verso papà. «Venivo da Sesto, non ero nessuno. Lui e Santerini mi hanno insegnato tutto –. Si allunga ridendo nella sua poltrona mentre lascia squillare i telefoni impazziti. – Nessuno ti parlerà cosí, ma era un grandissimo figlio di p...! – esclama con schietta ammirazione. – Un genio, dal punto di vista politico. Si facevano ingannare dall'aria tranquilla, ma tra lui e Giorgio, il vero osso duro era lui». Sorrido sotto i baffi. Ormai lo conosco anch'io, il «viperotto».

Scorrendo le annotazioni di papà m'impressiona il numero di telefonate che lo tempestano appena si sparge la voce della nomina. L'impatto con le dinamiche interne del sindacato è raccontato con la consueta freschezza disincantata: la prima riunione plenaria dei comitati di redazione di tutte le testate del gruppo gli appare un circo Barnum quasi al completo.

Deve esercitarsi a captare sottintesi e implicazioni, gestire un reticolo di rapporti che sono insieme personali, professionali e politici, gli equilibri di un sindacato cosí forte da poter paralizzare la macchina-giornale.

Talvolta gli scioperi sono una manifestazione di forza: nei momenti di riassetto della proprietà sono stati usati per mettere in guardia potenziali investitori, gli spiega Santerini: senza il consenso sindacale, il giornale è ingovernabile. Il potere dei comitati di redazione a quel tempo era reale; oggi è difficile immaginarlo, i giornalisti sono molto piú soli nei confronti dell'editore e di proprietà quasi onnipotenti.

«Mi pare che ci siano le basi per impostare una situazione nuova», scrive fiducioso Walter, nonostante tutto. In questa giungla vuole portare avanti un'idea ben precisa: un giornale migliore e piú efficiente. I quaderni traboccano di spunti. Rileggo il manoscritto dell'intervento alla prima riunione plenaria, il 14 gennaio 1977: accanto alle questioni di principio, lancia proposte che possano migliorare l'organizzazione, la comunicazione interna, la circolazione delle informazioni, delegati di settore e nomina di commissioni per affrontare problemi specifici. Come membro del comitato di redazione deve innanzitutto rappresentare i colleghi tutti e difendere i loro diritti: dal redattore sacrificato che chiede piú spazio al corrispondente che domanda tutele, a quello di cui i colleghi si lamentano perché lavora male e «buca» notizie importanti, ai conflitti personali e di competenze all'interno di un settore, ai «rapporti clientelari» da arginare, ai piccoli o grandi intrighi dei vicedirettori o dei caposervizio, a questioni previdenziali, di paga, di ferie.

Walter era ostile al costume secondo cui alcuni colleghi guadagnavano avanzamenti non con la loro professionalità e il loro lavoro di cronista, ma attraverso l'infuenza sindacale e il cosiddetto «lavoro di corridoio». I colleghi non possono essere rappresentati solo da gente che non si confronta ogni giorno con il mestiere sul campo. Troppo comodo prevalere nelle assemblee con le «truppe cammellate» (esilarante gergo sindacalese degli anni Settanta) dopo che i colleghi che scrivono devono tornare ai loro tavoli. Ostilità ricambiata: è forte l'invidia per un collega che unisce una riconosciuta capacità professionale all'affermazione sindacale. Le vecchie ruggini si ravvivano e la maldicenza insiste, senza ritegno: «Ha agito, e agisce, per conto del partito socialista!» mormorano nei corridoi.

Ben presto si trova immerso nella gestione di questioni ancor piú urgenti e sostanziali: i rapporti con la direzione del personale, il problema degli spazi crescenti richiesti dalla pubblicità, il rinnovamento tecnologico e la mobilità interna in un gruppo in cui testate come il «Corriere d'Informazione» sono da anni in perdita e dunque a rischio di chiusura.

Temi su cui la fortissima identità sindacale del consiglio di fabbrica (l'organismo di rappresentanza dei poligrafici, ossia la componente operaia interna al mondo della stampa, storicamente egemonizzata dalla Cgil e dal Pci) oppone regolarmente feroci resistenze. Il potere dei tipografi al «Corriere» non è prodotto del generale rafforzamento delle rappresentanze sindacali degli anni Settanta, ma ha radici ben piú antiche, addirittura risale ai giorni della Liberazione, – mi spiega un «veterano» del sindacato, Maurizio Andriolo, – quando l'accordo con la componente operaia consentí di riportare in edicola il giornale rinnovato dopo la lunga parentesi oscurantista sotto il fascismo. Un potere ben presente e reale. Ricorda Andriolo, senza peli sulla lingua: «Te li trovavi davanti alla scrivania, i poligrafici, con certi bicipiti cosí, non erano solo chiacchiere!»

Appannaggio degli anni Settanta è invece l'alleanza strategica, portata avanti da giornalisti di area comunista e oltre, tra comitato di redazione e poligrafici: una posizione fondata sul principio dell'unità fra tutti i lavoratori sulla base di comuni obiettivi politici, nel giornale e soprattutto fuori, nutrita di vaghe simpatie operaiste. Secondo Walter il sindacato di categoria, specie in un momento cosí difficile, deve innanzitutto occuparsi dei problemi concreti con cui i giornalisti si trovano a confrontarsi, prima di pensare a fare politica; sostiene una collaborazione fattiva col consiglio di fabbrica, ma nella reciproca autonomia: i problemi sono troppo diversi.

Alle dinamiche di potere interne al giornale si intrecciano quelle ancora piú difficili dei rapporti della stampa con i poteri forti, della politica e dell'economia. Walter se ne rende ben conto, non appena entra nella galassia delle testate che fanno capo a Rizzoli. L'editore ha assunto il controllo del gruppo «Corriere della Sera» nel 1974 e si è indebitato fino al collo per coprire i costi elevatissimi dell'acquisizione. In principio si appoggia al gruppo Montedison, all'epoca ancora capitanato da Eugenio Cefis (il protagonista del famoso saggio di Scalfari e Turani *Razza padrona*, regista di ampie manovre per conquistare organi di stampa in funzione del proprio disegno di potere), che garantisce una fideiussione. Walter, ancora al «Corriere d'Informazione», può toccare con mano gli effetti di quest'operazione, mentre prepara l'inchiesta a puntate su «I padroni del potere»:

11 aprile 1975

Vado a intervistare Dell'Orto per l'inchiesta sul potere a Milano. È intelligente. Dice tante cose, anche sul ruolo della Montedison. Mi colpisce soprattutto un fatto: che Dell'Orto «impartisce» un consiglio a Ottone e poi, con Ottone, combina un appuntamento per domattina di Massimo Riva [responsabile del settore economia del «Corriere»] con qualcuno della Montedison. Sembra un gioco. Come dire: i padroni siamo noi, hai capito bene? Dico a Dell'Orto: in fondo siamo della stessa famiglia. Sorride molto controllato.

La fenomenologia del Potere, politico, economico, sindacale, e gli uomini che lo gestiscono sono per lui oggetto di una curiosità inesauribile. Annotazioni, frequenti seppur frammentarie, fissano le sue impressioni ogni volta che ha modo di entrare in contatto con questo mondo. Note nude, vivide, talora ironiche, come quando osserva i dirigenti comunisti che si accostano alla «stanza dei bottoni».

22 gennaio 1979

Torno da Roma dopo un'inside story sul gruppo dirigente del Pci. Mi colpisce il tono malevolo con cui i comunisti parlano l'uno dell'altro. Sembrano i democristiani (o i socialisti) di dieci anni fa.

Walter aveva seguito con acutezza l'evoluzione del Pci «tra egemonia e dominio», per parafrasare il titolo di un suo breve saggio. Le sue cronache sono fedeli e obiettive, anche se, personalmente, restava fortemente critico verso il Pci e le forme assunte dal nuovo blocco di potere sotto l'insegna della «solidarietà nazionale»: l'appoggio dei comunisti al governo, anziché apportare significative innovazioni al sistema di potere, si configurava sempre piú chiaramente in termini di «consociativismo», la logica di spartizione del potere che dominò la democrazia bloccata italiana negli anni successivi. Il caso Moro ebbe un peso determinante nell'involuzione del sistema, con esiti negativi per lo stesso Pci, che, dopo il picco del 1976, registrò un sonoro crollo dei consensi alle elezioni del 1979.

Studia con attenzione i nuovi protagonisti della scena politica, ne spia i caratteri, i gesti, persino l'abbigliamento.

Ipotizza studi in chiave storica intorno a due giganti che ha letto con passione: Machiavelli e Seneca. Annota la vigilia di Natale del 1978:

> Penso che varrebbe la pena di scrivere una vita di Niccolò Machiavelli: per rileggere quell'esperienza sotto l'angolazione del teorico della politica che cerca di capire la realtà in un periodo di crisi e cambiamenti, ma non riesce a essere lui stesso politico.

E nel novembre 1979, «Titolo del pamphlet "Seneca o Nerone. L'intellettuale e il potere"»:

> Dopo tutto, Seneca non era che un provinciale. Già, però prima di diventare consigliere del principe, ci volle piú di una generazione. Insomma: lasciamo stare i sogni troppo ambiziosi.

Durante le vacanze, nella quiete del *buen retiro* sull'Appennino marchigiano, si concede il tempo di riflettere distesamente attorno a questi temi – «riflessioni molto confuse, per la verità» – e sui nuovi equilibri di potere:

6 agosto [1979]

> Sono a Carpegna. Tagliato fuori dal mondo. Giornate splendide. Luca impara a nuotare, e gioca a tennis. Mi domando che cosa sia avvenuto per arrivare al governo Cossiga. Ho un'impressione. La logica craxiana è logica di divisione, o con me o contro di me. ...
> Questi fatti sono leggibili in due chiavi: il prevalere dello spirito di fazione sull'interesse generale, o anche prevalere di nuovi rapporti di forza politici, che in parte prescindono dai dati numerici. Le due interpretazioni s'intersecano, e rendono estremamente difficile questo fare politica. E lo rende ancor piú difficile a

comprendere una classe giornalistica infeudata e compromessa, che scrive quintali di piombo senza tentar neppure di chiarire i rapporti che intercorrono fra politica e potere.

È sempre piú insofferente sia per l'acquiescenza dei colleghi, che per l'arroganza dei politici verso la stampa.

22 dicembre 1978

Storia incredibile di un'intervista con Colletti. Ci vediamo a Roma, casa sua, il 27 novembre. Faccio trascrivere, per intero, l'intervista dallo stenografo Gecchelin, la sintetizzo e la rimando a Colletti per controllo. Telefonata ieri pomeriggio. Colletti dice: «Riconosco che lei ha riportato fedelmente quel che le ho detto. Ma un'intervista cosí non conviene né a lei né a me. Mi mandi domande scritte, io le risponderò». Oggi gli ho letto le domande per telefono: sono le stesse della precedente intervista: vediamo come risponde stavolta.

17 marzo 1979

Mi telefona Da Rold [Gianluigi detto Gigi, un collega che aderisce alla corrente sindacale di Tobagi]. Oggi a mezzogiorno si è visto con Di Bella e Martelli, a casa di Martelli. Lungo colloquio: lui, Gigi, riprenderà a firmare, occupandosi della Dc. Di Bella ha fatto generiche promesse di spazio. Quel che impressiona è il direttore del «Corriere» che va a casa Martelli.

A dispetto delle malelingue, gli scudieri del Psi in redazione erano altri.

Le simpatie politiche di Walter non lo rendono indulgente, se mai piú inflessibile. Dopo le grandi speranze nutrite nell'avvento di Craxi alla guida del partito nel '76 e la convinta adesione alle posizioni socialiste durante il sequestro Moro, gli entusiasmi di Walter nei confronti del segretario del Psi si affievoliscono.

30 ottobre 1979

Il «Corriere» pubblica oggi un'intervista anonima a Craxi. Se l'è scritta Craxi da solo. Pilogallo mi racconta che il testo l'hanno portato Tassan Din e Angelo Rizzoli alle otto e mezzo di sera, i quali l'hanno consegnato a Di Bella. E Di Bella ha ritagliato le risposte, le ha incollate su altri fogli, scrivendo di suo pugno (meglio: ricopiando) le domande che Craxi s'era fatte da solo.

È vergognoso: sia per Craxi che per Di Bella.

All'«intervista» segue una dura reazione del comitato di redazione, che stigmatizza la prassi dell'intervista non firmata: «Si tratta di un metodo deontologicamente discutibile, come nel caso in cui un direttore di giornale permette a un intervistato di farsi da solo domande e risposte», recita il comunicato di protesta. Le annotazioni relative alle interferenze del potere politico si fanno sempre più dure e amareggiate.

Con gli anni le cose sembrano solo peggiorate. Roma, trent'anni dopo. Incontro un giornalista che era stato tanto amico di papà da ragazzo. «Non puoi immaginare dove lavoro adesso, – non riesce a trattenersi dal raccontare, – scrivo i testi per...» E fa il nome del potente politico. Trasecolo: «Ma come ci sei finito?» La mia reazione non è certo quella che si aspettava, ma insiste e mi spiega con fierezza che si era costruito un'ottima reputazione con le «interviste»: faceva tutto lui, domande e risposte, e il politico potente non aveva da ridire neanche su una virgola. «Ma non facevi il giornalista, tu?» Sono disgustata. La discussione si spegne presto, quello che fu in gioventù un amico di mio padre si rammarica che, proprio io, sia l'ennesima vittima della «disinformazione di sinistra».

La «primavera» inaugurata con il congresso della Federazione Nazionale della Stampa di Salerno nel 1970 fece assaporare a molti giornalisti un'ebbrezza di libertà che doveva però rivelarsi in gran parte illusoria, come spiega Pansa nel saggio *Comprati e venduti* nel 1977.

Fino al 1976 ci furono spazi per chi, sull'onda delle battaglie della controinformazione, credeva che il giornalismo potesse agire davvero da «contropotere», come in altri paesi europei. Questi spazi derivavano da una situazione di frammentazione del potere: nell'editoria dei quotidiani si specchiava la situazione di un paese «vitale e disordinato, dove nessuno sembra piú avere la forza di decidere, ma dove tutti hanno la forza per non far decidere gli altri», spiega Pansa.

Alla fine del decennio, però, sono ormai ben leggibili i segnali di un «processo di normalizzazione fondato sui deficit». L'editoria dei quotidiani vive da tempo una grossa crisi, è ormai dipendente dai sussidi erogati dallo Stato. Le grandi testate sono costantemente in passivo, come la recente legge che ha imposto la pubblicazione dei bilanci d'esercizio ha messo impietosamente a nudo. Conclude Pansa:

«Lo schema attraverso il quale si può realizzare il controllo è, in teoria, molto lineare. Bilanci dei giornali in dissesto. Perdite crescenti degli editori. Richieste di denaro soprattutto a enti pubblici di credito, grandi banche o istituti speciali».

A partire dal 1975, il gruppo Rizzoli avvia una politica di espansione aggressiva: assume la gestione del «Mattino» di Napoli (assieme alla finanziaria democristiana Affidavit) e della «Gazzetta dello Sport», lancia un'ampia edizione romana del «Corriere», acquisisce il controllo dell'«Alto Adige» di Bolzano, del «Piccolo» di Trieste, del «Lavoro» di Genova, legato al Psi; per favorire il radicamento locale di notabili democristiani crea l'«Eco di Padova» in concorrenza al locale «Mattino» e aiuta «l'Adige» di Trento. L'editore che si fregiava di essere «puro» ormai si è legato strettamente agli interessi della politica. Angelo Rizzoli, che ha ora un ruolo di facciata, passa la maggior parte del tempo nei salotti dei politici. Questa concentrazione inedita suscita molte preoccupazioni. Walter, con Stampa Democratica, pone il tema al centro del dibattito, cercando di prospettare i rischi concreti e le possibili risposte. Dirà davanti al consiglio dell'Associazione Lombarda:

«Certo, non è bello che il signor Rizzoli arrivi ad accumulare il 18, 20, adesso non so se è arrivato al 23% di tutta la stampa quotidiana. Ma questo è ancora, a me pare, un male minore rispetto a un male maggiore che può venire ... che pigli un palazzotto a Roma, lí impianti una redazione unica, che manda gli articoli: al "Mattino", al "Piccolo", al "Giornale di Sicilia" semmai lo prenderà, a Pescara, a Genova. Questo, che è il pericolo maggiore, deve essere combattuto, e può essere combattuto, sul piano sindacale, sanzionando il fatto dell'autonomia redazionale che ogni testata deve avere».

Non poteva saperlo, ma il «Piano di rinascita democratica» stilato dai vertici della loggia P2 nel 1976 per la stampa prevedeva tra gli altri l'obiettivo di «COORDINARE TUTTA LA STAMPA PROVINCIALE E LOCALE ATTRAVERSO UNA AGENZIA CENTRALIZZATA».

Papà aveva un'acuta consapevolezza di vivere il momento di crisi e oscure pressioni preconizzato da Pansa. Progetta un'inchiesta che sarebbe dovuta essere il seguito ideale del suo libro. La debolezza finanziaria delle grandi testate apre spazi di penetrazione e interferenza secondo modalità inedite. Forte di questa consapevolezza a livello «sistemico», comincia a intuire che questi fenomeni si stanno attuando nel suo giornale, ma i contorni sono tutt'altro che chiari.

Nel novembre del 1977 Ottone se ne va, è chiamato a sostituirlo Franco Di Bella. Il cambio della guardia si verifica in coincidenza con una cospicua iniezione di capitali. Angelo Rizzoli, sommerso dai debiti, ha ormai ceduto all'abbraccio della loggia P2 per spericolate operazioni finanziarie occulte e illecite, una spirale che lo porterà a fondo, lui e i suoi giornali. Si palesano segni di cambiamento di linea e perdita di qualità del giornale, oggetto di polemiche infuocate e frequenti illazioni.

La situazione è tanto più difficile da leggere perché l'influenza che si afferma è di tipo nuovo. Il «Corriere» segue una linea ondivaga, appoggiando di volta in volta esponenti politici diversi, in funzione delle esigenze del momento. Morto Moro, archiviata l'esperienza della «solidarietà nazionale», il quotidiano sostiene Flaminio Piccoli, emerso come figura di punta nella corrente dorotea, a quell'epoca divenuta espressione dell'anima centrista-conservatrice della Dc, eletto presidente del Consiglio nazionale del partito nel luglio del 1978 e poi, nel marzo del 1980, segretario.

9 febbraio 1979

Il «Corriere» apre con un titolo che dice: *Piccoli denuncia le intimidazioni alla Dc*. È l'unico giornale che pubblichi con tanta evidenza la dichiarazione di Piccoli, tutta tra virgolette. Neanche il «Popolo» gli dà tanta evidenza. Per di più il «Corriere» aggiunge un corsivo, anonimo, di sostegno.

Questo titolo da solo scredita il giornale davanti ai miei occhi. Gli spazi d'iniziativa sono sempre più ristretti. E il «Corriere» sembra l'organo ufficioso del doroteismo.

Nel «Piano di rinascita democratica» leggiamo: «NEI CONFRONTI DEL MONDO POLITICO OCCORRE SELEZIONARE GLI UOMINI A CUI PUÒ ESSERE AFFIDATO IL COMPITO DI PROMUO-VERE LA RIVITALIZZAZIONE DI CIASCUNA PARTE POLITICA», dotandoli di «STRUMENTI FINANZIARI SUFFICIENTI – CON I DOVUTI CONTROLLI – A PERMETTERE LORO DI ACQUISIRE IL PREDOMINIO NEI RISPETTIVI PARTITI». In una valigia di documenti segreti sequestrati nella ditta di Licio Gelli a Castiglion Fibocchi, si trova fra le altre una busta contenente il fascicolo intestato «Accordo finanziario Flaminio Piccoli - Rizzoli».

I padroni occulti del gruppo Rizzoli mostrano di poter sottrarre con altrettanta rapidità spazi e simpatie.

8 settembre 1979

Pilogallo mi racconta che l'altro giorno c'è stato il brusco *revirement*, perché un amico di Piccoli nella Fieg [Federazione italiana editori giornali] è stato tra gli oppositori piú decisi del prezzo differenziato per l'«Occhio» [neonato quotidiano popolare di Rizzoli]. Non si è salvata neppure la decenza. Nel pomeriggio Di Bella aveva fatto preparare un titolo in cui si diceva che Andreotti, Forlani e Piccoli erano i candidati alla successione di Zaccagnini. Alle dieci di sera, Di Bella torna a Milano, e chiama da Linate per dire di togliere il nome di Piccoli dal titolo.

Il «Corriere» s'inclina sovente verso Craxi. L'oscillazione è legata a manovre sotterranee. Nella sentenza per la bancarotta dell'Ambrosiano scopriamo che Licio Gelli in persona esortava il direttore generale del gruppo Bruno Tassan Din a essere piú vicino alle posizioni socialiste, dava addirittura «strane indicazioni sui titoli del "Corriere"». L'onorevole Fabrizio Cicchitto e Vanni Nisticò, capo ufficio stampa del Psi, erano tesserati P2. Il rapporto fluido e polimorfo con referenti politici diversi è funzionale al disegno piduista come si configura a partire dal 1976, un network occulto di poteri che funge da camera di compensazione tra interessi diversi e tutt'altro che omogenei, che spesso ricorre a mezzi illeciti, o comunque opera al di fuori e al di sopra delle regole e delle procedure trasparenti e verificabili sia in ambito politico che finanziario. A metà degli anni Settanta è stata abbandonata la linea d'appoggio a prospettive di tipo autoritario, perseguita in precedenza. La Commissione parlamentare presieduta da Tina Anselmi ha indagato le complicità tra il gruppo di Gelli e ambienti legati al tentato golpe del «principe nero» Borghese e all'area eversiva neofascista responsabile delle bombe della strategia della tensione. Il giudice Vittorio Occorsio è assassinato dal neofascista Pierluigi Concutelli mentre sta indagando sul coinvolgimento della P2 nelle «piste nere». Il rapporto tra P2 e stragismo è una pagina buia della nostra storia: Gelli è stato infine condannato con gli ufficiali del Sismi Musumeci e Belmonte per depistaggio nella strage di Bologna dell'80.

Nella seconda fase, la strategia della loggia è piú articolata, persegue un disegno di svuotamento del potere politico e sindacale insieme a una capillare infiltrazione degli apparati di sicurezza (Carabinieri, esercito, servizi segreti tutti), delle burocrazie ministeriali e amministrative, delle banche, per «LO SPOSTAMENTO DEI CENTRI DI POTERE REALE DAL PARLAMENTO, DAI SINDACATI E DAL GOVERNO AI PADRONATI MULTINAZIONALI CON I CORRELATIVI STRUMENTI DI AZIONE FINANZIARIA», come recita il «Piano di rinascita democratica».

Il piano vuole trasferire sempre piú altrove le fila della *governance* del paese, fuori dal controllo dei cittadini-elettori, per renderla ancor piú docile e malleabile ai grandi potentati economici e finanziari (spesso con finalità illecite). La magistratura dovrà essere sottoposta all'esecutivo, per evitare interferenze. Controllare la stampa, in questo disegno, è essenziale: per influenzare e indirizzare l'opinione pubblica, distogliendo l'attenzione da problemi reali, manovre o scandali che possono portare alla luce il disegno sottostante.

Dentro al «Corriere» Walter registra elementi disturbanti, che ancora non compongono un disegno coerente. Una confidenza del direttore, tanto piú preoccupante in quanto collegata alla delicata assegnazione della redazione romana, il tramite diretto col Palazzo:

17 marzo 1979

Quando Madeo ha parlato esplicitamente di redazione romana, Di Bella ha detto: «Per me, io ti nominerei subito, ma l'editore non vuole, perché sei troppo di sinistra». Alfonsino minaccia di sollevare un caso, denunciando la discriminazione. Vedremo.

In una conversazione a quattr'occhi, Di Bella mi dice che Rizzoli non conta piú niente, che il personaggio chiave è Calvi, sta saltando anche Tassan Din.

Tassan Din restò invece saldamente in sella, grazie all'appoggio del venerabile maestro Licio Gelli e del suo sodale, l'avvocato Umberto Ortolani. Con loro tratterà la cospicua ricapitalizzazione del gruppo nella prima metà del 1980. Nello stesso periodo, si può leggere su «Panorama» una lunga intervista di Angelo Rizzoli, che rivendica la propria indipendenza dalla politica e sdegnosamente rifiuta ogni illazione circa la presenza di finanziatori occulti. Confrontando l'intervista con gli appunti del quaderno privato rabbrividisco: papà dispone ormai di elementi per rendersi conto che Angelo Rizzoli non dice il vero. Dopo il 1981 i nodi verranno al pettine. Dal novembre 1977 Angelo Rizzoli è di fatto un prestanome, mentre attraverso la mediazione di Gelli e Ortolani l'80 per cento del pacchetto azionario, dunque il controllo incontrastato dell'intero gruppo editoriale, è passato nelle mani di ignoti finanziatori, di cui nemmeno Rizzoli conosce l'identità. Anni dopo, le inchieste giudiziarie riveleranno che l'ignoto finanziatore, dietro il Banco Ambrosiano, era lo Ior, la famigerata banca vaticana al centro dell'affare Sindona e di tante storie torbide di quegli anni.

Se si sommano a questi elementi i dati frammentari circa l'esistenza di strani canali d'informazione privilegiati, intravisti nei giorni dell'omicidio Alessandrini, si comprende bene come la preoccupazione di papà cresca. Si risolve a recarsi a parlare con Virginio Rognoni: un gesto del tutto insolito per lui. Leggo, nel libro *Intervista sul terrorismo*, pubblicato dall'ex ministro nel 1989, una pagina che mi inquieta:

ROGNONI   Il povero Tobagi fu una delle coscienze piú coerenti e limpide di quella terribile stagione ... Con lui avevo un rapporto di amicizia che era via via cresciuto nel rispetto reciproco. Qualche tempo prima della sua morte era venuto da me per rammaricarsi della linea del «Corriere della Sera» nella interpretazione di certi fatti. Era preoccupato della gestione del giornale. ... Lamentava un clima sospettoso, che rendeva la vita difficile in redazione. Il lavoro era segmentato e alcuni argomenti erano, per cosí dire, insindacabili, sembrava seguissero una logica inafferrabile; cosí mi diceva.

INTERVISTATORE [G. DE CARLI]   Le parlò della P2?

ROGNONI   No, perché non era venuto a galla nessun elemento. Mi accennava a una vita difficile e complicata all'interno del giornale, anche a qualche incomprensione con il direttore.

Rognoni conferma, ma non ricorda altri dettagli. Si rammarica di non avere tenuto un diario, come fecero altri esponenti politici. Il piú grande rimpianto dei suoi anni al Viminale, conclude nel libro, resta di non essersi reso conto dell'infiltrazione onnipervasiva della P2, anche nel suo ministero.

Alcuni colleghi perpetuano l'immagine di Walter come un uomo nel taschino del direttore. A volte mi pare che Di Bella giocasse ad alimentare quest'impressione. Papà aveva libero accesso alle stanze del direttore, ma non rientrò mai nel novero di quelli che in redazione erano definiti i «dibelliani». Quel che sente lí dentro spesso non gli piace e lo riversa nel suo quaderno privato. Sin da quando entrò nel comitato di redazione non mancarono i contrasti. Papà pensava che Di Bella fosse un grandissimo cronista e uno straordinario conoscitore della macchina-giornale, in grado di farla funzionare con grande efficienza. Ammira il suo fiuto per la notizia, il talento per i titoli. Ma non lo stima sotto il profilo culturale, e diviene via via piú diffidente sul piano umano. Accanto a lui il vicedirettore Barbiellini si disegna come un uomo colto, ma anche molto attaccato alla propria posizione, impegnato a proteggere i propri spazi e il proprio prestigio. È debole, nelle situazioni delicate.

Il direttore aveva fatto un'arte del dosare favori e confidenze per accattivarsi i soggetti per lui piú utili e brillanti, per controllare meglio una redazione cosí composita e irrequieta. Alterna lusinghe e docce fredde. Resta traccia dell'altalena tra le righe del quaderno privato di papà, che come un sismografo molto sensibile registra le scosse di superficie che corrispondono ai profondi movimenti tellurici attraverso cui il «Corriere» sprofonda sempre piú nella voragine della P2.

Nel 1979 le blandizie si susseguono per molti mesi. Leggo delle indiscrezioni sulla possibile nomina a vicedirettore, che giungono alle orecchie della stampa: persino una giornalista di «Panorama» lo interroga a riguardo, ma lui si schermisce. Annota la proposta (irrealistica) di una nomina a capo della redazione romana, proprio mentre il direttore è impelagato in un conflitto con la redazione circa la sostituzione del critico musicale Courir con Paolo Isotta, che si protrarrà per molti mesi, schermo dietro cui si gioca una partita piú ampia tra il potere d'influenza dei diversi gruppi interni. La Fondazione Rizzoli gratifica la sua vocazione accademica coinvolgendolo nell'organizzazione di due importanti convegni, sul rapporto tra intellettuali e società di massa e tra giornali e «non-lettori», quest'ultimo collegato al lancio del quotidiano popolare «L'Occhio».

Santerini mi spiega che fecero balenare a papà anche l'ipotesi di diventare caporedattore in prima: un ruolo nevralgico. Quest'ultima proposta è particolarmente sgradevole poiché, nello stesso momento, la medesima poltrona era stata offerta anche a Santerini. *Divide et impera*, la logica piú antica del mondo. Non funzionò.

8 settembre [1979]

Rimango per quasi un'ora nella stanza di Pilogallo. Impressionante! Le pressioni esterne sono continue ed esplicite,

annota papà turbato dopo una lunga visita nell'ufficio del collega che allora ricopriva l'incarico.

17 ottobre 1979

Sono un po' terrorizzato dalle prospettive al giornale. Stamane Di Bella mi ha riparlato dell'idea di mettermi alla testa del dipartimento politico del giornale. Dieci giorni fa, mi prospettò – prima Barbiellini, poi Di Bella – di diventare il numero 3 del giornale, di prendere il posto che aveva Ciuni. Di Bella pensò addirittura (e me lo disse) alla data d'insediamento: il giorno di Sant'Ambrogio.

Mi colpisce che chiuda le note del giorno cosí:

Hans Küng pubblica sul «Monde» un bilancio, cautamente critico, sul primo anno di pontificato di Wojtila. Chiude con una citazione di Gregorio Magno: «Se la verità provoca uno scandalo, è meglio accettare lo scandalo piuttosto che abbandonare la verità».

«Mi hanno persino prospettato la direzione del "Mattino"», confidò una volta, con tono scettico, alla mamma. Potrebbero essere dettagli senza importanza, se non fosse che, agli atti della commissione d'inchiesta P2, resta il tracciato della fulminea carriera seguita nei mesi precedenti da un affiliato alla loggia segreta, Roberto Ciuni. Giornalista di scarso spessore, da inviato per il Mezzogiorno divenne in brevissimo tempo caporedattore al «Corriere», quindi fu nominato direttore del «Mattino» di Napoli nel novembre del 1978.

Poi, papà non riceve piú simili proposte di avanzamento. Giorgio Santerini ricorda anzi un mutamento d'atmosfera, non drastico ma percepibile; subentrano piú frequenti le difficoltà: a far passare un pezzo, a ottenere che gli venga affidata una certa inchiesta. Walter è incaricato di firmare, insieme a Giancarlo Pertegato, un servizio scottante, basato su alcune pagine del memoriale (ancora coperto da segreto istruttorio) del «professorino» Carlo Fioroni, per cui sarà messo sotto inchiesta.

Con il senno di poi, suscita particolare amarezza scoprire che anche Massimo Donelli, uno dei giovani promettenti che stava crescendo alla bottega di Walter e Giorgio, abbandonò surrettiziamente la barca per affiliarsi alla P2. Nel 1979, Ciuni lo chiama con sé, giovanissimo caporedattore, al «Mattino». Oggi è direttore di rete di Canale 5, dopo aver diretto a lungo il settimanale «Tv, Sorrisi e Canzoni».

Nel «Piano di rinascita democratica», la stampa è indicata come uno degli obiettivi prioritari, secondo solo ai partiti politici. Quanto ai «procedimenti» per cogliere tale obiettivo:

OCCORRERÀ REDIGERE UN ELENCO DI ALMENO 2 O 3 ELEMENTI, PER CIASCUN QUOTIDIANO O PERIODICO IN MODO TALE CHE NESSUNO SAPPIA DELL'ALTRO. L'AZIONE DOVRÀ ESSERE CONDOTTA A MACCHIA D'OLIO, O, MEGLIO, A CATENA, DA NON PIÙ DI 3 O 4 ELEMENTI CHE CONOSCONO L'AMBIENTE. AI GIORNALISTI ACQUISITI DOVRÀ ESSERE AFFIDATO IL COMPITO DI «SIMPATIZZARE» PER GLI ESPONENTI POLITICI COME SOPRA PRESCELTI.

La presenza della P2 nel gruppo editoriale è fortissima. Angelo Rizzoli e Bruno Tassan Din erano affiliati. Nel settore n. 17 della loggia stessa, «stampa e tv» (il cui numero 3 è Silvio Berlusconi, che ha cominciato a firmare editoriali sul «Corriere» nel 1978), figuravano tra gli altri i nomi di Franco Di Bella, Giorgio Rossi (giornalista poi dirigente del gruppo Rizzoli, incaricato di gestire il progetto, presto naufragato, del canale privato TeleMalta, per trasmettere in Italia dall'isola, aggirando i divieti), Maurizio Costanzo (editorialista del «Corriere» e poi direttore del quotidiano popolare «L'Occhio»), Roberto Gervaso, Roberto Ciuni, Massimo Donelli, Paolo Mosca (direttore della «Domenica del Corriere»); il gruppo include, curiosamente, anche alcuni militari di carriera. Il capogruppo del settore stampa, il medico Fabrizio Trifoni Trecca, andava spesso in visita alla redazione romana del «Corriere» accompagnato da vecchi generali e altri personaggi quantomeno inusuali. Nessuno sospettava che dietro queste bizzarre delegazioni che suscitavano perplessità e ironie vi fosse un centro di potere occulto. Agli atti della Commissione parlamentare, una relazione su alcuni degli effetti di questa presenza sulla linea del giornale. La sanguinosa dittatura di Massera (affiliato P2) in Argentina, dove il gruppo ha forti interessi economici, sparisce dal quotidiano: Lietta Tornabuoni se ne andrà per protesta. Articoli di sostegno a politici e militari affiliati, grande sensibilità sul tema dell'emittenza privata, fino alle interviste di Costanzo sui «poteri occulti»: la prima, a Gelli, esce il 5 ottobre 1980.

Ci sono trasformazioni piú sottili, in un'ottica di lungo periodo: dal «privato in prima pagina» al progetto del quotidiano popolare, leggibili come espedienti per pilotare, distrarre e ottundere l'opinione pubblica.

Posso immaginare. A volte mi pare di vederlo con i miei occhi, come un film. Vedo papà che esce da una stanza, ha il viso stanco, segnato. Di questo non scriverà niente, nemmeno sul diario: forse ha capito che a questo punto non è il caso di scrivere. O, semplicemente, è perplesso: che cosa scrivere, in effetti? Allusioni, mezze parole. A certi livelli, chi vuole davvero provare a corrompere non ha bisogno di essere esplicito. Tasta il terreno con lusinghe: l'arte della seduzione funziona assai meglio delle intimidazioni. Il potere è arrogante, ma conosce le sottigliezze, nei modi. Solo, non riesce a intendere che qualcuno possa non desiderare di assecondare il proprio interesse, o la propria ambizione (che sia l'arricchimento o una strada semplice e veloce verso il successo), al punto da tradire la propria anima.

Un uomo giovane. Non abbassa lo sguardo, non sorride, non raccoglie le allusioni. La conversazione si spegne come una sigaretta dimenticata. Vedo la sua mano che stringe un momento la maniglia della porta, i piedi che si allontanano, le luci della città indifferente. Sento la sua indignazione e la sua solitudine; vorrei soltanto prendere le sue mani tra le mie per un lungo momento senza dire nulla.

Potrebbe essere successo.

Forse per questo, e non solo per le minacce, papà aveva ricominciato a parlare di tornare all'attività accademica, come avviene in una casuale conversazione in macchina con Marco Nozza, di ritorno da Roma. Mi chiedo come avrebbe reagito, se fosse vissuto abbastanza da scoprire fino a che punto il «Corriere» era stato inquinato dalla loggia P2. Penso che sarebbe rimasto al fianco di Cavallari, per far rinascere il «suo» giornale.

Quando mio padre era vivo, di P2 praticamente non si parlava, eccezion fatta per alcune coraggiose inchieste, rimaste pressoché isolate e in alcuni casi pagate a caro prezzo (Gianluigi Melega ad esempio dovette lasciare la direzione del «Mondo»). Ma anche a voler considerare queste isole di conoscenza, nessuno sospettava i suoi collegamenti con il sistema di potere che ruotava intorno al Banco Ambrosiano di Roberto Calvi, né tantomeno con i nuovi assetti proprietari del «Corriere»: la scoperta di una cosí densa presenza di affiliati alla loggia segreta sia dentro la testata che nei ruoli chiave del gruppo editoriale Rizzoli colse tutti di sorpresa.

Mio padre non immaginava che vi fosse tutto questo, dietro i segnali confusi e le interferenze ambigue che registrava. Né si lanciò in investigazioni o speculazioni, prassi estranea al suo costume professionale. Ai segnali inquietanti rispose, come uomo, giornalista, sindacalista, con l'arma della trasparenza, aggrappandosi alla propria integrità, rimanendo fedele ai principî e insieme intensificando l'azione sindacale attorno a temi come l'opposizione alle grandi concentrazioni, la strenua difesa del principio dell'autonomia, la ricerca di mezzi possibili di tutela da forme di condizionamento sempre nuove.

Negli ultimi tempi papà teneva sul comodino le *Carte segrete* di Procopio di Cesarea, durissimo atto d'accusa dello storico di corte che, dopo essere caduto in disgrazia, decide di mettere a nudo le miserie e la corruzione della corte sfolgorante di Giustiniano e Teodora. L'*homo novus*, il greco in viaggio verso Roma, pensa ora alla stagione della decadenza dell'impero, attraverso il filtro della cultura paleocristiana:

Moritur et ridet. Cosí il poeta cristiano Salviano di Marsiglia (v secolo) si rivolgeva a una cultura, quella del tardo impero romano, che stava morendo, senza averne piena coscienza, anzi, esaltandosi in un riso di morte.

Se consideriamo la P2 non una storia lontana e dimenticata, ma uno degli epifenomeni di una modalità occulta di gestione del potere fuori dalla trasparenza delle regole democratiche, che converge in piú punti con fenomeni di corruzione diffusa, criminalità organizzata, eversione.

Se consideriamo questa una modalità che avvelena la vita italiana passata e presente, come ha spiegato Roberto Scarpinato nel *Ritorno del principe*.

Se la consideriamo un laboratorio in cui sono state sperimentate tecniche di manipolazione informativa, disinformazione e svuotamento dei centri di potere soggetti e agenti del controllo democratico, come i partiti, i sindacati, il parlamento, la magistratura.

Se consideriamo l'evoluzione dei mezzi di comunicazione cartacea e televisiva dopo il 1980 e le angustie in cui si dibattono oggi gli operatori dell'informazione.

Se abbiamo presente tutto questo, ripensare, *mutatis mutandis*, a questa storia e all'esperienza di uomini come mio padre è oggi piú che mai necessario.

La notte del 27 maggio 1980, dopo un acceso dibattito al Circolo della Stampa di corso Venezia, l'amico e collega Massimo Fini riaccompagnò papà a casa in macchina. Succedeva spesso: papà non amava guidare.

Arrivati davanti al portone, si fermano qualche minuto a chiacchierare. «Ma tu hai paura?» gli chiede Walter. Fini sapeva delle minacce. È fulminato dal pensiero che sono davvero imprudenti a restarsene lí davanti, dentro l'abitacolo, in piena notte. Ha l'istinto di guardar fuori, alle loro spalle, ma si trattiene, per non spaventarlo. «Comunque, – conclude papà, – non ho intenzione di farmi ammazzare per quelli là» – intendendo la direzione e i padroni del «Corriere». Saluta, tira fuori le chiavi, scende dalla macchina. Fini lo segue con lo sguardo, finché il vecchio portone di legno non si chiude dietro le sue spalle con un tonfo sordo. È stato l'ultima persona a vederlo vivo. A parte mia madre. E me.

13. Fine del mondo

Milano, ventotto maggio millenovecentottanta, ore undici e quindici, via Salaino, adiacenze numero dodici.
Ha appena smesso di piovere.

Lascio quest'immagine qui, nel ventre di questo libro, come sotto un cuscino, un posto protetto, dove – forse – potrà farmi meno male.

ANSA – 28/5 – UCCISO UN GIORNALISTA A MILANO: IN CASA TOBAGI.

«PERCHÉ PROPRIO LUI? – RIPETE PIÚ VOLTE LA SIGNORA OLIVIERI [nonna Virginia] – PERCHÉ QUESTA FEROCIA? GLI HANNO SPARATO ALLA TESTA, L'HANNO VOLUTO UCCIDERE. PERCHÉ SONO STATI COSÍ FEROCI? E ORA – SI CHIEDE ANCORA CON DISPERAZIONE – CHI PENSERÀ ALLA MOGLIE, AI BAMBINI?» INTANTO, ACCANTO ALLA MOGLIE DI TOBAGI C'È ANCHE LA PICCOLA BENEDETTA: È INCREDULA, SOTTO CHOC.

CORRIERE DELLA SERA – 29/5 – PAGINA 4:

BENEDETTA TOBAGI HA TRE ANNI. PER MANO ALLA MAMMA È CORSA INSEGUENDO IL SUONO DELLE SIRENE. HA VISTO IL PADRE A TERRA, LA FACCIA CONTRO L'ASFALTO, LA NUCA INSANGUINATA. CHE COSA PUÒ CAPIRE UNA BAMBINA DI TRE ANNI? BENEDETTA HA PIANTO, HA CONTINUATO A PIANGERE MENTRE LA MAMMA, DA SOLA, LA RIPORTAVA A CASA. POI HA SMESSO, HA ASCIUGATO LE LACRIME E NESSUNO SA COSA LE È RIMASTO DENTRO ... L'APPARTAMENTO SI È RIEMPITO DI GENTE. LA MOGLIE È CHIUSA IN UNA STANZA. DA UN'ALTRA PORTA ESCE LA PICCOLA BENEDETTA. GUARDA GLI ADULTI AMMASSATI IN ANTICAMERA SENZA NEPPURE VEDERLI. CHIEDE UN PENNARELLO E SUBITO SCOMPARE IN CAMERA. NEL POMERIGGIO LA MOGLIE ESPRIME IL DESIDERIO DI VEDERE ANCORA WALTER. VIENE ACCOMPAGNATA ALL'OBITORIO. LA BAMBINA LA SEGUE, NESSUNO RIESCE A CONVINCERLA A STARE IN CASA.

ANSA – 28/5 – UCCISO UN GIORNALISTA A MILANO: IN CASA TOBAGI.

LUCA, IL FIGLIO DI SETTE ANNI DI WALTER TOBAGI, CHE STAMANE QUANDO È AVVENUTO IL DELITTO ERA A SCUOLA, AVEVA SAPUTO QUALCHE TEMPO FA, ASCOLTANDO UN DIALOGO TRA I GENITORI, CHE IL PADRE ERA MINACCIATO. ERA RIMASTO MOLTO IMPRESSIONATO E DA QUEL GIORNO INSISTEVA PER STARE IL PIÚ POSSIBILE CON LUI. NON VOLEVA LASCIARLO DA SOLO PERCHÉ PENSAVA DI POTERLO IN QUALCHE MODO PROTEGGERE.

IL RAPPORTO TRA TOBAGI E I FIGLI, IN PARTICOLARE CON LUCA, ERA MOLTO STRETTO. DIETRO ALLA SCRIVANIA DOVE TOBAGI LAVORAVA QUANDO ERA IN CASA, IN UNA GRANDE STANZA CON I MURI RIVESTITI DI LEGNO E UNA GRANDE LIBRERIA DI NOCE SU UN LATO, C'È UN PANNELLO SUL QUALE SONO APPESI I DISEGNI CHE LUCA FACEVA ESPLICITAMENTE PER LUI. SEMPRE DIETRO LA SCRIVANIA, LUNGO IL MURO, CI SONO TRE PILE DI GIORNALI E RIVISTE VECCHIE. POI SUL TAVOLO ALCUNI LIBRI E, IN EVIDENZA, LA COPERTINA DELL'ULTIMO

LIBRO DI TOBAGI SULLA STORIA DEI MOVIMENTI SINDACALI. AL CEN-
TRO DEL TAVOLO C'È LA CORRISPONDENZA ARRIVATA OGGI E NON AN-
CORA APERTA.

IN CASA TOBAGI, ... DOPO L'ATTENTATO SONO ARRIVATI I PARENTI
PIÙ STRETTI. LA MOGLIE, MARISTELLA, RICEVE LA VISITA DEI COL-
LEGHI E DEGLI AMICI PIÙ STRETTI DI TOBAGI. PIANGE E NON RIESCE
A PARLARE.
NEL FRATTEMPO UN PARENTE È ANDATO A SCUOLA DA LUCA E LO HA
PORTATO A CASA DI UNA FAMIGLIA DI AMICI: LA NOTIZIA DELLA MOR-
TE DEL PADRE GLI È STATA DATA SOLO NEL POMERIGGIO.

22 dicembre 2008

Cara Benedetta,

sono la mamma di F. M., un compagno delle elementari di tuo fratello Luca. ... Ricordo, come fosse ieri, la
terribile mattina in cui fu ucciso tuo padre poiché io mi
sono preoccupata di portare Luca all'uscita della scuola a casa mia insieme a mio figlio onde tenerlo lontano

ed evitargli l'assalto di giornalisti ed estranei ed è stato insieme ai suoi amichetti sino a quando nel tardo pomeriggio tua madre Stella insieme ad un amico giornalista di tuo padre sono venuti a dirlo a Luca e a riportarlo a casa! Rimarrà sempre indelebile nella mia memoria quel giorno poiché ho conosciuto tuo padre e lo ricordo ancora davanti agli occhi quando veniva a casa mia a ritirare Luca poiché spesso giocava con mio figlio e ci potevamo scambiare impressioni sui gravi problemi del momento!

Ho un ricordo di te, piccolissima: uno «scricciolo» con tanti capelli scuri ricci e due occhi grandissimi scuri e dolci come il tuo papà.

Nel corso degli anni tante persone, casualmente, nelle circostanze piú disparate, hanno sentito il bisogno di portarmi un brandello d'immagine a ricomporre il quadro intorno a quella orribile foto del marciapiede. Ognuno un'impressione, un dettaglio: incancellabili.

Inaspettatamente, un soave film di fantascienza per ragazzi ha scoperchiato la scatola sepolta in fondo al piú buio dei miei armadi. Gli occhioni azzurri di *E.T. L'Extraterrestre* di Spielberg hanno commosso milioni di spettatori: in me, a cinque anni, provocarono un'angoscia insopportabile. L'ho rivisto per caso, secoli dopo, e ho capito perché. La sequenza terribile dell'agonia di E.T., che si spegne nella tenda a ossigeno, mentre il piccolo Elliot supplica di poter andare da lui. L'hanno strappato via a forza: «Sta morendo lasciatemi andare da lui, cosí lo state uccidendo», grida.

Hanno lo stesso cuore.

E.T. muore, ed Elliot si dispera perché pensa che avrebbe potuto salvarlo.

Come descrivere l'intensità di un'emozione antica che sbuca fuori, incongrua, imprevista, come un mammuth imprigionato in un ghiacciaio?

«Mamma, papà ha il sangue, chiamiamo il dottore, cosí lo pulisce e lui guarisce», tante volte. Poi, zitta.

Dentro *E.T.* c'è qualcosa di ciò che ho provato prima
dei fotogrammi iniziali del nastro della mia memoria. Su
schermo nero, le emozioni le ho scritte nel corpo, intrap-
polate sotto la pelle, dure, estranee, come i frammenti di
un'esplosione. E poi, l'incubo di una colpa indicibile.

Ho visto e sentito ogni cosa. Ho continuato a chiedere di chiamare il dottore, dopo che mi portarono via. Nessuna risposta. Ho pensato ciò che ogni bambina di tre anni avrebbe pensato: l'ho lasciato morire. È colpa mia. Per
forza. Infatti, tutto quel caos, quella gente, ma nessuno
mi parla piú.

Il silenzio, gelido, disperato, imbarazzato, che cala su
di me (nella speranza che avessi capito, che non avessi capito: che dimenticassi). Oppure non mi si parla normal-
mente. Molte parole senza parola.

Tranne queste, tanti anni dopo:

«Avevi visto tutto. Non sapevo cosa dirti. Dovevi aver
capito».

Tanti anni dopo ho preso finalmente me stessa bambina tra le braccia per consolarmi, per spiegarmi dolcemente che avevo capito male, che non avevo fatto niente, che
non era colpa mia. Complice un film, ho capito che dovevo assolvermi da un peccato atroce che non avevo com-
messo.

Pioveva anche il giorno dei funerali.

Ci sono tante foto riprese dall'alto, una marea di om-
brelli invade le strade, sangue nero nelle arterie della città.
Una folla di decine di migliaia di persone. Sono venuti al
funerale di papà, silenziosi e dolenti, come erano andati
in piazza del Duomo dopo la bomba di piazza Fontana.
Quante di quelle persone avrò incrociato nella mia città,
per caso, senza saperlo, che quel giorno hanno sentito il

bisogno di esserci. Vorrei ringraziarle tutte, per aver voluto esserci.

Fu il cardinale Carlo Maria Martini a celebrare le esequie. Era appena stato nominato arcivescovo della diocesi di Milano quando il 19 marzo, contro ogni protocollo, Martini si precipitò alla Statale per pregare presso il corpo di Guido Galli.

Per l'omelia, commentò un passo del Vangelo: «Mi hanno odiato senza ragione».

«Noi vorremmo che fosse una voce chiara a tutti coloro di cui non sappiamo il nome, ma che potrebbero ora raccogliere in qualche modo le nostre parole; a costoro senza volto diciamo che questo dev'essere l'ultimo atto criminoso, che queste cose non pagano nessuno, non servono a nessuno, non aiutano nessuno. Vorremmo che queste parole le sentissero coloro che hanno premuto il grilletto, coloro che hanno armato queste altre mani, coloro che hanno offerto chissà quali motivazioni nascoste e indicibili. Vorremmo che capissero – come pare che qualcuno già cominci a intendere – che è ora di cambiare, che ci sono altre maniere di parlare, di esprimersi, di venire allo scoperto, di mettersi in dialogo, liberamente e con coraggio, con gli argomenti, con la verità, anzi con la forza della verità stessa che mai è disgiunta da una coerente passione per l'uomo».

Martini, che cercò un dialogo con i brigatisti nelle carceri. Alcuni terroristi di Prima Linea gli fecero pervenire una cassa con il proprio arsenale, in segno di dissociazione dalla lotta armata. A lui, non a uno Stato di cui non si fidavano.

Martini che ancora mostra una sofferenza visibile quando parla di quel tempo, che ammette, persino lui, con umiltà: non sono ancora riuscito a capire sino in fondo cosa è successo.

Ultima scena, da un'aula gremita del tribunale di Milano, seconda corte d'assise.

ANSA – UCCISO GIORNALISTA A MILANO: SOSPENSIONE PROCESSO ALUNNI.

«MI GIUNGE NOTIZIA DI UN FATTO MOLTO GRAVE, – HA DETTO IL PRESIDENTE ANTONINO CUSUMANO ALZANDOSI IN PIEDI, – L'UCCISIONE DEL GIORNALISTA TOBAGI». A QUESTO PUNTO IL PM ARMANDO SPATARO ... HA CHIESTO UNA SOSPENSIONE. L'INFORMAZIONE HA SCONVOLTO TUTTI I PRESENTI TRANNE I SEI IMPUTATI DEL CLAN ALUNNI CHE HANNO REAGITO CON UNA RISATA ISTERICA.
NELLA GABBIA, CON CORRADO ALUNNI, C'ERANO MARINA ZONI, FABIO BRUSA, FRANCESCA BELLERÈ, PAOLO KLUM E LUCA COLOMBO.

Cusumano e Spataro saranno chiamati a celebrare, tre anni piú tardi, anche il processo agli assassini di mio padre. Corrado Alunni era stato l'istruttore di Marco Barbone.

Con il suo sarcasmo paradossale, Indro Montanelli commentò questa notizia dicendo piú o meno: a sentir certe cose, ci si chiede se siano uomini, sono le iene che ridono sopra i cadaveri. Ma la vera tragedia è che invece sono proprio uomini. Non sarebbe cosí difficile pensare al terrorismo, altrimenti.

Oh stanco dolore riposa! Per quanto tempo dovrò girare tra queste stanze? Quando verrà la quiete della sera?

«La morte di Walter è una morte senza rassegnazione», disse nonno Ulderico.

Shakespeare ha fissato l'orrore di lady Macbeth complice assassina che vede sempre di nuovo il sangue sulle sue mani bianche. Io ho paura che questo non sia sempre vero.

Io so che il sangue della vittima innocente resta impresso, indelebile, negli occhi dell'innocente testimone. Di mio padre, là sulla strada, dello scandalo intollerabile di ogni innocente ucciso, rimane negli occhi un grido: non chiama vendetta, piange un dolore senza fine. E il cuore non trova pace.

14. Nel ventre della balena

Le ambientazioni principali del dramma sono circoscritte nel quadrato di pochi isolati: la tragedia quasi rispetta
il canone classico dell'unità di luogo.

Papà è crollato sull'asfalto bagnato a meno di cento passi da casa, in una piccola traversa di via Solari, affollata di
ditte, uffici, magazzini, una trattoria che pietosa offrí una
tovaglia per coprire il suo corpo. Ritornando sui propri
passi, attraverso il piccolo parco dove io e mio fratello gio-
cavamo da bambini, in pochi minuti si raggiunge piazza
Filangieri. Un edificio dall'aria dimessa, senza insegne né
targhette sui citofoni, sembra una vecchia scuola: niente
oggi tradisce che al suo interno ospiti l'aula bunker appositamente progettata per i maxiprocessi di terrorismo. Si
trova di fronte al carcere di San Vittore, le cui mura di-
pinte a strisce grigio chiaro e color melone sono divenute
familiari agli italiani nei giorni caldi dell'inchiesta su Tangentopoli, sfondo abituale per i servizi dei telegiornali.

L'aula bunker fu inaugurata dal processo per l'omicidio di Walter Tobagi, che ebbe un'eco straordinaria all'e-
poca. L'assassino, reo confesso, ma «pentito», fu scarce-
rato al termine del primo grado di giudizio, dopo circa tre
anni di carcerazione preventiva. Una decisione che lacerò
l'opinione pubblica. Non fu il solo elemento clamoroso in
un procedimento che riempí per anni le pagine dei giornali. Le cifre del processo-*monstre*, nella loro nudità, parlano da sé. Sette mesi (dal 1° marzo al 28 novembre 1983),
in cui si affollarono 102 udienze; 152 imputati; 28 giorni

per decidere la sentenza, quasi un anno prima che ne venissero depositate le lunghissime motivazioni. Il piú grande processo per terrorismo mai celebrato fino ad allora. Alle dimensioni imponenti si aggiunsero una furibonda *querelle* politica e le polemiche dovute alle intersezioni con il «processo 7 aprile».

Sono cresciuta nell'ombra lunga di quel processo, che si è distesa dietro di me anche negli anni a venire. C'era da impazzire a metterci le mani e per anni mi sono guardata bene dal farlo. Sono cresciuta circondata da persone che dubitavano che in aula si fosse raggiunta la verità: non avrei potuto convivere tutta la vita con questo pensiero.

Mi ci sono riavvicinata, come spesso è accaduto, per vie indirette. Comincio a scrivere il progetto di un documentario, *Alice nel palazzo di giustizia*, narrazione in chiave surreale delle complessità della macchina giudiziaria italiana, ma la voce che mi attira verso il palazzo di giustizia è ben altra. Ricordo nitidamente l'ingresso nel tribunale, un cuore scuro che pulsava nella città creando il campo magnetico attorno a cui mi aggiravo con cautela. Mi perdo per cortili e corridoi, cercando l'archivio storico. Come in ogni ricerca che si rispetti, trovo una guida: l'angelo custode della cancelleria è la memoria storica del tribunale e ha limpidi occhi azzurri che contrastano con la figura massiccia e i modi energici del carabiniere. È lui a dischiudermi le porte del ventre segreto dell'enorme palazzo. Ci mette un giorno e mezzo per individuare il fascicolo: piú di cento faldoni. Mi parve un eufemismo chiamare «fascicolo» una simile montagna di carte.

Chi non c'è entrato non può immaginare il labirinto di corridoi freddi dai soffitti bassi, le luci al neon che rovinano gli occhi, i chilometri di scaffali di metallo stracolmi di faldoni, muri di carta impolverata, interminabili. L'angelo custode si muove con estrema sicurezza. Ogni tanto, per orientarsi, c'è un cartello scritto a mano, ricordo la dicitura «sacchi documenti Sindona»: camminare nei sentieri stretti della storia criminale d'Italia fa un certo effetto. Sistema un tavolino sgangherato e una sedia di legno e mi lascia sola. Contro ogni aspettativa, provo un'intensa sensazione di pace. Giona è gettato nel mare in tempesta mentre tenta di sfuggire alla chiamata e si salva nel silenzio del ventre della balena che lo riporta a Ninive. Il mostro è lí: solo un altro mucchio di carta. Gli archivi mi tranquillizzano: serve tempo, ma posso cercare la mia strada, lontano dalle passioni e dai sospetti altrui.

Gli uomini del generale Dalla Chiesa trovarono gli assassini a tempo di record. L'attentato era riconducibile all'area delle Formazioni Comuniste Combattenti e dei suoi gruppetti collaterali, che avevano già attaccato la stampa. Marco Barbone fu arrestato a settembre, mentre era in servizio militare a Diano Marina. L'avevano trovato seguendo quello che il capitano Umberto Bonaventura, noto per il talento investigativo, definiva un «ramo verde»: la sua fidanzata, Caterina Rosenzweig, già condannata per un attentato incendiario firmato Fcc. Il telefono suo e dei suoi amici fu posto sotto controllo pochi giorni dopo l'omicidio Tobagi. Barbone venne fermato dopo un'inopportuna fuga di notizie sulla stampa, quando ancora non c'erano prove della sua responsabilità nell'omicidio.

Patrizio Peci è il piú noto dei «grandi pentiti»: la sua collaborazione con la giustizia, iniziata nel febbraio del 1980, ha permesso di avviare lo smantellamento delle Brigate Rosse; per questo fu punito con crudeltà dai terroristi, che sequestrarono e uccisero suo fratello minore Roberto, sposato, in attesa di una bimba, arrivando a filmare la condanna a morte (sinistra anticipazione della prassi di al-Qaeda). Ha scritto con lapidario disprezzo:

«un gruppo di debosciati ha ammazzato Walter Tobagi e si è firmato "Brigata XXVIII Marzo", giorno della strage di via Fracchia: era un implicito riferimento a me, l'inizio di una campagna contro i pentiti e contro i giornalisti che appoggiavano la preparazione di una buona legge per noi. In ottobre li hanno presi quei tipi – Barbone & C. – e si sono pentiti pure loro».

Lo Stato fece propria un'intuizione del generale Dalla Chiesa: per venire a capo del terrorismo bisognava sfruttare i fattori di crisi e disgregazione interna che si palesavano sempre piú chiari dentro le organizzazioni armate. Mio padre aveva analizzato il fenomeno, ricordo ad esempio l'articolo *C'è una regola dei due anni oltre la quale non resiste il Br clandestino*. Anticipata da un decreto del presidente del Consiglio Cossiga a fine '79, nel 1982 il parlamento approvò a larga maggioranza una legge, dalla validità temporanea, che prevedeva forti sconti di pena per i terroristi che scegliessero la via della «collaborazione attiva», ossia fornissero informazioni utili alla cattura e all'incriminazione di altri terroristi. La legislazione sui reati associativi e i collaboratori di giustizia contro il terrorismo fu assai contestata, fin nei suoi presupposti, ma diede risultati importanti. In seguito fu rielaborata per contrastare soprattutto la criminalità organizzata. Senza collaboratori, nessuno dei processi contro le grandi stragi celebrati dagli anni Novanta avrebbe potuto essere istruito.

Toni Negri ebbe parole infuocate contro ogni forma di collaborazione: la delazione, predicava, è «contraria alla vita», ai suoi valori fondamentali, alla solidarietà prepolitica tra esseri umani. Pensando all'atmosfera di intimidazione che regnava intorno al suo feudo nell'ateneo di Padova, fanno rabbrividire questi richiami all'omertà, logiche cruente da *genos* piú che cultura democratica della *polis*. Di Barbone, si disse tra l'altro che le sue rivelazioni erano state «costruite» e lautamente premiate perché completasse il quadro accusatorio tracciato contro l'Autonomia Organizzata da Carlo Fioroni solo fino al 1975. Si accusava il Pci di usare i magistrati per reprimere ogni forma di dissenso alla propria sinistra.

Ho visto l'assassino di mio padre uscire di prigione quando ero in prima elementare. Tante famiglie hanno dovuto accettare un simile sfregio per rispetto delle leggi varate in nome del bene comune. Stento a sopportare anche i discorsi dei pregiudicati che speculano sull'immoralità degli «infami».

Questi conflitti d'opinione raggiunsero il culmine nella stagione dei grandi processi dei primi anni Ottanta. Soprattutto il nostro. Le architravi del processo «Rosso-Tobagi» furono proprio le dichiarazioni dei collaboratori di giustizia. La doppia denominazione si deve al fatto che l'omicidio Tobagi fu solo un segmento dell'enorme inchiesta, frutto della confluenza di nove istruttorie, che vide imputati numerosissimi appartenenti alle strutture illegali della rivista autonoma «Rosso». Il contributo di Barbone fu valutato «eccezionale» poiché contribuí a mettere sotto inchiesta le molte sigle del terrorismo diffuso milanese: Rosso-Brigate Comuniste, Fcc, Rca, Co.Co.Ri, Brigata Lo Muscio. Una realtà confusa indagata con grande acume da Guido Galli, ma sottovalutata: anche per questo la concessione del massimo dei benefici di legge sconcertò larghe fasce dell'opinione pubblica. Barbone non aveva contribuito a smantellare le assai note e temutissime Br o Prima Linea. L'unico omicidio, in fondo, l'aveva compiuto proprio lui.

Armando Spataro, allora giovanissimo pubblico ministero, cresciuto professionalmente accanto a Galli, suo maestro e amico, fu chiamato a sostenere la parte principale nell'accusa. L'impianto del processo fu oggetto di critiche durissime, prima di tutto da parte dei difensori degli imputati, molti dei quali lo rifiutavano «politicamente». Dopo anni di impunità diffusa, l'irrigidimento della normativa (l'aggravante di terrorismo anche per reati minori, la dilatazione dei tempi della carcerazione preventiva) e la messa sotto accusa di gruppi che non erano arrivati all'omicidio politico, provocò reazioni violente da parte dei garantisti e dell'area antagonista. Molti gridarono alla repressione generalizzata. Su basi diverse, reagirono anche le parti civili, preoccupate che l'indagine sull'omicidio Tobagi si disperdesse nel *mare magnum* di un processo al terrorismo diffuso milanese.

La pensava cosí nonno Ulderico, che si costituí parte civile, anche in rappresentanza mia e di Luca. Fu sempre lí al banco, in ogni grado di giudizio, a combattere la sua battaglia. «Io sono qui a chiedere giustizia, non ho desideri di vendetta», ripeteva. La mamma, dopo lo stress dell'istruttoria, non aveva piú voluto saperne. Andò in aula solo una volta, per deporre.

Come Pinocchio nel ventre della terribile balena, seduto al tavolino sconnesso in fondo ai corridoi bui dell'archivio storico del tribunale scorgo la sagoma piccola di un uomo anziano, diritta nonostante la stanchezza, che talvolta si copre il volto con la mano pelosa, schiacciando forte una ruga alla radice delle sopracciglia con l'indice e il pollice, quasi a voler bloccare l'emorragia della ragione. Ho pensato al nonno ogni ora trascorsa su quelle carte invecchiate, ho voluto attraversare con lui la prova che aveva dovuto sopportare da solo.

Lo rivedo seduto al banco nell'aula urlante, le enormi gabbie divise in gironi che separano gli imputati secondo la scelta di condotta processuale per evitare che si sbranino a vicenda. Da una parte la folla degli «irriducibili», chi si dichiara prigioniero politico, non parla, rifiuta il processo; accanto, i numerosi «dissociati», che formalizzano il proprio allontanamento dalla lotta armata e riconoscono le accuse, ma senza fornire informazioni aggiuntive; infine, lo sparuto gruppo dei collaboratori di giustizia, cioè i «pentiti», oppure «delatori» e «infami», a seconda del punto di vista.

Mi perdo in un fiume di verbali d'interrogatorio e deposizioni dibattimentali che raccontano anni di paura a Milano: il «ritmo magico della frenesia del '77», i primi cortei armati, gli «espropri», cioè le rapine, gli incendi, i furti d'armi («la prima cosa è procurarsi una pistola»), poi i ferimenti, e infine l'omicidio. Una miriade di sigle concorrenti che scelgono azioni sempre piú violente: perché erano il parametro per valutare il valore e la «crescita politica» di una persona, perché «il botto, la pistola era la nostra maniera di comunicare con la città», leggo in una deposizione.

Ripercorro i dattiloscritti con fatica, le parole scivolano e si confondono, la precisione fredda con cui Barbone e altri descrivono le varie fasi della militanza, come se si trattasse di vicende normali, dà una sorta di vertigine.

Estate 2000, una casetta di legno bianco sperduta nella campagna bretone, Jean-Claude, bancario colto e gentile, papà della mia amica del cuore dell'Erasmus, mi consegna con una sorta di pudore il libro *Camarade P.38*, uscito in Francia nel 1982, in cui Fabrizio Calvi, giornalista amico di Passalacqua, ha raccontato il romanzo di formazione alla violenza del giovane Barbone a partire dai dettagliatissimi verbali di interrogatorio. È arrivato fin qui. In quel libro papà è solo cadavere, una comparsa fugace nella sequenza che apre il libro con toni da *action movie*. Non voglio narrare di nuovo questa storia di azioni, tattiche e armi descritte con passione da intenditori.

I verbali restano gelidi (come gli occhi di Barbone, nel ricordo di Stajano), fin quando giungo alle deposizioni di Mario Ferrandi, nome di battaglia «Coniglio». Qui le formule astruse dei *pamphlets* e dei volantini si fanno carne e nervi. Lontano dalla freddezza burocratica dei procedimenti e dal tono goliardico di tanta memorialistica romanzata («ce l'hanno fatta pagare ma ci siamo divertiti un ca-

sino», cosí Paolo Pozzi, uno dei leader di «Rosso», sug-
gella il suo racconto di quegli anni), Ferrandi trasmette
l'urgenza vera di spiegare un mondo, senza cercare scu-
santi. Di espiare, anche, attraverso il racconto. Una voce
straniata che parla come chi, svegliatosi da un incubo, si
sforzi di ripercorrerne le logiche interne. Ferrandi, for-
s'anche perché prima dell'arresto era già scappato a Lon-
dra, mettendo migliaia di chilometri tra sé e quelle scelte
che, dall'interno, apparivano «inevitabili» e «necessarie»
(è sempre cosí, nelle storie di vita degli ex terroristi: la progressione nella carriera criminale pare predeterminata da
un fato ineluttabile), in aula parla davanti agli ex compagni, denuncia loro e se stesso.

Rompe il primo tabú: la scelta della lotta armata. Affrontare il discorso implica di per sé una rottura irreversi-
bile: «Se metti in discussione il senso di quello che fai, sei
già potenzialmente un traditore». Dunque spezza anche il
secondo, piú terribile, tabú. Perché uccidere è accettabile, anzi, può essere persino un «salto di qualità», ma tradire il gruppo è morte. Se anche non ti uccidono, sei tu
che perdi l'orizzonte di senso del gruppo chiuso, vincola-
to da un patto di sangue contro il mondo, contro la rappresentazione paranoica di uno Stato monolitico. Il gruppo che, a dispetto della pressione del mondo esterno, ti fa
sentire vivo, umano, giusto persino.

Nel memoriale di una ex terrorista, parole di tenerezza per le compagne, reverente ammirazione per il capo,
palpiti d'amore, descrizioni elegiache delle montagne del-
l'infanzia divenute terreno di addestramento alle armi coe-
sistono accanto a gelidi resoconti degli agguati contro i carabinieri, i nemici assoluti, poco piú che insetti. Se nessuno come Dostoevskij ha raccontato la meschinità e
l'ambizione celati dietro il radicalismo di tanti «demonî»
del terrorismo, Camus ha saputo cogliere il paradosso di
giovani pronti a uccidere che continuano ad aggrapparsi
gli uni agli altri con appassionate dichiarazioni di amicizia

e fedeltà. Il dibattimento è spezzato da una scena che sembra rubata al suo teatro: il «pentito» Mario Ferrandi si confronta con l'«irriducibile» Giuseppe Memeo.

MEMEO   Mario, quando parlavi sentivo che parlavi sul serio ... Alcune cose, le sappiamo solo noi due come stanno. Tu dicevi di non credere piú nella trasformazione. Vorrei chiederti: quando abbiamo fatto quelle cose lí, eravamo pazzi?

FERRANDI   Non è che non credo piú che si possa cambiare il mondo.

MEMEO   ... Poi c'è anche il fatto che tu hai cambiato gabbia. Non sei qui a discutere dei nostri problemi, delle nostre angosce, delle nostre paure. Non sei qui a dividere le nostre miserie. Tu sei dall'altra parte.

FERRANDI   Giuseppe, occorre fare delle scelte.

MEMEO   ... Ci sono molte persone che non ci credono piú [nella rivoluzione comunista], ma tu non credi piú negli uomini, non credi piú in quelli che sono stati i tuoi amici ... hai tradito non me in quanto comunista, ma il «vecchio Terrone». È questo che umanamente mi colpisce. Posso anche essere d'accordo sulla necessità di autocritica, ma non potrò mai tradire i miei compagni che sono la mia storia, sono la mia vita. ...

FERRANDI   Ma è una farsa quest'accusa di tradimento. Tu ti impunti e neghi anche la piú banale evidenza, per dimostrare cosa? Che è un valore l'omertà? L'omertà è il cancro che divora il paese, ed è diventato un valore. Per i comunisti non è mai stata un valore l'omertà.

MEMEO   Non è omertà.

FERRANDI   ... cinquanta decidono di parlare e cento di tacere. Allora cinquanta sono traditori e cento sono i rappresentanti della coerenza dell'Uomo. Io non sono un uomo con la «U». Io sono una persona normale. ... Questi sono i valori della malavita!

M'impressiona una pagina sulla vita carceraria:

«Quando vado dal maresciallo del carcere dove sto, a fargli vedere la riforma carceraria e le cose che mancano, mi rendo conto di avere di fronte una persona che ha il problema di gente che si accoltella, che potenzialmente lo uccide. Esiste questo sfascio ed evidentemente ne siamo i responsabili».

L'inferno degli «invisibili» nelle carceri balena anche dalle parole di qualche magistrato, dei cappellani delle carceri. Le condizioni dei detenuti spesso disumane, la droga, l'alimentazione forzata per chi tenta lo sciopero della fame, faide e pestaggi tra detenuti politici con posizioni processuali diverse erano all'ordine del giorno. Tuttavia Ferrandi, imprigionato, ha la lucidità di mettersi nei panni della polizia penitenziaria che si trova davanti ai terroristi che li insultano, li minacciano, che volevano estendere il «tanto peggio, tanto meglio» anche al fronte delle carceri (almeno finché non ci entrarono): per aizzare la rivolta e «politicizzare» i detenuti comuni. Per accrescere la tensione durante i 55 giorni del sequestro Moro, le Br assassinarono il maresciallo Francesco Di Cataldo, che spese tutta la sua vita nel carcere di San Vittore. Era un abile mediatore, umano, attento ai bisogni pressanti dei detenuti. «Agli inizi degli anni '70, nel corso dell'ennesima rivolta carceraria, un quotidiano del pomeriggio uscí in prima pagina con la foto che ritraeva i detenuti sul tetto e un militare che da solo e in bilico sulle tegole parlava loro per convincerli a scendere», era lui, racconta suo figlio Alberto; ricorda che tante volte, la sera, a casa, suonava il citofono: ex detenuti che venivano a trovarlo.

Alla lettura del verdetto, una folla di giovani si scatena contro Barbone, il delatore che ha ucciso e poi ha «venduto» i compagni per farla franca. «Vieni a pescare con noi, ci manca il verme! Bastardo!» gli urlano dagli spalti.

«Non vi rendete conto di quello che fate!» il tonante accento meridionale del presidente della corte Cusumano risuona come una maledizione biblica.

L'opinione pubblica si sollevò compatta e indignata di fronte alla decisione della corte di concedere a Barbone, su richiesta del Pm Spataro, anche il beneficio della libertà provvisoria: una misura, questa, discrezionale. Ricordo una pacata intervista di Norberto Bobbio sui pericoli della frattura tra il senso comune e il sistema giudiziario ingenerata da simili provvedimenti di clemenza.

«Non è un pentito, è un delatore», sentenziò il nonno, amaro. La confusione nel dibattito pubblico tra piano del diritto e sfera spirituale ha provocato effetti perversi. L'uso stesso del termine «pentito» anziché collaboratore di giustizia pare un retaggio dell'onnipervasiva cultura cattolica nostrana. Nel mezzo di un dibattito incandescente, alcuni magistrati, avvocati, esponenti delle forze dell'ordine hanno contribuito ad alimentare presso l'opinione pubblica il mito del «buon pentito» Marco Barbone. Il collaboratore non parla per convenienza (come è logico pensare, come presuppone la legge stessa), ma per sincero ravvedimento. Resta agli annali la narrazione di come Dalla Chiesa vinse le resistenze del giovane terrorista a collaborare con la semplice frase: «Devi essere un soldato che parla al suo generale». Non si alluderebbe a oscuri mercanteggiamenti, né si toglierebbe nulla alla giusta fama del generale se si raccontasse che ebbe l'accortezza di avvertire un ragazzo in isolamento, su cui gravavano sospetti di omicidio, che c'era una situazione legislativa estremamente favorevole, ma non si sapeva per quanto sarebbe durata, e... lo stesso Armando Spataro ritiene che sia andata cosí. La legge del 1982 non menziona il pentimento né vi allude. Applica un arduo principio economicistico in una situazione di emergenza. Ma questa realtà cruda va smussata di fronte ai cittadini indignati per la violazione del senso comune d'equità e militanti scagliati contro l'infamia della delazione. Si aggiunga il paradosso che la legge consentiva di ottenere il massimo dei benefici proprio ai capi e ai responsabili dei delitti piú gravi, che disponevano di maggiori informazioni (basti ricordare Roberto Sandalo e Marco Donat-Cattin, uno degli assassini di Alessandrini, i «pentiti» di Prima Linea), mentre spesso condannava a pene severissime i gregari, imputati di sola associazione a banda armata, autori di reati minori, che non avevano dati rilevanti da fornire. Il difficile cammino, fortemente voluto dal ministro di Grazia e Giustizia Mino Martinazzoli, che si concretizzò nella legge in favore della dissociazione del 1987, nasceva proprio dalla necessità di recepire segnali positivi di apertura che uscivano dalle carceri per porre argine a queste sperequazioni e favorire il reinserimento di tanti giovani ex terroristi nella vita democratica.

Mi pare l'ennesima distorsione che a tessere oggi gli elogi della dissociazione siano piú spesso personaggi come il pluriomicida Sergio Segio, che ne esaltano l'aspetto piú equivoco: la scelta di non fornire dati alla magistratura per fedeltà verso i compagni.

Induce scetticismo notare come due collaboratori di giustizia difesi dallo stesso notissimo legale impieghino frasi identiche per esprimere la crisi interiore che li ha spinti a «dare un contributo per cercare di fermare questa macchina di morte» eccetera. L'avvocato Gentili, cattolico, nella sua arringa difensiva, reclama per Barbone l'attenuante «di aver agito per motivi di particolare valore umano, sociale e morale ... i terroristi non hanno mai agito per tornaconto personale, ma solo per utopia, cultura e ideologia, con disinteresse e a rischio della loro vita. Erano idee talmente generose che hanno conquistato larga solidarietà, sia pure in modo ambiguo e irresponsabile»: il mito romantico del brigatista fa capolino in sedi insospettabili.

Coup de théâtre, prima che la corte si ritiri in camera di consiglio, Marco Barbone chiede perdono a me e a mio fra-

tello, il giorno della sentenza il suo avvocato Marcello
Gentili fa dono ai giurati del libro di Gandhi *Antiche come le montagne*. Barbone ostentò anche la propria conversione al cattolicesimo. Nonno Ulderico non poteva tollera-
re questo circo. Lo bolla allora col termine «delatore»: uno
che ha mercanteggiato informazioni con l'impunità non
può essere glorificato. Contrariamente ai ragazzi che urlavano nel tribunale, non lo accusava di aver parlato. Semmai, di non aver detto tutto. E questa era la convinzione
di molti.

Quando divenne di dominio pubblico, il volantino di
rivendicazione dell'omicidio Tobagi alimentò sospetti a
non finire. Sembrava diverso, si diceva, imbevuto di conoscenze e di un lessico da «addetti ai lavori». Chi l'ha
scritto conosceva bene la stampa specializzata del settore
editoriale, la struttura del «Corriere», persino dettagli poco noti della carriera di Walter Tobagi. Marco Barbone
entrò in un «Corriere della Sera» già blindato dalle misu-
re di sicurezza dieci giorni dopo il delitto: per consultare
i numeri arretrati, disse. Poco credibile. Per entrare al
«Corriere», poi, bisognava precisare chi si andava a trovare.

La conflittualità era stata cosí accesa, che in parecchi
hanno cercato complici dell'omicidio di Walter Tobagi nelle maglie dello scontro sindacale. I colleghi di Stampa Democratica, tramite Santerini, allora presidente dell'Associazione Lombarda dei Giornalisti, cercarono di portare i
loro argomenti in aula: volevano che Marco Barbone spiegasse dettagliatamente la genesi del documento, studiaro-
no le riviste e i libri da lui citati; ottennero ben poco ascolto e furono liquidati con impazienza: questo non fece che
accrescere i sospetti ed esacerbare gli animi. I colleghi e
gli avvocati di parte civile, Corso Bovio e soprattutto Antonio Pinto, portarono ripetutamente in aula sospetti su
possibili complici, suggerirono piste d'indagine, e reagirono vivacemente a fronte di una corte e una pubblica accu-

sa che li mettevano a tacere con fastidio, quasi volessero intralciare i lavori. I giornali scrissero, con sintesi infelice, del deplorevole contrasto tra «gli amici di Alessandrini» e «gli amici di Tobagi». La pubblica accusa si trincerò dietro a un muro, anche per effetto di una sfibrante polemica sui mandanti dell'omicidio animata dal direttore del «Corriere della Sera», Franco Di Bella, e dal Partito socialista, Craxi in testa. Credo che tanti fossero in buona fede (Ugo Finetti, ad esempio, era sinceramente affezionato a papà e al nonno), ma il quotidiano socialista porta una pesante responsabilità nella esasperazione dei toni del confronto. Sulle sue pagine il caso Tobagi divenne «un *affaire* politico», come recita il sottotitolo di un libro-inchiesta del giornalista Scorti. Lo stesso ex direttore dell'«Avanti!», Ugo Intini, in un saggio recente, *Le parole di piombo*, ha espresso un'autocritica ponderata, ma decisa, circa questi eccessi. La stessa scelta delle parole da parte del segretario socialista Craxi, considerata nel contesto, pare tesa a ricollocare l'omicidio di Walter Tobagi, «vittima dell'intolleranza e del conflitto ideologico», assai piú nella cornice del conflitto sindacale, e per esteso, nello scontro politico tra socialisti e comunisti, che non nel quadro complesso del terrorismo milanese di matrice operaista. Le accuse crebbero di tono, fino a diventare un vero atto d'accusa all'operato della magistratura, adagiatasi sulle «verità di Barbone», curiosa sovrapposizione con gli attacchi provenienti dagli imputati e dall'area autonoma.

Nei fascicoli dell'istruttoria ritrovo un amplissimo dossier a cura del Partito socialista: pagine e pagine di profili psicologici e professionali di colleghi sospettabili, soprattutto Piero Morganti. Un'analisi psicolinguistica del volantino. Mi pare eccessivo. Trovo elenchi di articoli passati al vaglio come fonti. Molti provengono da «Ikon», rivista teorica sulle scienze della comunicazione fortemente orientata a sinistra. «Ikon» aveva pubblicato un articolo che raccontava il CdR «Corsera» dal punto di vista degli an-

tagonisti di Walter. Vi interveniva per l'appunto Piero
Morganti, che criticò ferocemente l'azione di Walter a partire dallo scontro sul «caso Passanisi» nel 1976. Ma, per
quanto aggressiva e spesso infondata, era e restava una polemica sindacale.

Il testo del volantino di rivendicazione dell'omicidio fu
lungamente analizzato e vagliato a piú riprese, nei contenuti e nello stile. Barbone mostrò piú di un'incertezza nel-
l'illustrare le fonti da cui aveva attinto nella scrittura. Il
volantino presentava passaggi sospetti, ma erano indizi
sottili: vi era menzionata una prima esperienza di mio padre nel comitato di redazione del gruppo «Corsera» nel
1974, in aula, Barbone disse che si trattava di un errore,
mentre il fatto, seppure poco noto, rispondeva a verità; il
dirigente Rizzoli Salvatore di Paola ritrovò una frase («necessità pubblicitarie localmente circoscritte») che ricordava essere stata usata all'interno di una riunione ristretta
con il sindacato; riferimenti come quello ai «sottoscala»
dove si nascondono i cronisti tradiscono una conoscenza
diretta della topografia della redazione di via Solferino.
Anche la punteggiatura era tipica di uno stile giornalistico piuttosto datato, poco congruo ai giovani terroristi. Da
ultimo, l'aveva ripreso in mano, molti anni dopo, il magistrato Adolfo Beria D'Argentine. Aveva confrontato tutte le spiegazioni fornite da Barbone sulla genesi dei passaggi contestati, evidenziando le contraddizioni. Fu cauto nel trarre conclusioni, come si conviene a un magistrato.

Aporie di questo genere non mancano, nelle inchieste
sul terrorismo; ve ne furono anche di piú inquietanti. Il
magistrato Maurizio Laudi, che condusse a Torino uno dei
principali processi contro Prima Linea, occupandosi tra gli
altri dell'omicidio di Alessandrini, riconosce che, nonostante indagini molto approfondite, non si è potuto stabilire con certezza come gli attentatori fossero venuti a conoscenza del fatto che il magistrato aveva preso parte, poco tempo prima, a un incontro al vertice con magistrati di

diversi paesi europei per coordinare le indagini sul terrorismo: la notizia era riservatissima.

Nei processi esiste il limite, invalicabile, della prova. Mancarono elementi decisivi per mettere in dubbio la paternità del volantino. Anche una riflessione piú attenta sul contesto induce a desistere. I continui attacchi in ambito sindacale, molto violenti, ferirono profondamente Walter, anche sul piano personale: sentiva la frustrazione e l'amarezza di dover combattere contro un sistematico travisamento delle proprie posizioni, nonostante si sforzasse di articolarle con la massima trasparenza e consequenzialità, come sapeva fare lui. I colleghi ricordano di averlo visto sull'orlo delle lacrime, una volta. Sparsi tra le sue cose ritagli di brevi articoli fortemente denigratori: ne ricordo uno, sull'«Unità», che lo bollava come uno dei «corvi della conservazione». Nei confronti del mensile di settore piú diffuso tra i professionisti, «Prima Comunicazione», fortemente orientato a sinistra, aveva ormai perso ogni speranza. Non citavano mai i suoi interventi, i contenuti sempre filtrati attraverso le dichiarazioni dei suoi oppositori, con esiti che si possono immaginare. A rileggerli, tenendo accanto il testo dei suoi discorsi e degli articoli che aveva modo di pubblicare sul periodico dell'Associazione Lombarda, «Giornalismo», si resta insieme arrabbiati e sbalorditi. La magistratura confermerà che la rivista è tra le fonti principali del documento della Brigata XXVIII Marzo. Con gli amici, per scaricare l'irritazione, papà l'aveva maliziosamente ribattezzata «Prima Delazione». Nei suoi notes, appunti frammentari, insolitamente fitti di correzioni e cancellature: bozze di dichiarazioni di smentita o di precisazione in merito a notizie false o tendenziose. Spesso: «Tengo a precisare che, diversamente da quanto scritto su ... non sono iscritto al Psi». Estenuante. Annota altrove:

Mi domando che senso abbia essere socialista, e come vivere questa scelta facendo questo mestiere che ogni giorno ti costringe a cimentarti con la realtà, in un modo che non può essere ideologico.

Un dettaglio buffo: sui fogli di appunti relativi alle riunioni sindacali ricorrono numerose varianti di un disegnino (di solito non ne faceva), un omino tondo, stilizzato, a volte in giacca e cravatta, coi capelli ritti in testa e la bocca spalancata.

Mi sono immaginata che fosse una sorta di codice, un semaforo rosso della sopportazione. All'esterno Walter rimaneva calmo come sempre, mentre faceva strillare il suo fumetto impazzito.

Negli anni Settanta il confronto politico e sindacale assumeva spesso toni esasperati e incivili, fino all'aggressione verbale, alla diffamazione, alla personalizzazione delle accuse. Molti giornalisti comunisti o legati a posizioni di ultrasinistra ebbero un comportamento vergognoso nei confronti di papà. Sebbene resti qualcosa di distinto dal terrorismo, questa incultura diffusa ha avuto ripercussioni gravi: la logica di costruzione del nemico che dilagava in tanti ambiti ha interagito, incoraggiato, talvolta offerto spunti e argomenti alla violenza agita.

Anche se non vi sono responsabilità penalmente perseguibili, occorre inoltre interrogarsi sull'area grigia in cui tanti terroristi hanno potuto trovare sostegno oppure attingere a informazioni delicate. Penso alla disinvoltura con cui tanti terroristi si muovevano – vuoi perché insospettabili, vuoi perché accolti con compiacenza – in tanti uffici e salotti, nei mondi piú disparati.

Il nonno non seppe mai dei conflitti sindacali mentre papà era in vita: apprese tutto dopo e ne fu impressionato al punto da rimanere convinto che la matrice dell'omicidio andasse cercata lí; quest'amarezza lo avvelenò in silenzio. Socialista da sempre, trovò nella federazione milanese e soprattutto nella base dei militanti una grande solidarietà, che gli diede la forza di affrontare la prova dei processi, ma condizionò la sua lettura degli avvenimenti.

Per quanto feroce, la conflittualità interna al sindacato, al comitato di redazione, non era paragonabile alla violenza che si dispiegava fuori, nelle strade. Le critiche rivolte a Tobagi non hanno nulla a che vedere con la lunga campagna di diffamazione condotta da «Lotta Continua» contro il commissario Calabresi. Papà aveva paura dei terroristi, era preoccupato delle manovre oscure all'interno del «Corriere»: gli avversari sindacali gli avvelenarono la vita, ma non lo spaventavano. Non ho avuto modo di trascinare il nonno con me fuori dal ventre della balena.

Affievolitasi la polemica sul volantino, i socialisti presero a occuparsi con insistenza di due personaggi avvolti da grande ambiguità: il confidente dei Carabinieri Rocco Ricciardi e la donna di Marco Barbone.

La tensione toccò il vertice nel dicembre del 1985, quando degenerò in un aperto conflitto istituzionale. La vicenda è impressionante. Alla fine dell'83, il pubblico ministero Spataro (attirandosi molte critiche per questa scelta) querelò sette giornalisti dell'«Avanti!» per diffamazione. Due anni dopo il tribunale di Roma gli diede ragione: gli

imputati avevano travalicato il limite della legittima critica. La polemica trascende subito il caso specifico e si tra-
sforma in conflitto tra libertà di stampa e magistratura.
Tra i condannati, tre deputati del Psi. Il Parlamento concede l'autorizzazione a procedere, nonostante si tratti di
un reato d'opinione: uno strappo inedito nella storia repubblicana, che accrebbe notevolmente la tensione già alta tra Pci e Psi. Craxi denunciò la «persecuzione antiso-
cialista» e, in veste di presidente del Consiglio, attaccò il
potere giudiziario, esasperando i rapporti già tesi fra stampa, politica e magistratura. Si mosse allora il Csm, propo-
nendo di dibattere le critiche mosse dal presidente del
Consiglio alla magistratura in merito al caso Tobagi. Cossiga, in qualità di presidente della Repubblica, dichiarò
una simile scelta inammissibile. Tutti i membri togati del
Csm minacciarono le dimissioni, altro fatto senza precedenti.

Di tutta questa vicenda colpiscono l'animosità e la mancanza di misura: a ogni passaggio sembra venir meno la
volontà di dialogo mentre la polemica cresce come una valanga, che trascina a valle falde sempre piú ampie d'opinione pubblica intorno a questioni di principio delicatis-
sime; nello spirito di crociata sbiadiscono però i contenuti e il merito delle accuse. Tutto intorno alla testa di un
uomo che si definiva «l'opposto del tifoso», che progetta-
va comitati Giustizia e Informazione per promuovere un
confronto civile tra stampa e magistratura.

Leggo l'ampio resoconto di un dibattito televisivo tra
le parti in causa. In testa, la grafica pone una piccola foto
di mio padre, col capo reclinato, in una delle sue tipiche
posture riflessive: sembra si stia chiedendo che ne è stato
della «virtú civile e morale del distinguere». Mi suggeri-
sce che, dopo tanti anni, la cosa piú sensata è ricondurre
la valanga entro i limiti della misura, passando in esame i
nodi all'origine del conflitto. I nodi attorno cui si era ar-
rovellato anche mio nonno.

Caterina Monica Rosenzweig, la fidanzata dell'assassino, è stata protagonista di una vicenda a tratti grottesca: una favola nera sulle aree di contiguità del terrorismo in Italia. Un mondo ricco, colto, raffinato che ha assistito, talora compiaciuto, altre volte solo troppo indulgente, al consumarsi di tante tragedie: con la preoccupazione di non farsene disturbare troppo e poi dimenticare tutto il prima possibile.

Rispetto a un suo coinvolgimento nell'omicidio di mio padre, non è stata accertata alcuna responsabilità. I magistrati milanesi si mostravano fin troppo ansiosi di non sentirne parlare, ma grazie all'ostinata perseveranza dell'avvocato di parte civile Antonio Pinto, socialista, che patrocinò la causa come un leone, senza chiedere parcella, nei primi anni Novanta, fu processata per il tentato rapimento di mio padre nel 1978. Nemmeno lí si pervenne a una condanna. Lei e i suoi complici furono assolti «perché il fatto non sussiste» poiché non si andò oltre l'ideazione del reato. Vale la pena di raccontare la storia di Caterina. Se vi sembra poco credibile, sappiate che potete ritrovarla in un fascicolo del tribunale di Varese.

Intermezzo. Una favola nera degli anni Settanta

Caterina è una ragazza di poco piú di vent'anni, graziosa anche se un po' paffuta, molto sicura di sé. Figlia di una ricca famiglia della buona borghesia milanese, vive come una principessa. La madre, molto di sinistra, è preside della prestigiosa scuola privata della comunità ebraica; il padre, Gianni, è un ricco e potente uomo d'affari, poliglotta, cosmopolita, «pioniere degli scambi con la Cina», recitano i suoi necrologi, con ampi interessi in Brasile. Proprio lí, a San Paolo, è nata Caterina, che ha doppia cittadinanza. Studia lettere, con tutta calma. Intanto, trova dei lavoretti: per la compagnia aerea brasiliana; qualche articolo di giornale; qualche supplenza alle scuole medie. È irrequieta. Si impegna attivamente nelle frange radicali del movimento femminista, o almeno, questo è ciò che risulta alla famiglia.

È entrata nell'Autonomia Operaia Organizzata: i piú arditi, i piú duri, è lí che si prepara la rivoluzione, e ci tiene a correre in prima fila incontro al sol dell'avvenire. I ricchi devono pure farsi carico dell'onere di cambiare il mondo. Ha in agenda i numeri di Antonio Negri e Paolo Pozzi, insieme a ricchi amici e professori universitari. Va a esercitarsi al poligono di tiro, con due compagne. È importante prepararsi. Ci va il 5 maggio 1977. Dieci giorni dopo, un gruppetto di autonomi armati si stacca da un corteo nel centro di Milano, in via De Amicis, e fa fuoco contro la polizia. Viene scattata una fotografia che diventerà il simbolo di quella stagione: un ragazzo smilzo, il volto coperto, impugna una P38 e si piega sulle gambe per pren-

dere la mira. Un colpo di pistola sparato da «Coniglio» uccide un agente, un ragazzo di ventitre anni, Antonio Custra, venuto da Napoli, sposato di fresco, in attesa di una
bimba. Chissà se Caterina è nella folla. Nel corteo c'è anche un ragazzo di diciott'anni. È il suo fidanzato, ancora
piú giovane di lei. Anche lui di buona famiglia, anche lui
di Autonomia: si chiama Marco Barbone. Il suo cavaliere
senza paura ha riccioli neri, occhi chiari, il bel viso d'angelo con ancora le rotondità dell'adolescenza celato dal
passamontagna. È lui che ha custodito il borsone delle armi da distribuire ai compagni: cosí giovane, è già uno importante.

La casa paterna le va stretta, Caterina ha dei problemi
non meglio precisati con la mamma. Allora questa chiama
un'amica avvocato, che le presta un appartamentino proprio in via Solferino, civico 34. Lei ci va a vivere con il
suo ragazzo. Certo, l'indipendenza è importante, ma faticosa, e lei quasi ogni giorno torna a pranzare a casa con i
suoi, e lascia i panni sporchi alle collaboratrici domestiche:
c'è una donna delle pulizie e anche una stiratrice, che ha
la sua stessa età e le si rivelerà molto devota.

Non le basta ancora: entra nelle Formazioni Comuniste Combattenti di Alunni. Lei non è clandestina, allora
lavora un po' lontano dalla piazza milanese, a Varese. Fa
amicizia con delle operaie del collettivo di una ditta, la
Bassani Ticino. Era molto in voga, avere amici operai. Succedono cose brutte: sfruttamento, lavoro nero. La rabbia
degli operai deve diventare linfa dell'insurrezione. Li con-
vincono che l'unico modo di contrastare il lavoro nero sono gli atti di guerriglia. Dopo aver partecipato alle «spese
proletarie», cioè ai saccheggi di grandi magazzini e super-
mercati, Caterina è pronta per qualcosa di piú importante: un attentato incendiario alla cattiva fabbrica degli sfrut-
tatori.

Una bella nottata di primavera dà fuoco all'enorme ma-
gazzino della ditta insieme a una compagna. Scriveranno

un volantino agguerrito, ce n'è copia anche nella casa-covo di Alunni. Corre via nei boschi, ma è distratta: invece della scarpetta di cristallo perde, come una dama d'altri tempi, i guanti, regalati da mamma, che ne ha un paio identici. Perde anche il suo passaporto brasiliano. Visto che l'indirizzo italiano non è registrato, ce l'ha aggiunto a mano, assieme al telefono. Come mai ci si porta il passaporto per fare un attentato? L'ha perso lei: non è stato qualche folletto maligno a lasciarlo lí. È strano. Vuole farsi trovare?

Comunque.

La mattina successiva, prima delle otto sveglia un'amica con un pretesto. Alessandra Eudosia Piccione Comneno d'Otranto è tutta assonnata nella magione di corso Venezia, ma accoglie l'amica che, premurosa, le restituisce un maglione preso in prestito piú di un anno prima. Lo indossava la notte precedente.

È davvero distratta, Caterina: dimentica delle foto ricordo che voleva far incorniciare, dice. Sono foto dei ragazzi che frequenta. Foto di lei col fidanzato. Ce n'è anche una scattata nell'aula del tribunale, è la «banda Cavallero», che saluta col pugno chiuso dalle gabbie degli imputati. Curioso. Chiama la fedele stiratrice, le chiede di avvertire che non andrà a fare supplenza: non sta bene. La mamma sapeva che andava al mare a Rapallo con Alessandra Eudosia Piccione Comneno d'Otranto.

Ma i poliziotti lesti seguono le tracce del passaporto. Vanno dalla mamma, che riconosce i guanti: mostra i propri, uguali. Ma certo, che li distinguerebbe: quelli di sua figlia sono molto piú consumati. Ma ci dev'essere un errore. No, Caterina non c'è: vive da sola, adesso. I poliziotti perquisiscono la casa di via Solferino, nessuna traccia dei guanti. Ci trovano invece Marco Barbone e un altro giovane di belle speranze, Paolo Morandini, figlio del noto critico cinematografico. Due bravi ragazzi con la faccia pulita: non c'entrano nulla. No, Caterina è via. Non saprei dove. Sa, abbiamo litigato un po'.

Ma Caterina è in pericolo: bisogna proteggerla.

La sorellina Adriana, detta Lupy, si ingarbuglia, doveva andare a consegnare lei la denuncia di smarrimento del passaporto, ma... Come nelle commedie d'altri tempi, novella nutrice, entra in scena provvidenziale la fedele stiratrice, per imbrogliare la trama. Quando depone sotto giuramento, cambia il suo racconto: era andata a rassettare la casa della padroncina e, per caso, aprendo una delle sue borsette in un armadio, aveva trovato i guanti. Andate a vedere! E i poliziotti che tutto avevano setacciato, li trovano. Belli, nuovi: si vede che non le piacevano e li metteva poco. Non le credono, Caterina finisce in cella: incendio doloso e associazione sovversiva. È strana l'imputazione: a Milano classificheranno le Fcc come banda armata. La sottovalutazione del magistrato di Varese avrà conseguenze importanti. A maggio la ragazza è già fuori, ma deve recarsi due volte la settimana a firmare un registro alla stazione di polizia, e affrontare un brutto processo. Ma la sorte è amica: il 4 agosto 1978 c'è un indulto – le carceri traboccano e troppi ragazzi sono stati fermati, per quel reato cosí vago che odora di fascismo, «associazione sovversiva». Caterina è libera dalle accuse piú pesanti. La processeranno, ma solo per l'incendio.

Alunni è prudente e sospettoso, convoca Marco e gli impone una scelta. Caterina è schedata e sotto controllo, quindi anche tu. O entri in clandestinità o sei fuori. Ma l'amore è piú forte di ogni ostacolo e la clandestinità è faticosa. Marco sceglie la sua donna e comincia a darsi da fare da solo.

Gli agenti della Digos incaricati della sua sorveglianza lodano Caterina. Può allontanarsi da Milano. Potrà ben firmare i registri anche durante le meritate vacanze: prima in Sardegna, poi a Ischia.

Ma la giustizia procede con passo implacabile. Le Formazioni Comuniste non erano state uno scherzetto, un'«associazione sovversiva» per modo di dire. E poi l'in-

cendio era stato grave, e tutti gli artifizi per confondere le
prove: il verdetto è inesorabile. Cinque anni. L'avvocato
difensore Lozito tuona: è lo Stato repressivo che si acca-
nisce contro le fresche energie di una giovane piena di ardore che si batte contro il lavoro nero per una società piú
giusta! Solo perché frequentava Toni Negri, che – lo sanno tutti – è innocente, un perseguitato politico. Ricorre in
appello, con successo. Lo spettro del carcere si allontana,
la condanna è congelata. La sentenza reca data: 5 marzo
1980.

Caterina condannata in primo grado vive ancora in via
Solferino, nella casa dell'amica di mamma, con Marco apprendista terrorista. Non prendono nessuna precauzione.
Lui è riuscito a crearsi la sua banda armata. Con una pre-
giudicata in casa e nel letto, due mesi dopo, gambizza un
uomo. Poi uccide. Walter Tobagi. Quanta arroganza,
quanta incoscienza, che presunzione d'impunità.

Altro colpo di scena: compare un terrorista di Varese,
che conosce tutti ma si è ravveduto, e sussurra segreti nelle orecchie dei Carabinieri. Quando Tobagi viene ucciso,
i gendarmi gli chiedono se ha sentito qualcosa. Hanno an-
nusato l'odore di Alunni, in galera da quasi due anni. Nelle Formazioni Comuniste c'era anche la Caterina. È stata
pure condannata. Libera, c'è solo lei. Seguitela. Eccetera
eccetera.

Un anno dopo, in appello, la pena per incendio doloso
viene ridotta, e Caterina è libera, con la condizionale. Delle attività del suo ragazzo per carità, non sapeva niente di
niente. Non è dato sapere cos'abbia pensato di tutto quello che è successo accanto a lei, nella sua casa in prestito,
dall'altro lato del letto. Nessuna prova del suo coinvolgimento. Ma persino Spataro è convinto che sapesse tutto.
Probabilmente Caterina ha lasciato uccidere un uomo.
Non è reato: solo i pubblici ufficiali hanno l'obbligo di denunciare.

Non è dato sapere cos'ha pensato la mamma, la preside distinta e severa, e il ricco padre. Hanno pensato solo ad aiutare la loro bambina: che c'è di male.

Caterina vola in America Latina e vi resta per parecchi anni. Ha tutta la vita davanti.

15. Coni d'ombra

Autunno 2004. Una piscina circondata di palme. La notte è calda e immobile. Sono seduta con i piedi a mollo nell'acqua, sola. Nel cielo la luna piena, fredda, distante, accresce la mia sensazione di straniamento. Mi pare di guardare la mia vita da fuori, come in un brutto sceneggiato televisivo.

Ripenso a mio nonno: «Attenta a non farti troppo male». Solo ora capisco cosa voleva dirmi. Sono volata su quest'isola fuori dall'Italia al seguito di due bravi giornalisti della Rai, sulle tracce dell'ex brigadiere autore di una nota informativa dei Carabinieri basata sulle confidenze del terrorista Rocco Ricciardi, che insieme a Caterina fu il fulcro delle polemiche divampate dopo il processo.

Uno strano documento che ha incrociato piú volte la vita della mia famiglia e non ha mai portato nulla di buono.

Il primo incontro con quella carta avviene quando ho sei anni e vedo mia madre accasciata sul lavandino del bagnetto di servizio. Piange a dirotto, quasi come la mattina della morte di papà.

Poco prima ero uscita dal mio nascondiglio dietro il divano appena in tempo per cogliere il frammento di una scena strana: dallo spiraglio della porta dello studio, la mamma che parla con Bettino Craxi. Non riesco a distinguere le parole, solo le voci gravi, le teste chine. Torno a nascondermi. Dopo un po', sento la serratura della porta che si richiude. Poi, quel pianto dirotto. È stato Craxi a provocarlo. A casa nostra non mise piú piede.

In precedenza era comparso altre volte, pochi giorni prima di Natale. Portava regali, giocattoli. A me quell'estraneo grande e grosso faceva una tale paura che filavo sempre a nascondermi.

Dopo il misterioso incidente, mandò il suo autista a portare i doni. Quando ci giocavo, lo facevo quasi di nascosto, e mi sentivo in colpa. Una volta entrai nel negozio dove andava a comprarli, mentre guardavo avidamente dei meravigliosi animali di peluche, il titolare del negozio si avvicinò con fare gentile e mi chiese quali preferissi: «Sai, qui passa una specie di Babbo Natale...» Craxi, pensai subito: mi irrigidii e tacqui ostentando indifferenza. Mia zia, che mi accompagnava, per ingenuità non colse l'allusione e si mise a spiegare che alla bambina piacevano tanto i felini, quella grossa tigre per esempio – e la bambina cioè io sferrò un calcio nella caviglia alla zia, per farle segno di tacere. Grande imbarazzo. Fuori dal negozio, per quanto bizzarro possa sembrare, sono io, di otto o nove anni, a spiegarle chi fosse «Babbo Natale».

La tigre puntualmente arrivò. Bloccai ogni pensiero per potermi tenere quel bellissimo pupazzo. Raccontavo: regalo dei nonni (non «stava bene» dire da chi veniva). Negli occhi gialli della tigre acquattata nella mia cameretta dall'aria cosí innocente, le tende bianche ricamate a mano e ortensie azzurro pallido alle pareti, si specchiava l'ambiguità irriducibile tra l'immagine dell'omone messo alla porta e il Babbo Natale preoccupato per gli orfani.

Rividi Craxi a 13 anni, alle cerimonie per il decimo anniversario della morte di papà. Ero stata impacchettata in un bel vestitino di taffetà scozzese, la chioma ribelle legata con cura. Ricordo che ci fanno alzare per uscire dalla sala della cerimonia. Caos, flash, telecamere, gente intorno, vociante, estranea, vengo spinta senza capire in prima fila perché sta entrando il politico importante. Ai telegiornali rivedo me stessa, un'adolescente goffa, seria, gli occhi spalancati ma inespressivi per il disagio, un animaletto che l'ex primo ministro accarezza sulla testa. Nessuno lo sa, ma fuori dai contorni dell'immagine che rimbalza sullo schermo io cerco solo il modo per pestargli un piede. Ma sono impacciata e troppo beneducata, non riesco a compiere con efficacia il mio sabotaggio occulto. E il quadretto confezionato per i media riesce alla perfezione.

La mamma mi raccontò poi che Craxi era venuto a dirle che aveva dei documenti importanti sull'omicidio, ma non poteva produrli per senso di responsabilità verso lo Stato, i Carabinieri, qualcosa del genere. Perché abbia deciso di andare da una vedova con due bambini con un messaggio tanto inquietante non è dato saperlo. Mamma gli disse che avrebbe dovuto tirarli fuori, invece, e lo mise alla porta. Poi pianse.

Dietro quel messaggio equivoco doveva esserci la nota informativa di Ricciardi. Consultando il fondo dell'archivio Craxi la ritrovo, accompagnata da un bigliettino dell'allora ministro della Difesa Lelio Lagorio, datato 31 marzo 1983. Dalla Difesa dipendevano i servizi segreti militari: il documento gli dovette arrivare da lí. Non era del tutto vero, che non poteva mostrarlo. Ho ricostruito i passaggi intermedi che congiungono quella scena domestica singolare e il triste plenilunio sotto le palme inseguendo la nota informativa per i corridoi dei palazzi e gli archivi dei tribunali.

Rocco è un giovane postino, lavora in provincia di Varese. Viene da una famiglia umile, genitori anziani, pensionati, la madre invalida, tre sorelle disoccupate. Come tanti altri giovani, vuole ribellarsi a una vita povera di prospettive, frequenta i collettivi autonomi, poi aderisce all'avanguardia militarista di Alunni. Nello stesso gruppo di Barbone e della sua fidanzata – almeno fino a quando, dopo l'arresto di Caterina, Alunni non li fa allontanare. Nel marzo del '79 i carabinieri lo trovano in possesso di armi, Rocco è da tempo in crisi: di fronte alla prospettiva dell'arresto, accetta di diventare uno dei numerosi «confidenti» di cui l'Arma si serve per le indagini: resterà nel giro dei terroristi – senza agire in prima persona – e comunicherà segretamente ai Carabinieri tutto quello che scopre. La fonte, detta «buca», si rivela utile: permette di individuare depositi d'armi e arrestare parecchi terroristi, tra Como e Varese. Per il momento nessuno sospetta di lui.

A dicembre, riferisce una conversazione con Franzetti, un capo dei Reparti Comunisti d'Attacco (Rca), costola delle Fcc che si mostra pericolosa, compie diversi ferimenti. Il gruppo aveva schedato anche Walter Tobagi, che ne era stato avvertito dopo l'omicidio di Alessandrini. Sembra che il gruppo voglia compiere un'azione proprio nei pressi di casa nostra e Ricciardi ipotizza che vogliano rapire o uccidere proprio Tobagi, «un vecchio obiettivo delle Fcc».

Nello stesso periodo, Rocco lo racconterà nel 1985, Franzetti e soci progettavano diverse azioni: puntarono anche Guido Galli.

Gli archivi dell'Arma dei Carabinieri sono riservati, il loro contenuto è inaccessibile ai ricercatori, eccezion fatta per i documenti inseriti nei fascicoli delle istruttorie di processi, oppure per quelli che ne sfuggono per vie traverse, solitamente per finalità poco limpide (è il rischio di «superinformazione» da cui mio padre mise in guardia i cronisti prima di morire). La nota informativa del 13 dicembre 1979 (o meglio, una sua copia dattiloscritta, priva della sigla e delle annotazioni manoscritte che identificano l'originale), presumibilmente tramite ufficiali dei servizi segreti, arriva nelle mani del ministro Lagorio, e da queste passa a Bettino Craxi. Invece di rivolgersi alla magistratura, o al ministro degli Interni, tramite Lagorio questi chiese a De Sena, un generale «amico», a Roma, di fare accertamenti sull'autenticità del documento. Craxi sostenne che glielo aveva consegnato il defunto generale Dalla Chiesa: fu smentito. Il generale De Sena asserí che gli «ambienti politici» da cui l'ebbe dissero di averlo ricevuto da mio nonno. Se Craxi avesse prodotto il documento ne sarebbe immediatamente scaturita l'inchiesta che ebbe luogo tempo dopo per indagarne l'origine.

Il segretario socialista, senza fornire le carte ai magistrati, nel bel mezzo del processo di primo grado, aprí la campagna elettorale a Milano – proprio alla vigilia del terzo anniversario della morte di papà – chiedendo minacciosamente se fosse vero che i Carabinieri seppero da un confidente che esisteva un progetto di ammazzare Tobagi ben sei mesi prima dell'attentato. Si scatenò un vespaio.

Rocco è in carcere dall'81, dove è diventato un collaboratore di giustizia a tutti gli effetti. Sulla sua attività di confidente è calato il silenzio. L'agguerrito avvocato difensore di alcuni irriducibili, Piscopo, ha raccolto indiscrezioni su questo suo passato. Per i suoi assistiti è una notizia importante: può sollevare dubbi sulla veridicità e completezza delle dichiarazioni di Barbone. Nessuno in aula raccoglie le sue pungenti sollecitazioni. Il fatto è sconcertante, ma occorre ricordare che il codice di procedura penale riserva alla polizia giudiziaria la facoltà di mantenere segreta l'identità dei propri informatori, e i Carabinieri cercarono di tenersi stretto il postino di Varese il piú a lungo possibile. Esiste poi la necessità di tutelare non solo il confidente, ma anche la sua famiglia, da ritorsioni degli ex compagni di militanza: è vivo in tutti il ricordo della fine di Roberto Peci, di William Vaccher, dei «delatori» uccisi in prigione. Il segretario socialista non produce il documento nemmeno allora.

Craxi e l'«Avanti!» tornano all'attacco alla conclusione del processo: solo allora, quando la giuria ha già deliberato, denunciano il fatto che un confidente aveva detto «tutto». Usano l'informazione per screditare la magistratura, come prova che le dichiarazioni di Barbone non sono inedite né di eccezionale valore, gli inquirenti sapevano già tutto e hanno stipulato accordi sottobanco coi collaboratori (per affermazioni simili l'«Avanti!» fu condannato per diffamazione). I contenuti di quel documento scarno, che rimanda a un progetto delle Rca, non sono sufficienti per imbastire accuse simili: ma l'opinione pubblica non lo sa, perché il documento ancora non compare. La tesi del «delitto annunciato» è suggestiva e prende piede. A quel punto si fa sentire la voce delle istituzioni. Nel dicembre 1983 il ministro degli Interni, Scalfaro, dichiara: la nota confidenziale esiste, la fonte è Rocco Ricciardi, la magistratura non c'entra, spetta alla polizia giudiziaria – ai Carabinieri – verificare e comunicare alla procura simili informazioni.

Ho parlato con molte persone, tra cui ex socialisti. Alcuni difendono la buona fede di Bettino Craxi e la sua sincera indignazione; c'è chi invoca a sua difesa una certa ostinazione e irruenza di carattere, chi persino una certa superficialità. Gli occhi gialli della tigre mi restituiscono ancora un'immagine torbida: i tempi e i modi della «battaglia di verità» condotta fuori dall'aula del tribunale appaiono poco rispettosi della prassi istituzionale. Il segretario poteva ben essere sinceramente affezionato a mio padre. Ma era prima di tutto un uomo politico, celebre per le sue posizioni di rottura e le capacità tattiche, e anche in questo frangente, mi pare, si comportò come tale.

L'occhio di bue si sposta dunque sulla caserma di via della Moscova, sede del comando dei Carabinieri per il Nord Italia, la divisione «Pastrengo». Il terreno è minato: alcuni ufficiali di vertice, il generale Palumbo, il colonnello Mazzei, risultarono iscritti alla loggia segreta P2. Al sostituto procuratore Ferdinando Pomarici è affidata l'indagine su chi abbia fatto uscire l'appunto riservato dai cas-

setti di via della Moscova. Non si tratta di volontà perse-
cutoria nei confronti dei paladini di una verità scottante
colpevolmente nascosta dai tribunali: la diffusione di documenti riservati a opera di pubblico ufficiale è un reato
punito dal codice penale.

Sono tornata nel ventre dei tribunali. Attraverso le pagine dattiloscritte sfilano davanti a me politici, generali,
capitani, sottufficiali. Nomi importanti della storia italiana dell'antiterrorismo. Alcuni di loro li ho incontrati: mi
colpisce lo sguardo fermo e dritto, che non abbandona mai
gli occhi dell'interlocutore. Chissà se fa parte del loro addestramento: non dev'essere facile reggere uno sguardo simile durante un interrogatorio. Trovo le affermazioni di
Craxi, smentite anni dopo dai suoi stessi documenti d'archivio. Il percorso dell'informativa si perde in corridoi
sempre meno illuminati e l'indagine si conclude con un
nulla di fatto. La sentenza di non luogo a procedere formula un'ipotesi, la piú probabile. Il confidente Rocco Ricciardi era «gestito» da un sottufficiale, nome in codice
«Ciondolo», di ottime capacità ma molto irrequieto. Voleva piú di ogni altra cosa entrare nei servizi segreti militari, ottenne alcuni colloqui. È possibile che sia stato lui
a fornire agli ufficiali del Sismi le proprie note confiden-
ziali, per documentare la propria capacità d'*intelligence*.

Quanto al delitto Tobagi, la tesi della morte annuncia-
ta non tiene: l'informativa era troppo generica. Era rife-
rita a un gruppo diverso da quello che colpí mio padre, si
indagò, pare, ma il gruppo non diede seguito all'azione.
Tobagi, ripetono, era già stato avvertito.

Mi chiedo quante informazioni simili si siano accumu-
late a sovraccaricare l'attività dei Carabinieri e della Polizia: aprire i loro archivi aiuterebbe a fugare ogni dubbio,
permetterebbe di scriverla, finalmente, la storia della tanto discussa risposta dello Stato italiano al terrorismo. Ma
purtroppo non sembra possibile, per lo meno a breve ter-

mine: in Italia non si è sedimentata quella salutare cultura che vede nella trasparenza degli archivi storici un pilastro della democrazia.

L'informativa non serví per catturare Barbone. Un ufficiale, gli occhi severi ma comprensivi ben piantati nei
miei, esclama: «A cosa ci serviva l'informativa! Avevamo
la Rosenzweig, è bastato seguire lei». Già, il «ramo verde». Il cerchio è chiuso.

L'informativa, vista da sola, col senno di poi, fa accap-
ponare la pelle. Ma un documento del genere è vacuo fuori dal contesto. «Devi capire cos'erano gli anni Settanta»,
stavolta me lo dico da sola. C'erano troppi soggetti minacciati, mi ripeto. Non c'erano abbastanza uomini per le
scorte. La scorta poi papà non la voleva. Arrivare a queste conclusioni ha richiesto un lungo viaggio.

«Quella di Walter è una morte senza rassegnazione»,
ripenso alla frase di nonno Ulderico. La domanda «Tobagi poteva essere salvato?» mi ha fatto impazzire per molto tempo. Continuavo a girare in tondo attorno al marciapiede di via Salaino. Sotto le palme al chiaro di luna ci arrivai dopo il riaccendersi delle polemiche negli anni 2000.
Un giornalista, Renzo Magosso, che si proclamava amico
di mio padre, rintracciò il brigadiere, nome in codice
«Ciondolo». In un libro, raccontò le drammatiche vicissi-
tudini di questo giovane carabiniere perseguitato e allontanato dall'incarico per aver preannunciato l'omicidio Tobagi. L'autore adombra che dietro la mancata protezione
di Tobagi, giornalista libero dunque scomodo, vi sia la lunga mano della P2, che controllava il «Corriere» e anche i
vertici dell'Arma milanese.

In realtà «Ciondolo», ossia Dario Covolo, non fu perseguitato. Quando lo incontro, ho l'impressione di un uomo spezzato, in cerca di riscatto. Ne ha avuti tanti, di
dispiaceri, nella sua carriera, ma non per colpa di quel documento. Diversamente da altri membri dell'Arma, evita
di incrociare il mio sguardo. «In effetti il racconto è un

po' romanzato», si lascia sfuggire. Messo di fronte alla nota informativa originale, cambia la propria versione: dice che ce n'erano altre, che aveva fatto i nomi di Barbone e Rosenzweig: nulla però supporta la sua parola.

Trovo infine il nome del giornalista, Magosso, in un appunto amareggiato di papà:

22 gennaio '79

Oggi abbiamo fatto una riunione di corrente. ... Magosso subito dopo mi è venuto a chiedere cosa si può fare perché lui entri al gruppo Rizzoli. Ho capito, a quel punto, che dopo il referendum dovrò scrivere un pezzo per «Giornalismo» in cui spiego che mi sono impegnato per una riforma democratica che consenta un piú corretto funzionamento dell'istituzione. Punto e basta. ... Mi sembra intollerabile che qualsiasi gruppo debba essere niente altro che un ufficio di collocamento dilatato.

Non tutti avevano la stessa visione dell'impegno sindacale. I Carabinieri, morto mio padre, attivarono subito la fonte Ricciardi, che non aveva nulla di particolare da dire, eccetto: se sospettate le Fcc, seguite Caterina.

Nell'evocare lo spettro della P2, il giornalista punta il dito contro due ufficiali, Ruffino e Bonaventura, che avrebbero occultato quella grave notizia, ma che con la loggia non c'entravano nulla. Scopro, anzi, che fu grazie ai loro rapporti che nel novembre 1979 un piduista vero, Mazzei, venne allontanato dai Carabinieri (poco male: i «fratelli» lo ricollocarono subito a capo dei servizi di sicurezza del Banco Ambrosiano di Calvi).

Ruffino e la sorella del defunto Bonaventura hanno vinto una causa per diffamazione (la sentenza non è ancora definitiva) sia contro il giornalista che contro l'ex sottufficiale Covolo. Fine.

O quasi. Per solidarietà nei confronti dell'autore vi sono state ripetute interrogazioni parlamentari.

Provo una profonda stanchezza, mi sembra l'eterno ripetersi del passato: che si tratti di superficialità o disinformazione volontaria, mi pare che questa particolare vicenda non meriti che venga scomodato il tema sofferto della «libertà di stampa».

Scegliendo di montare tasselli poco chiari, si possono tessere trame verosimili, ma non verificabili, oppure riesumare polemiche già consumate contando sulla memoria corta dei mezzi d'informazione. Questo tratto accomuna molte vicende di terrorismo. Occorre cautela e profondo scrupolo, nel muoversi su terreni tanto scivolosi. In Italia manca davvero la verità intorno a troppe morti; trovo imperdonabile abusare della buona fede di tante persone indignate senza motivazioni piú che solide.

L'unico risvolto positivo in questa vicenda sfibrante sta nel fatto che mi ha portato a inciampare senza volerlo nell'unica vera lacuna nell'inchiesta sulla morte di mio padre.

Questa volta la P2 c'entra sul serio, anche se non si capisce bene in che termini.

Il volantino di rivendicazione è stato analizzato in ogni maniera possibile, eppure, in tanto clamore, è passato sotto silenzio un fatto venuto alla luce nel marzo del 1981: copia del famigerato dattiloscritto fu ritrovata nientemeno che dentro alla valigia sequestrata nella ditta Giole di Licio Gelli, a Castiglion Fibocchi, vicino ad Arezzo. Stava in una busta sigillata con la dicitura, molto generica, «Rizzoli – lettera Brigate Rosse», insieme ad altre cartelle selezionate di documenti riservatissimi, riguardanti tra le altre cose i piani di ricapitalizzazione e riassetto proprietario del gruppo Rizzoli - Corriere della Sera, elaborati nei primi mesi del 1980 da Bruno Tassan Din con Licio Gelli e l'avvocato Umberto Ortolani.

Vengo a conoscenza di questo fatto grazie alla meticolosità del senatore Flamigni, che lo menziona nel suo libro sulla P2, *Trame atlantiche*.

Provo stupore: in mezzo a tante polemiche, proprio sul

volantino e sulla loggia P2, basate su indizi e suggestioni, com'è possibile che una notizia del genere non sia mai emersa? Temevo che la mia reazione nascesse da ingenuità. Quando ho visto le espressioni di sorpresa ogni volta che ho mostrato i documenti a persone assai piú esperte e smaliziate di me, ho cominciato a preoccuparmi.

Lo stupore cresce quando scopro che la magistratura lo seppe subito. Il giudice istruttore Giuliano Turone, responsabile della perquisizione con Gherardo Colombo, aveva girato il materiale al collega milanese incaricato dell'istruttoria sull'omicidio Tobagi, Giorgio Caimmi: ritrovo la lettera d'accompagnamento, controfirmata per ricevuta in data 14 aprile 1981.

Il magistrato Armando Spataro mostra sincera sorpresa: «non ne sapevo niente, questa sembra effettivamente una lacuna», ammette. Mi mette subito in contatto col giudice istruttore. Caimmi se la ricorda, invece, la busta, ma all'epoca era impegnato a tempo pieno nel verificare con riscontri certosini le dichiarazioni dei pentiti. Caimmi si era occupato fino ad allora di cause di fallimento, dopo l'omicidio Galli dovette cominciare a occuparsi di terrorismo e gli toccò istruire il processo-*monstre*. Del delitto Tobagi, ripete, si sapeva già tutto. «Non valutai che fosse un elemento rilevante», e la busta finí chissà dove. Nel fascicolo non riesco a trovarla. Mi viene spontaneo di obiettare che nel maggio dell'81 sulla vicenda P2 era caduto il governo, ma serve a poco. Spataro ha un'ironia triste negli occhi mentre riflette ad alta voce: «Se anche avessimo voluto seguire la pista, cos'avremmo potuto fare, interrogare Gelli». Già.

Poco dopo, il tribunale di Milano fu obbligato a trasmettere l'inchiesta penale sulla loggia deviata – e tutti i documenti relativi – a Roma, dove di fatto si arenò. A settembre dello stesso anno, venne costituita un'apposita commissione d'inchiesta parlamentare presieduta da Tina Anselmi. Tra i membri, salta all'occhio il socialista Salvo

Andò, uno dei deputati condannati per diffamazione per la campagna stampa contro i magistrati milanesi per la verità sull'*affaire* Tobagi, esplosa nel conflitto istituzionale del 1985 (nel 1987 ai reati fu applicata l'amnistia in grado di appello con la conferma del risarcimento dei danni disposto dal Tribunale in primo grado). Usarono ogni argomento possibile, tranne questo. Forse, come altri commissari, non spese troppo tempo sui documenti acquisiti dalla commissione, nemmeno sul corpus centrale. Oppure tacque, e non dovrei stupirmene: intorno alla loggia P2 sembra vigere da sempre la consegna di minimizzare e riportare tutto al silenzio, al piú presto. La commissione fece un lavoro straordinario, considerando l'enormità del compito. Quella particolare busta non poté essere oggetto di analisi specifiche.

È cominciata cosí l'ultima piccola odissea per ricostruire la storia di come e perché, tra i pochi e selezionati documenti che il maestro venerabile aveva impacchettato per portarseli via, ci fosse anche il volantino di rivendicazione della «XXVIII Marzo».

Sul come gli arrivò, c'è l'imbarazzo della scelta, tanto pervasiva era la presenza della P2 nel gruppo Rizzoli e al «Corriere». Mi sono concentrata allora sulle ragioni.

«C'è un metodo. La logica che guida Gelli nella costruzione del suo archivio è quella del ricatto e della disinformazione», mi spiega Giuliano Turone. È un uomo gentile, colto, limpido. In mezzo a tanti fantasmi, è uno di quegli incontri che mi rasserenano. Mi serve a ricordarmi che l'Italia è fatta anche di tante persone come lui. Lo conferma il magistrato Elisabetta Cesqui, che riprese in mano l'inchiesta arenatasi, purtroppo con scarsa fortuna. Se la ricorda bene, la busta: «Mi colpí che stesse in mezzo a quei documenti sulla ricapitalizzazione. Appariva incongrua». Rifletto sul contesto. I piani finanziari segreti conservati nella valigia furono tracciati a partire dai primi mesi del 1980. Il gruppo versava in condizioni disastrose per gli interessi passivi, gravato da testate deficitarie come «L'Occhio» e il «Corriere d'Informazione». Il direttore generale Tassan Din però rifugge ogni decisione riguardo a chiusure e licenziamenti: il sindacato del gruppo Rizzoli è forte e fa molta paura, può paralizzare il «Corriere» per giorni, provocando perdite ingenti. Tassan Din gestisce i rapporti sindacali con le blandizie, presentando la dissennata politica di espansione come una strategia di sviluppo per evitare i licenziamenti. Coltiva i rapporti con Fiengo e Stefanoni, leader delle componenti sindacali piú forti, di area comunista e oltre, che ambivano da anni alla cogestione, a giocare un ruolo politico, al di sopra delle piccole questioni. Nell'ottica, certo ideologica, ma anche aziendalista, di grossa parte del sindacato, l'essenziale è evitare tagli, e la salute del gruppo passa in secondo piano. Mi tornano in mente i discorsi di mio padre, cosí vituperati: batteva sulle piccole grandi cose concrete, sui presupposti della libertà d'informazione, sulla necessità di affrontare sacrifici per avere testate dal bilancio sano, che non diventassero facile preda di «padrini» politici e finanziari. Per tenere a bada il sindacato poligrafici Tassan Din ricorre ad Adalberto Minucci, responsabile dell'informazione del Pci. Scelte vitali per il risanamento vengono colpevolmente rimandate, si batte la strada di manovre finanziarie illecite. Ai dirigenti allarmati che lo invitano a tagliare i rami secchi, Angelo Rizzoli replica: «Sto trattando la ricapitalizzazione del gruppo, non posso permettermi un Vietnam in azienda».

La loggia esercitava la propria influenza alternando le lusinghe all'intimidazione. Forse, quel documento tra gli incartamenti Rizzoli tradisce il progetto di utilizzare i dubbi suscitati da quella morte provvidenziale per intimidire un po' quel sindacato rosso cosí poco governabile, un aiuto per tenere a bada i temuti «vietcong» con una manovra diversiva. Accanto alle seduzioni del direttore generale poteva essere funzionale far cadere sui sindacati l'ombra di un'accusa infamante: aver istigato, assistito, o quantomeno ispirato, l'omicidio di Tobagi.

Ecco che la drammaturgia innescata da Franco Di Bella attorno ai mandanti – in parallelo ai socialisti – mi appare in una luce nuova. Fu lui, all'indomani dell'omicidio, a instillare in Craxi e nel generale Dalla Chiesa la convinzione che i mandanti fossero da ricercare proprio dentro il gruppo del «Corriere», tra gli avversari sindacali di Tobagi. Ai magistrati non fu mai in grado di fornire prove, e si rifugiò nel malinteso: mandanti morali, intendeva. Ma non perse occasione di ribadire le proprie convinzioni a mezzo stampa. Finí per litigare con Dalla Chiesa. Ripropose la tesi dei mandanti con linguaggio allusivo e sottilmente intimidatorio alla presentazione del suo libro di memorie, *Corriere segreto*, nel novembre 1982:

«Sull'uccisione di Walter Tobagi ci sono ancora coni d'ombra, ma forse è meglio che restino tali. Sappiamo chi sono gli esecutori materiali, ma non i mandanti … ho discusso spesso con Dalla Chiesa di molte cose sul caso Tobagi. E, proprio per questo, mi auguro, per il bene del giornalismo italiano, che i mandanti non vengano mai scoperti: avremmo tragiche sorprese».

Sconcertante. Riprendo in mano il libro, pubblicato dopo che Di Bella è stato travolto dallo scandalo e ha dovuto abbandonare la direzione del giornale a cui aveva dedicato tutta la vita. La sua posizione è chiarissima: il cancro del «Corriere» è stata la deriva sindacale, dominata da posizioni di estrema sinistra: il «soviet» redazionale. La loggia P2 è solo una montatura infamante.

Potrei sbagliarmi, le polemiche reiterate di Di Bella, come quelle di Craxi, potrebbero essere dettate da buona fede. Mi sembra già di sentire i rimproveri di chi mi ricorda le loro lacrime, le pubbliche dichiarazioni di cordoglio per la morte di papà. Penso però all'amarezza delusa degli appunti di mio padre, mentre guardava quel cronista formidabile – un direttore che aveva salutato con grande fiducia, che al «Corriere» aveva dedicato tutta la vita – prono alle esigenze del potere, penso alle lettere vergognose raccolte agli atti della commissione P2, e mi risulta difficile fugare i dubbi. Le lacrime e le dichiarazioni commosse non bastano a cancellarli.

Questa è solo un'ipotesi. Non sono riuscita a trovare altre spiegazioni. Non è credibile che il volantino di rivendicazione sia finito nella valigia, in una busta sigillata da Gelli, per caso. Un altro corridoio che si perde nel buio.

Naturalmente, ho pensato anche di peggio. Confesso che ho immaginato di tutto. In uno dei molti scenari improbabili della mia vita, ho incrociato un uomo che ha lavorato a lungo nei servizi segreti militari. Lascia cadere un'osservazione che m'impressiona: i poteri nascosti eliminano ogni ostacolo sulla propria strada, a volte una persona muore anche solo perché qualcuno, in alto, crede che conosca molto piú di quanto non sappia in realtà.

Se questo libro fosse la sceneggiatura di un thriller, il colpo di scena che apre il terzo e ultimo atto sarebbe il ritrovamento di questo frammento d'appunto senza data, che collocherei nella seconda metà del 1979, forse ottobre:

«Tranquillo e sereno Parlato da Rognoni a lungo poi uno dei servizi segreti».

Nient'altro. L'ex ministro ricorda bene di aver parlato con mio padre delle sue preoccupazioni, ma non rammenta che abbia incontrato anche uomini dei servizi di *intelligence*. Si rammarica ancora una volta di non aver tenuto un diario. Gli credo. Ma nelle stanze del ministero degli Interni si muovono gli agenti del Sisde. Il capo dell'epoca, generale Grassini, risultò iscritto alla P2, come molti altri uomini dei servizi segreti. Aveva entrature tanto fidate al «Corriere della Sera» che una volta, mostrando considerevole sprezzo delle convenienze, si fece bello davanti al ministro di poter chiedere ai suoi amici, se voleva far uscire qualche notizia sul principale quotidiano nazionale. Rognoni ne fu piuttosto sconcertato, e rifiutò con decisione. Solo anni dopo capí tutte le implicazioni di quella *boutade*.

Se l'uomo dei servizi segreti fosse stato un uomo di Grassini? Se avesse sentito, indovinato, intuito? Cosa sapeva Walter Tobagi per andare a bussare fino alla porta del ministro con lo scopo di farsi tranquillizzare?

Fuori dalla fiction, non ci sono altri appigli né indizi di sorta. Rifletto sul fatto che non c'era bisogno, negli anni Settanta, di sporcarsi le mani con ordini di morte. Quando grande è la confusione sotto il cielo, il momento è propizio, diceva Mao Zedong. Una società attraversata da una miriade di bande armate, troppo diffuse e disperse perché si possa seguirle tutte, anche se le forze di sicurezza, nonostante la presenza al loro interno, spesso ai vertici, di figure di dubbia integrità, contavano su di una maggioranza di funzionari onesti e disponevano di nuclei investigativi eccellenti; troppi uomini minacciati perché li si potesse mettere sotto protezione di scorte adeguate che non si offrano in pasto alla «campagna d'annientamento»; troppi uomini scomodi nel mirino di piú di un gruppo. Papà era stato obiettivo delle Fcc e dei Rca, prima di essere colpito dalla Brigata XXVIII Marzo, che contemporaneamente pedinava il giudice Galli, già sotto il tiro di Sergio Segio con la sua banda. Alessandrini, poi: la sua foto era nel covo di Alunni, lo uccideranno Segio e Donat-Cattin con Prima Linea, ma quanti nemici aveva anche nella galassia dell'eversione di destra o per le incipienti indagini sulla bancarotta dell'Ambrosiano? «Qualcuno è morto al momento giusto», recita un motto fulminante di Sciascia: basta aspettare il delitto e poi farlo fruttare. E un vecchio meticoloso allora chiude in una busta sigillata, insieme ad altri documenti utili per futuri ricatti, anche quel particolare volantino, e lo ripone in una valigia, da portarsi, forse, in Uruguay.

Sono figlia di mio padre: non mi interessano le *crime stories*, amo i libri, il ragionamento sui contesti, sulle mentalità. C'è abbastanza verità in quel che già si sa, nell'oscenità pubblica della scalata piduista alla Rizzoli, nelle rapide carriere pilotate degli iscritti, nei meccanismi di coruttela diffusi, nella pratica sistematica della disinformazione e del ricatto, nelle bancarotte fraudolente, nei legami con i neofascisti e le mafie. È già abbastanza grave l'ombra che si intuisce: una manipolazione disinformante complice di manovre finanziarie illecite.

Ho bussato a cosí tante porte per amore di mio padre. Ma ogni ricerca, al fondo, è un atto che vive d'amore. Questa navigazione incerta ha lasciato il mio animo piú greve e insieme piú leggero. Il sollievo di un dovere compiuto, di una lacuna ritrovata. Il peso di un limite invalicabile, un intreccio di fatti poco chiari e di parole sollevate come polvere, senza pudore, senza *pietas*, attorno al suo corpo senza vita. Sento il grido insensato di dolorosa impotenza della bambina, ancora rannicchiata dietro la borsa pesante e gli occhiali da persona adulta, che mi pesa sul cuore e spinge dal fondo della gola serrata. Non serve a nulla.

La lacuna era lí: nei documenti, nelle cose, in parole note, pubblicate, nel ricordo di alcuni magistrati, del vecchio senatore Flamigni. Aspettava solo che qualcuno allungasse una mano a spostare le ragnatele per sedersi con pazienza a leggere ciò che già c'era. Nessuno l'ha voluta evidenziare. Per sottovalutazione, per incuria, o per la malafede di chi non cerca la verità, ma uno scoop. O per la cieca determinazione di chi non guarda oltre i paraocchi dell'ideologia o dell'utile politico. Queste pessime abitudini ritornano spesso a confondere le acque del passato: sul terrorismo e sull'interferenza dei poteri occulti in Italia c'è ancora molto da sapere, ma serve un grande rigore, per evitare di aumentare il caos anziché restringere i coni d'ombra. Forse non arriveremo mai a sapere davvero come sono andate alcune cose. Allora bisogna arrestarsi, lasciando sul marciapiede i pezzi di un mosaico che non si ricompone in unità, ma lasciarli ripuliti e bene ordinati per chi verrà dopo di noi.

Esco rafforzata nella convinzione che di cultura della documentazione e di ricerca paziente abbiamo bisogno in Italia per superare lo scoglio del nostro passato ingombrante.

Chiudo alle mie spalle la porta della stanza dei fantasmi. Aspetto – cullando la bambina che mi porto dentro – e domando con insistenza che si aprano nuove porte, nuovi archivi, tanti occhi e pensieri, per disperdere l'aria stagnante di un paese che puzza di chiuso e di troppa morte.

Giunge un sogno molto vivido a recarmi sollievo. In bici lungo una strada in aperta campagna, soleggiata, pedalo sodo per raggiungere un luogo mitico, la cripta sull'Aventino. Ho l'impressione di esserci già stata, ma non riesco a ricordarlo. L'Aventino, legato alla sorte di vittime innocenti, teatro di lotte coraggiose. Il colle dove Remo si recò per interrogare il volo degli uccelli prima di essere ucciso dal fratello, che fu la sede dell'estrema difesa di Caio Gracco prima della morte, dove i parlamentari antifascisti si ritirarono per protesta dopo l'assassinio di Giacomo Matteotti: nel sogno è un luogo mitico, fuori dal tempo e dalla città, ancora agreste. La cripta compare infine all'orizzonte: una piccola cittadella con basse mura di tufo dorato, cupole e ampi cortili, come un palazzo orientale. Mi avvicino all'ingresso e si apre davanti ai miei occhi, bellissimo, una sorta di arioso «Pantheon umano». Dalla balaustra posso affacciarmi su un grande spazio circolare in cui si erge un immenso complesso statuario di gusto rinascimentale, una spirale ascendente di uomini, donne e bambini, gente comune. Una moltitudine in movimento, l'immagine stessa della storia. La luce accarezza il marmo color avorio. Un luogo di pace, un cimitero numinoso dove è sepolta, o per meglio dire custodita, la memoria delle vite passate – e non semplicemente dei morti. Scendo e trovo una scrivania in mogano con la bella lampada art déco, alle pareti scaffali di libri e schedari – oggetti che mi sono familiari. È la postazione del custode. È libera, invitante e in perfetto ordine, pronta per chi voglia occuparla. Sono profondamente commossa.

Conservare tracce di vita per capire e per raccontare. «Raccontare significa resistere e resistere significa preparare le condizioni per un cambiamento», ha scritto Roberto Saviano.

16. Assassini

Ho incontrato l'assassino. Cioè, uno dei due.

Io non volevo, ma la piú assurda delle circostanze ha attualizzato lo spettro remoto e terrorizzante annidato nella mia testa. Milano non è poi cosí grande, sapevo che i due uomini che gli spararono vivono ancora qui e avrei potuto incontrarli: alla stazione, in un bar, dovunque.

E alla fine è successo.

In una libreria del centro presentano un libro sul terrorismo italiano. Con l'autore, a discuterne, un magistrato, alcune vittime e due ex terroristi. Uno di loro è un pluriomicida, per me è come se avesse ucciso mio padre. Mi siedo in fondo alla sala, nascosta nella folla, per proteggermi dall'impatto: ho imparato cosa non posso chiedere a me stessa. Le testimonianze degli ex terroristi mi disturbano, l'architettura apologetica dei ragionamenti dell'uno, la radicale svalutazione del discorso storiografico dell'altro, che riduce la ricerca del senso a un fatto puramente privato e assimila la propria sofferenza psichica a quella della figlia della sua vittima: «Abbiamo scoperto che prendiamo gli stessi farmaci». Prendo mentalmente nota, ragiono su come relazionarsi a queste voci nel dibattito pubblico: il pensiero come via di fuga dal malessere. Purtroppo, quando la sala si svuota, il moderatore, indelicato, annuncia alla platea la mia presenza. Cerco di scivolare via, ma il magistrato mi blocca prendendomi un braccio: «C'è una persona che vuole assolutamente parlarti. Si è pentito con me, non puoi dirgli di no».

L'esempio di come un uomo intelligente può commettere in buona fede una violenza psicologica per una sorta di frainteso ardore missionario. Complice una superficialità diffusa nella mentalità italiana che tende spesso a consegnare il destino di una «via d'uscita dagli anni di piombo» alla riconciliazione tra vittime e carnefici, spingendo in prima linea i soggetti piú devastati per non farsi carico di un processo di elaborazione culturale lungo e complesso.

Mi mette di fronte a Mario Marano. Uguale ad allora, solo piú stempiato. Resto paralizzata come un animale davanti ai fanali delle auto in corsa.

La ricerca di catarsi di Francesco Giordano, il «palo», tanti anni prima, scompare inghiottita dal nero dei suoi occhi. Non so cosa si aspettasse, certo non la sofferenza, i tremiti e le lacrime che non posso trattenere. Non voglio stringere la mano che impugnò la pistola. Non sa bene cosa dirmi. Nelle sue parole, una vita misera di lavori precari, che stride a confronto dell'esistenza agiata del suo complice assassino. Chiama a sua difesa il silenzio tenuto negli anni, di contro ai terroristi che hanno popolato la scena pubblica. Rievoca le lettere comprensive di mia madre. Sento che vuole aggrapparsi a me come se potessi riscattarlo e mi trascina in fondo al vuoto. Niente poteva prepararmi alla deflagrazione silenziosa di due buchi neri. In un assurdo gioco di ruoli, vorrei trovare le parole per arginare la sua sofferenza, per spiegare la mia reazione. Non posso farmene carico. Le luci della libreria si stanno spegnendo, l'incubo di rimanere rinchiusa in quella gabbia di vetro e acciaio con lui mi scuote: non devo farmene carico. Scendiamo in strada, accanto al Duomo si accende una sigaretta. Trovo le parole per staccarmene.

Barcollo nel rumore del traffico, vomito in un cestino dei rifiuti. A Milano, la gente si scansa. Ho di nuovo tre anni e fuori piove. Il nulla alle mie spalle. Il vuoto. Sento, adesso muoio e l'inferno è essere qui, dentro ma fuori, uguale per sempre.

Sarebbe stato piú facile odiare, arrabbiarmi, insultar-
lo, invece di essere divorata dal senso di morte, dalla percezione dell'assurdo, dalla pietà che non trova risorse da
drenare? Ho conosciuto la devastazione della rabbia nel
racconto spezzato di altri orfani, fratelli acquisiti. Le vie
del dolore sono diverse, tutte egualmente distruttive: non
si può stabilire una graduatoria. Quello che provo non ha
forma né parole.

Per quanto cocente e palese il pentimento di Marano,
io non ho le forze per perdonare. Voglio che viva e vada
avanti, ma non può chiedermi le risorse per farlo. Ho diritto di non perdonare.

Ho nutrito a lungo un sentimento segreto di vergogna:
cos'è mai la mia piccola storia accanto alle grandi catastrofi. Ma in fondo Dostoevskij ha scritto una delle pagine piú
intense sull'orrore del male agito dall'uomo intorno all'immagine di un randagio malmenato. Questo nodo doloroso
nella mia vita ha il volto insensato di un gruppo di ragazzi che non sanno nemmeno spiegare bene perché hanno
ucciso.

Daniele Laus – nei fascicoli processuali la sua foto se-
gnaletica, il mento sollevato e gli occhi chiari spalancati,
febbricitanti – che prima collabora, poi ritratta, forse per
paura delle ritorsioni in carcere, al punto da aggredire con
un chiodo il giudice istruttore Caimmi che si reca a inter-
rogarlo. Il giudice mi mostra, anni dopo, la cicatrice sulla
mano. Oppure Paolo Morandini, figlio del celebre critico
cinematografico, una figura anodina che ottiene enormi
benefici dalla collaborazione, pur apportando conoscenze
marginali. Faceva avanti e indietro dall'America Latina
coi soldi di famiglia e aveva tutto per condurre un'esistenza di privilegio; sceglierà invece di fare il terrorista insieme al suo compagno di liceo Marco e poi finirà a Cuba,
nel giro della piccola criminalità: un'immagine desolante
di spreco. Manfredi De Stefano risulta morto in carcere

nel 1984 per un aneurisma. Mi chiedo se non l'abbiano ammazzato di botte. La verità è quasi piú terribile: «Si è impiccato, – rivela Caimmi. – Me lo ricordo, era fragile, instabile. Aveva certe mani lunghe, nervose, da pianista». Ragazzi tra i 20 e i 29 anni, che si sono riuniti e hanno deciso di uccidere il mio papà per «fare il salto di qualità». Fototessere allineate di una moltitudine schiacciata fra la distruzione della violenza e l'autodistruzione dell'eroina.

Olga D'Antona, vedova del giuslavorista assassinato nel 1999, affida a Sergio Zavoli un sentimento che mi tormenta da quando ho coscienza: sono cosí pateticamente inadeguati all'enormità del male che hanno compiuto.

Le emozioni violente non sono coerenti, l'ho sperimentato intrappolata fra il peso insostenibile scaricatomi addosso dalla sofferenza e dal senso di fallimento personale di Marano e l'immagine urticante dell'esistenza agiata dell'altro che ha sparato.

Anni fa, cercando la location per un film, capito in una chiesa di via della Moscova. Il giovane parroco impallidisce quando vede il mio biglietto da visita. «Marco Barbone è uno dei miei parrocchiani». L'immagine quotidiana dell'assassino sui gradini di quel sagrato mi atterrisce. Non riuscivo a pensare a lui, eppure tutte le informazioni sul suo conto mi si stampavano nella memoria. La conversione al cattolicesimo, l'adesione a Comunione e liberazione, il matrimonio fastoso da figliol prodigo. Gli sposi ricevettero persino un messaggio dal cardinale Martini, cosa che ferí il nonno oltre ogni dire. Cambiò il suo cognome prendendo quello della madre: una piccola operazione cosmetica che garantiva la quiete dell'anonimato alla nuova vita della nuova famiglia. Reindossò il proprio nome come un completo tornato di moda alla fine degli anni Novanta, per firmare alcuni articoli sulla rivista «Tempi»: scrisse di insensate analogie, i «girotondi» come possibile *mi-*

lieu del nuovo terrorismo. Adesso è responsabile della comunicazione della potente Compagnia delle Opere.

Al suo posto, si materializzò lo spettro dei suoi figli, il giorno che incontrai un giovane universitario che gli somigliava in modo impressionante. A conti fatti sarebbe potuto essere uno dei figli di Barbone. L'idea mi sconvolge, ma non riesco a capirne subito il motivo. Le colpe dei padri non ricadono sui figli. Ma il pensiero della discendenza si attorcigliava come un serpente all'interrogativo che tormenta tante vittime: come ha potuto, l'assassino, sopravvivere al suo delitto, se si è reso conto di quello che ha fatto?

Se gli effetti di un omicidio ti hanno portato alle soglie dell'autodistruzione, la mente corre inevitabile a chi ha portato la devastazione nella tua vita, avvitandosi intorno al non-pensiero, ossessivo, di come si possa vivere con un peso così atroce. Tutto concentrato in un'immagine banale di quotidianità: cosa prova il carnefice ogni mattina guardandosi allo specchio appena sveglio?

È brutto dirlo, ma avevo paura che quell'assassino non soffrisse, o comunque non abbastanza. Non parlo del carcere a vita, o di eterni tormenti danteschi: penso a un momento di epifania nuda, abissale, in cui si disvela la colpa nei confronti dell'innocente, una colpa smisurata, irrimediabile perché così è la morte. Una fitta così potente da mettere in discussione tutta un'esistenza, la vita stessa, ma che sola può produrre la presa di coscienza che innesca quella che gli ebrei chiamano la *teshuvà*, la conversione nelle parole e nelle azioni. La conversione che il Dio degli ebrei pone a condizione della grazia del perdono e di una vita davvero nuova.

Dentro a quel pensiero, un fattore che segna l'esperienza di ogni vittima: il bisogno, disperato, di riconoscimento. La possibilità che il carnefice non senta adeguatamente, nel suo cuore, ciò che ha fatto, è una forma di disconoscimento atroce. Sottrae senso alla vita perché contraddice il sentimento di cos'è un essere umano.

Lo spettacolo della freddezza nei modi, nei gesti e nelle parole dell'assassino di mio padre, sui banchi del tribunale, in una intervista televisiva, mi aveva obbligato a confrontarmi con il pensiero che lui aveva saputo sopravvivere piú o meno tranquillamente alla mattina della fine del mondo.

Incontrando quel ragazzino sconosciuto con gli occhi chiari, i ricci neri e lo sguardo apatico un pensiero si è piantato nella mia testa come un chiodo: che cosa sanno i figli dell'assassino? Come giudicano il padre?

Confesso una tentazione, forse la piú orribile che mi abbia attraversato il cervello: li cercherò, parlerò con loro, gli scaricherò addosso il mio dolore, per trascinarli con me nell'abisso del nonsenso, perché siano loro, a scuotere il padre, a soffrire quel che io soffro, quel che lui non sa soffrire, a redimere lo scandalo dell'assenza di empatia. Sono stata male, fisicamente, per quel tumore di pensiero che non conduceva a nulla. È durato lo spazio di una notte. Ho provato pietà per questi ragazzi sconosciuti, che probabilmente ne avevano patite già tante. Hanno conosciuto anche loro il dolore del lutto, quel fratellino morto, caduto dalla finestra, di cui scrissero tanto i giornali, spesso con crudeltà: come se la morte di un bambino innocente fosse una punizione del destino per le colpe del padre. Ho meditato a lungo sulla necessità di accettare l'esistenza di quello che avevo studiato sotto la categoria di male morale. Accettare davvero la capacità dell'uomo di distruggere l'uomo, senza rendersi conto di cosa comporta. Un deficit di empatia, piú che una natura ferina o diabolica: la famosa banalità del male. Mi fa paura questo cuore buio del mondo, dove si riproduce eternamente la possibilità che la crudeltà, la violenza, l'omicidio, ritornino.

È raro che l'Innominato si converta al suono delle campane pasquali: il piú delle volte continua a vivere la vita di sempre nel suo ricco palazzo. C'è un multimiliardario che vive indisturbato a Tokio. Oggi si chiama Roy Hagen, cittadino giapponese, ma è l'ex ordinovista Delfo Zorzi. Sfuggito dalle maglie del processo per la strage di piazza Fontana, lascia una sedia vuota, oscena, nell'aula del processo ancora in corso per la strage di piazza della Loggia. Agli antipodi, Giovanni Ventura, il cui coinvolgimento nella strage di Milano è stato provato, ma troppo tardi, gestisce un ristorante a Buenos Aires frequentato dal bel mondo. Niente campane di conversione, per i neofascisti delle bombe.

Ho trovato nei *Demonî* lo squallore e la miseria umana dei terroristi, nella Russia zarista come in ogni luogo. Ho pensato all'uomo Gesú che sulla croce ha chiesto al Padre (non lo fa lui, lo chiede a Dio) di perdonare i suoi assassini «perché non sanno quello che fanno». Ho cercato un padre gesuita per parlare. Non perché cercassi conforto spirituale dal vecchio Cielo muto. Sapevo che ne aveva incontrati, di ex terroristi: volevo una chiave del loro cervello. Sono grata alla saggezza di quest'uomo, che non ha menzionato Dio, mi ha ascoltata e mi ha parlato di un ex terrorista il cui pensiero si bloccava come per un embolo prima di contenere la verità degli uomini che aveva ucciso. Mi ha esortato a lasciar perdere. Ho picchiato la testa contro il muro per anni finché non sono riuscita a far scendere dal cervello al cuore e alla pancia le parole insistenti della mia analista: la necessità di accettare che esistono persone prive della capacità di intendere davvero la sofferenza inflitta all'altro o di curarsene. Ho capito l'assurdità della domanda. Nella mia vita è un percorso sterile che non porta a nulla. Lasciamo che ci lavorino gli psicopatologi e i criminologi, che se ne occupano per prevenire e curare.

Esistono, «gli uomini vuoti», ma il mondo non per questo si svuota di senso, diventando un deserto senza speranza. Appassisce un'illusione infantile che cede il passo alla consapevolezza che il senso va costruito, con fatica. Ferma ad attendere l'epifania del riconoscimento mi sarei incatenata per sempre a tutti i miei carnefici. L'intuizione dell'umanità impoverita di chi non sa darsi conto e cura delle sofferenze altrui mi ha portato a desistere, colmandomi di un sentimento di pena, mista a distacco. Senza rabbia né rassegnazione. Solo, la determinazione a fare altrimenti. Nel mondo il male esiste, dentro all'uomo, mescolato alla vita. È necessario saperlo, e fare ogni cosa possibile per agire in positivo. Pensare di piú, e altrimenti, scrive Paul Ricœur: la filosofia morale è pratica e dialettica, il problema del male va affrontato attraverso le azioni complementari del pensare, dell'agire e del sentire. L'ho letto a vent'anni ma ho cominciato a sentirlo scorrere nelle vene dieci anni dopo.

Ho continuato a pensare alle parole sagge di Agnese Moro: il gesto dell'omicidio cresce e si amplifica in mille rivoli di conseguenze distruttive, che continuano invisibili nel tempo. Ho sentito papà e la sua instancabile «ricerca ideologica» ancora piú preziosa. C'è una catena da spezzare. Mio nonno, disperato nella convinzione che i colpevoli avessero nascosto qualcosa, perché non poteva capire come da soli avessero potuto partorire l'idea di quell'omicidio, andò a visitare tutti i detenuti della XXVIII Marzo. Non ottenne risposte. Vide Marano, disperato anche lui, la testa tra le mani, senza parole. Si congedò, affranto, ma ebbe la forza di dirgli: «Sei giovane, cerca di rifarti una vita». La fatica della vita dopo la *teshuvà*, con la consapevolezza totale del dolore inflitto che indica una strada nuova.

Il protagonismo di molti ex terroristi, i ragionamenti ancorati a vecchie logiche, a rappresentazioni falsate dell'Italia, i loro occhi, dicono che spesso questo passaggio non c'è, e nemmeno il riconoscimento. A questa ferita, in Italia si somma il problema che spesso alle vittime è mancato persino un riconoscimento sociale, con la ribalta occupata da ex terroristi trattati come esperti, ribelli coraggiosi, o addirittura maestri. Questo non c'entra nulla coi verdetti dei tribunali e genera grande sofferenza nelle vittime.

Dopo l'incontro con l'assassino, una fortunata coincidenza mi ha portato a conoscere alcuni operatori di mediazione penale. Non sono molti, né abbastanza sostenuti dallo Stato, ma studiano tecniche di supporto per cercare di attuare percorsi reali di «giustizia riparativa».

C'è la vittima che ha diritto al supporto, materiale e psichico, e al riconoscimento. D'altra parte l'autore del reato, che deve essere riabilitato, come vuole la nostra Costituzione. Assieme alle urgenze materiali pressanti, ai mille problemi del reinserimento degli «invisibili» nella società, anche per loro c'è un supporto psicologico: l'incontro con chi ha subito gli effetti della violenza è parte di un percorso di educazione all'empatia, antidoto morale alla reiterazione del crimine.

Nel carcere di Padova sperimentano forme di mediazione indiretta: incontri tra autori e vittime di reato, non coinvolti nella medesima vicenda. Ho accettato di parlare con un gruppo di carcerati. Non pensavo di poter fare molto, in verità: andavo al posto di una donna sconosciuta a parlare con chi poteva essere il suo carnefice, perché forse anche quest'incontro poteva servire a qualcosa e il piccolo gesto diventava per me ricco di senso.

Uno dei detenuti scrive, a commento della conversazione della mattinata: «Benedetta aveva il desiderio di parlare, di comunicare». Quell'uomo ha colto una cosa importante. Mi ero accostata all'incontro con un po' di timore, senza aspettarmi niente per me, invece ne ero uscita piú serena, piú forte, perché avevo ricevuto dai carcerati – tra loro, anche assassini – il dono di parlare liberamente ed essere ascoltata in silenzio, con rispetto e attenzione.

Ha scritto Stefano Levi della Torre:

«La giustizia vuole la punizione del crimine perché non si ripeta; la testimonianza vuole che il crimine sia saputo perché il mondo conosca se stesso; la misericordia vuole che siano riconosciuti la vittima e, quando c'è, il pentimento».

17. Dove la terra tocca il cielo

Ho dovuto auscultare a lungo una parete muta per arrivare a distinguere la pulsazione di fondo. Le frasi tornano a galla come sassi larghi e asciutti.

Scrive su «Giornalismo», nel luglio 1978:

«Perché non cerchiamo di rilanciare la sfida (sarà un'utopia, ma anche le utopie servono) per un sindacalismo giornalistico serio, indipendente, meno parole e piú comportamenti concreti e conseguenti, che punti a diventare il motore di un nuovo sviluppo dell'editoria, privata e pubblica, in questo paese?»

E durante il Congresso Fnsi di Pescara, nell'ottobre dello stesso anno, spiega:

«A chi ha certi dubbi, si potrebbe rispondere con le parole che Mario Borsa scriveva sul "Corriere della Sera" alla vigilia del referendum monarchia-repubblica: "Paura di che? Del famoso salto nel buio? Basterebbe avere un po' di fede in noi stessi, nelle cose e nel Paese, per vedere la strada da percorrere e come percorrerla". Ecco: basta avere fiducia nei colleghi, nella loro disponibilità all'impegno, nella loro voglia di partecipazione».

La chiave della vita di mio padre sta nel punto dove la terra tocca il cielo. La dimensione di speranza della fede religiosa non è mai disgiunta da una visione del mondo analitica e profondamente realista. La fiducia nelle possibilità di miglioramenti reali nella società va di pari passo con la preoccupazione di cosa fare ogni giorno nella propria professione perché qualcosa cambi davvero. Un sognatore pragmatico. Non era un tribuno affascinante, eppure fu riconosciuto come un leader carismatico da molti giornalisti: il suo slancio fu in grado di scuotere tanti colleghi e trascinarli verso nuovi impegni, proseguiti anche dopo la sua morte.

I discorsi miti e riflessivi, ricchi di citazioni e riferimenti storici, vibrano di passione.

«Non vorrei fare un richiamo retorico al passato, ma se c'è il nome di un collega al quale penso idealmente in questo momento per l'esperienza che ha vissuto, per l'impegno che ha profuso in certi momenti anche nel sindacato giornalistico, questo giornalista è Mario Borsa, e vorrei ricordarlo in questo momento».

Cosí disse nel discorso d'insediamento come neoeletto presidente dell'Associazione Lombarda dei Giornalisti. A Mario Borsa, figura chiave nel pantheon della sua ispirazione, papà si sentiva profondamente legato, a lui fece pubblicamente riferimento in varie circostanze cruciali della sua vita professionale. C'è uno scritto in particolare su cui vale la pena di soffermarsi, un breve saggio del 1976: *Mario Borsa giornalista liberale, il «Corriere della Sera» e la svolta del 1946*. Parlando di lui, Walter lascia intendere molto di sé. Scrive nella conclusione:

«Borsa, fermo nei principî, non accetta compromessi ... E affronta, senza ambiguità, le questioni nodali di un giornalismo libero e democratico, le questioni dell'autonomia professionale, di un rapporto con la proprietà che non può imporre al giornalista intollerabili compromessi. In questo modo Mario Borsa offre la testimonianza piú vivida di un giornalismo non servile, ma libero: di un giornalismo che, pur fra tante difficoltà, ha cercato di realizzare in tanti anni di faticosa professione. Ed è questo, se si vuole, il senso ultimo della sua esperienza di giornalista liberale e democratico: la coerenza e la testimonianza di un giornalismo vissuto. "Dite sempre quello che è bene o vi par tale anche se questo bene non va precisamente a genio ai vostri amici: dite sempre quello che è giusto, anche se ne va della vostra posizione, della vostra quiete, della vostra vita. Ricordatevi sempre ciò che lo spirito dell'Imbonati diceva al Manzoni:

non ti far mai servo,
non far tregua coi vili: il santo vero
mai non tradir...

Siate dunque indipendenti e inchinatevi solo davanti alla libertà, ricordandovi che prima di essere un diritto la libertà è un dovere" [da M. Borsa, *Memorie di un redivivo* (1945)]».

Borsa coltivava una visione semplificata e idealizzata dei rapporti tra i giornali e i potentati economici, una visione su cui negli anni Settanta non è più possibile adagiarsi. La realtà impone di confrontarsi con situazioni di estrema complessità, ma la sua lezione etica e professionale mantiene immutato il proprio valore.

Non a caso, un altro grande giornalista, Alberto Cavallari, rievoca la figura di Borsa in un momento delicatissimo: nel discorso pronunciato quando assunse la direzione di un «Corriere della Sera» trascinato nel fango dallo scandalo P2.

Vi è in Walter Tobagi moltissimo dell'ottimismo volontaristico di Borsa. Moltissimo dell'amara consapevolezza del peso dei potentati economici e dei «padrinati politici», frutto della dolorosa presa di coscienza maturata nei corridoi del «Corriere».

Fino a che punto è arrivata la disillusione? Più avanti, riguardo all'esperienza di Borsa durante il fascismo, scrive:

«[nel settembre 1924] la battaglia è ormai perduta anche se viene combattuta fino all'ultimo con una dignità e una fede ideale che può rendere meno amara la sconfitta».

Capire il mondo, fare i conti con il negativo, senza abbandonare la convinzione che esiste la possibilità di fare
bene e di migliorare le cose. Magari nel piccolo, ma esiste,
sempre: anche quando tutto sembra perduto. Il «riformismo» di papà non era solo un insieme di convinzioni politiche, ma una sorta di condizione esistenziale: il sentiero
stretto per sfuggire alla trappola duplice dell'arrendersi al
cinismo e alla disillusione, da una parte, e allo sdegnoso rifiuto di mescolarsi con una realtà che si sa essere profondamente corrotta.

Sono allergica alla retorica vuota del martire e dell'e-
roe, che troppo spesso si applica alle vittime del terrorismo, ma non solo. È tanto piú facile creare un simbolo e
isolarlo su un piedistallo: l'hanno fatto con giudici dell'an-
timafia come Falcone e Borsellino. Ma il meccanismo funziona anche con i vivi: basta pensare alla solitudine con
cui cercano di stritolare Roberto Saviano. Il simbolo ste-
rilizzato, puro, lontano, diviene il cavaliere di una singo-
lar tenzone contro un Male altrettanto distante, estraneo
e monolitico: un ricettacolo di proiezioni su cui le singole
coscienze scaricano le proprie responsabilità. Ma nella
realtà il male, in tutte le sue forme, si mescola alla vita senza soluzione di continuità, e può essere contrastato solo
dai gesti, dalle mentalità e dalle azioni di una miriade di
singoli. Era cosí anche ai tempi del terrorismo.
Papà ha avuto paura, ha faticato, ha assunto posizioni
impopolari e molto discusse, ha continuato a scrivere le
cose che gli sembravano giuste, ha cercato di riempire ogni
giorno di senso il suo ideale di democrazia: questo, non il
«martirio», fa di lui un punto di riferimento. Appiattire
la vita di un uomo dentro una parabola eroica vuol dire
anche allontanarla dall'esperienza normale e ridurre la possibilità che divenga un modello a cui ispirarsi nella vita di
ogni giorno.

Non cessa di stupirmi il fatto che sopravvivano i residui di un'idealizzazione romantica attorno alle gesta dei terroristi. Persiste una rappresentazione che vede in chi scelse la via della «lotta armata» (in questi casi si rifiuta la dicitura «terrorismo», che ha una connotazione negativa inequivocabile) utopisti mossi da una percezione troppo acuta delle ingiustizie della società, animati da un'idealità tanto potente da sacrificarvi il primo dei valori universalmente condivisi, la vita umana. Persiste il mito di chi, di fronte a un sistema di potere che appare marcio nelle sue fondamenta, si lancia nell'impresa di accelerarne la crisi per abbatterlo, in nome di una non meglio precisata palingenesi.

Rivoluzionari che portano all'estremo una malintesa sete di giustizia, senza considerazione per i vincoli della realtà. Non pochi sentirono una sorta di complesso d'inferiorità nei confronti dell'assolutezza di questa scelta, che poteva coesistere con la decisa condanna delle loro azioni: sono i sentimenti di Juliane nei confronti della sorella Marianne, rappresentati con acutezza da Margaret Von Trotta nel film *Anni di piombo*.

Si potrebbero impostare lunghi discorsi sui vizi storici di una certa cultura ammalata di «sinistrismo», sulla povertà delle esperienze riformiste attuate nel paese, ma qui mi interessa una riflessione differente.

Non è possibile cancellare il fatto che alcuni dei giovani che aderirono alla miriade di sigle del «partito armato» fossero mossi in origine anche da utopie di progresso e giustizia sociale: è parte integrante della tragedia di quegli anni, la dissipazione di intensi slanci ideali. Resta, insieme all'evidenza che in moltissimi casi erano superficialità e nichilismo i motori dell'azione dei sedicenti «combattenti armati». Resta, insieme all'evidenza, granitica, inamovibile, dell'irrazionalità dei fini e dei frutti avvelenati della violenza – a prescindere dalle motivazioni.

«La violenza è immediatamente politica, mette in discussione i rapporti di potere, esprime ribellione», spiegava, entusiasta, un giovane autonomo milanese a mio padre.

Un terrorista di Prima Linea scrisse dal carcere: «Spiegare cosa siano stati per noi, un tempo ventenni, gli anni attorno al '77 è quasi impossibile: l'innamoramento di una grande parte di una generazione per l'assoluto. E in questo assoluto c'era tutto: la "rivoluzione", il "comunismo", la "giustizia", l'"uguaglianza", la "libertà", il fascino della trasgressione. E tutto distorto dalla luce dell'ideologia».

Non a caso, don Ciotti, che si spese molto per il recupero degli ex terroristi nelle carceri, poneva loro come condizione il tornare umilmente con i piedi per terra, fare i conti con la sofferenza inflitta ed «essere disposti a sporcarsi le mani, a impegnarsi per spendere segmenti della propria vita a servizio degli altri».

Non erano solo i terroristi a essere abbagliati dall'assoluto, l'ubriacatura coinvolse tantissimi militanti, giovani e meno giovani: «Lo Stato borghese si abbatte, non si cambia» era uno slogan diffuso; *Chiamiamo comunismo il movimento reale che distrugge e supera lo stato presente di cose*, titolava il giornale «Senza Tregua». Uno studioso inglese ha intitolato un saggio sulla storia dell'operaismo italiano: *L'assalto al cielo*.

A un convegno internazionale sulla rappresentazione del terrorismo italiano nel cinema, ascolto uno studioso spiegare che nelle opere filmiche sul tema scarseggiano quelle che hanno per protagonisti le vittime perché risultano «noiose», laddove il potenziale drammaturgico del terrorista è indubbio. Le vittime appaiono scialbe, il loro sforzo di migliorare concretamente una realtà sociale e politica cosí evidentemente piena di limiti e vizi strutturali come quella italiana, spesso è declassato ad acquiescenza, se non opportunismo.

Perché vedere una grandezza tragica nei fantasmi deliranti dei terroristi e non nella maturità di chi sceglie di fare i conti con la realtà e impegnarsi nel mondo nonostante le molte frustrazioni e contraddizioni, scontrandosi con gli ostacoli del «pratico inerte»? Come si può non cogliere l'idealità intensa, la tragicità persino, di un simile sforzo quotidiano?

La purezza delle posizioni assolute esercita un forte potere di seduzione, ma è una seduzione maligna. La purezza spesso non è altro che fuga, il rifiuto di fare i conti con la complessità e i limiti della realtà, la frustrazione che deriva dal senso del proprio limite, dall'abbandono delle fantasie di onnipotenza.

L'ossessione per l'assoluto si traduce in fanatismo. Oppure induce la paralisi: tutto è inutile, se non si può attingere alla perfezione. In entrambi i casi, è una trappola mortifera.

La vita canta altrove, battendo un terreno fangoso e accidentato. È infantile dimenticare che, per agire, bisogna sempre «sporcarsi le mani» con la realtà: la cosa difficile è immergersi nel mondo senza sporcarsi l'anima.

«Il compito che ci aspetta è particolarmente arduo, – ebbe a dire un saggio dell'ebraismo, – non sta a noi finire il lavoro, ma non siamo neppure liberi di ritirarci».

Pur non essendo credente, ho sostato piú volte sulle parole del cardinale Martini. Nelle *Conversazioni notturne a Gerusalemme* richiama di continuo ad aprirsi alle necessità della società presente per dare un senso alla propria vita, riscoprire la radicalità, nell'essere e nell'agire, che è qualcosa di totalmente diverso dall'estremismo o dal fanatismo. Radicalità vuol dire impegno totale per un mondo piú giusto, nel costante contatto con la realtà quotidiana; «Il mondo reclama a gran voce giovani coraggiosi», dice, pronti ad «accettare svantaggi, ingiurie e sofferenza», in nome di un ideale di giustizia:

«Secondo la Bibbia, la giustizia è piú del diritto e della carità: è l'attributo fondamentale di Dio. Giustizia significa impegnarsi per chi è indifeso e salvare vite, lottare contro l'ingiustizia. Significa un impegno attivo e audace perché tutti possano convivere in pace».

Parla di impegnarsi senza pretendere di rovesciare le ingiustizie dell'universo mondo. Senza la violenza, che è il contrario dell'«amore che svuota l'ostilità». Papà avrebbe amato queste parole.

Sulla sua tomba, mia madre ha fatto incidere in stampatello come epigrafe il verso di un salmo:

AMORE E VERITÀ
È LA GIUSTIZIA DEL SIGNORE

È una scelta felice poiché parla anche a chi non ha fede. Un messaggio immenso e incarnato nel mondo. L'amore contiene il segreto di quel che resta, che torna, che continua a vivere, «perché forte come la morte è l'amore». Non piú forte, purtroppo. Ma tanto quanto, questo sí. Vorrei dire che la verità è la roccia su cui appoggiarsi, ma le cose sono piú complicate. Spesso la verità è una voce difficile da cogliere nella confusione. La verità, talvolta, ha una voce sottile, ma comunque inconfondibile, ha scritto qualcuno.

Cercavo parole che cantassero l'elogio del limite, che fa attenti all'altro, alla realtà delle cose, che ci porta ad affinare la dote di cercare soluzioni realistiche e rispettose, per ricavare il meglio dalla realtà, per trasformare e costruire piuttosto che distruggere.

Trent'anni dopo papà sono schiacciata nei sedili *economy* di un volo Milano - New York. Devo prendere parte a una conferenza e sono ancor piú emozionata di quanto fosse lui per questa scorreria nel cuore dell'impero. Appoggiata sulle spalle ho la sua lunga sciarpa. Pescando dalla borsa mi accorgo di aver preso nella fretta il libro sbagliato. Maledico la mia distrazione e apro a caso il volume di

Camus, la copertina affollata di bandiere rosse, per ingannare il lungo viaggio.

«Lo smarrimento rivoluzionario si spiega innanzitutto con l'ignoranza o il misconoscimento sistematico di quel limite che sembra inseparabile dalla natura umana e che la rivolta, appunto, rivela … Nella storia, come in psicologia, la rivolta è un pendolo sregolato che corre alle piú pazze ampiezze perché cerca il suo ritmo profondo … la misura e il limite che stanno al principio di questa natura».

Ho una debolezza: amo le sorprese piú di ogni cosa. Al regalo importante preferisco il pensiero inaspettato, la risposta che anticipa la domanda. Sull'aereo sospeso nei cieli di Wim Wenders, il bagliore del «pensiero meridiano» di Camus si fa trovare già lí, desiderato e inatteso, cade fra le mie mani aperte ad accogliere il nuovo dono della trama fitta di coincidenze che segue delicata il profilo della mia vita.

«La dismisura è un comodo, e talvolta una carriera. La misura, al contrario, è pura tensione. Sorride senza dubbio, e di ciò i nostri convulsionari, intenti a laboriose apocalissi, la spregiano. Ma il suo sorriso risplende al sommo di un interminabile sforzo: è una forza supplementare».

Non c'è fine al mio stupore, al mio tacere.

«Sceglieremo Itaca, la terra fedele, il pensiero audace e frugale, l'azione lucida, la generosità dell'uomo che sa. Nella luce, il mondo resta il nostro primo e ultimo amore. … Allora nasce la gioia strana che aiuta a vivere e morire».

A trentottomila piedi, sopra il bianco abbagliante delle nuvole, la luce canta a squarciagola da ogni fessura dei finestrini.

Una rosa

Il mare d'inverno è il mio rifugio. Ci vado da sola. Quando sono stanca, confusa, l'acqua e la luce mi calmano sempre. Guardando l'orizzonte, prima o dopo, penso sempre a papà. Mi sembra che sia piú vicino. Chissà come mai: dall'Umbria a Milano, mare niente.

Poi ho capito. Una coincidenza curiosa come una conchiglia integra, perfetta, sbucata dalla sabbia. Me l'ha regalata Marilisa, quasi una zia, mentre mi portava in macchina alla stazione dopo una breve visita.

Le chiedo a bruciapelo: «Papà preferiva il mare o la montagna?»

«Il mare. Andare in montagna gli piaceva per la compagnia, ma lui amava di piú il mare. Mi ricordo che una volta ha detto che gli piaceva soprattutto il mare d'inverno, quando è tutto vuoto, e si possono sentire le voci delle persone sulla spiaggia, in lontananza».

Ho pianto in silenzio mentre l'auto percorreva i tornanti al buio.

Un altro posto dove vado da sola è il cimitero. Anche lí mi sento in pace. Papà riposa nel paese d'origine della mia nonna materna, un cimitero piccolo, raccolto, lontano dai rumori, a misura d'uomo. Ci sono tanti alberi. Non è un posto triste. Anche le lacrime, qui, sono un sollievo.

Quando mi succede qualcosa di importante, ritaglio il tempo per andare a dirlo a mio padre, come farei se fosse vivo e abitassimo in due città diverse.

Gli parlo. A volte parlo sul serio, seppure a bassa voce,

per paura di esser presa per pazza. Bisogna provare per capire che fa una grossa differenza, lasciar uscire la voce. È un rito dolce e liberatorio.

Quando vado a trovare papà al cimitero mi piace portargli una rosa, una sola, ma molto bella. In una delle infinite tonalità del rosa. La scelgo con cura prima di partire, ci metto del tempo, è importante.

Non la lascio nel vaso, ma la incastro nella grata di ferro battuto perché sia piú vicina alla sua fotografia. La lascio lí accanto, come una carezza.

Caro papà,

scrivo una lettera da lasciarti insieme alla rosa, dato che ho scoperto che ti piaceva tanto riceverne. È inverno, sono seduta in riva al mare. Il cielo è grigio perla, il mare calmo, c'è tanta luce. Non si vede nessuno, si ode appena qualche voce lontana. È bellissimo. Divido questo orizzonte con te, è proprio quel mare d'inverno che anche tu amavi. Anche questo l'ho scoperto dopo. Ho appoggiato i giornali sulla panca. Vorrei sfogliarli con te davanti a un caffè – amaro, come piace a noi – farmi spiegare le scelte di titolazione, chiederti cosa pensi di quello che sta succedendo.

Penso a te ogni giorno. Ogni mattina, quando apro i quotidiani, ogni volta che mi entusiasmo per qualcosa, quando devo prendere una decisione importante. Sono tante le cose che vorrei dirti, dovrei riempire un altro libro con tutto quello che ho dentro.

Voglio ringraziarti perché mi hai dato la vita, due volte. Quando mi hai generata, e quando mi hai dato la forza di scegliere di lottare per essere viva, invece di lasciarmi sopravvivere, senza essere.

Mi hai accompagnato incontro alla mia vita. Prendermi cura di te mi ha spinto ad aprirmi verso il mondo. Per te ho avuto fame di leggere, scrivere, conoscere, e non sono sazia.

Rimpiango tutto quello che non abbiamo potuto farе insieme. Tutta la vita che ci è stata rubata. Vorrei che tu avessi conosciuto le persone che ho amato, i miei amici. Non abbiamo mai potuto litigare e fare la pace. Ma hai seminato cosí tanto, che ho potuto sentire ancora la traccia calda della tua impronta nel mondo, nella luce che accende lo sguardo di chi ti ha conosciuto. A volte mentre ti leggevo ero fulminata dalla sensazione di capire esattamente a cosa stavi pensando. Tante cose rimangono sospese, dolcemente ambigue, affidate all'immaginazione. Altre sono condannate al silenzio. Ma sono felice di avere avuto un padre come te.

Sono stata la tua cuoriciona, e questo non potrà rubarmelo mai nessuno.

Aldo Moro ha scritto a sua figlia Agnese «ora è probabile che noi siamo lontani o vicini in un altro modo»: ho imparato a sentire che mi sei vicino, tanto, sempre, in un altro modo. Il mio stupore è immenso, e cosí la gratitudine.

Papà, questo libro è la mia rosa per te.

Per te, come tutte le cose importanti. Con tutto il cuore.

La Brigata XXVIII Marzo e i processi per l'omicidio Tobagi.

La Brigata XXVIII Marzo era composta da sei giovani: Marco Barbone (21 anni all'epoca dell'omicidio), Mario Marano (29), Paolo Morandini (20), Manfredi De Stefano (23), Daniele Laus (22) e Francesco Giordano (27).

I processi celebrati presso il tribunale di Milano (la sentenza di primo grado è del 28 novembre 1983, quella d'appello del 7 ottobre 1985) hanno accertato le loro responsabilità nell'attentato: Barbone e Marano furono gli esecutori materiali dell'omicidio, Laus fu l'autista per la fuga, Giordano, Morandini e De Stefano segnalarono l'arrivo della vittima e svolsero ruoli di appoggio e copertura. Barbone, arrestato per altri reati il 20 settembre 1980, mentre svolgeva il servizio militare a Diano Marina, iniziò a collaborare con i Carabinieri e l'autorità giudiziaria quasi immediatamente, consentendo l'arresto dei suoi complici entro i primi di ottobre.

Gli imputati sono stati condannati a pene di entità molto diversa, sulla base della condotta processuale adottata.

Barbone e Morandini scelsero di collaborare con la giustizia per avvalersi dei benefici previsti dalla cosiddetta «legge sui pentiti», l. 304/1982: il loro contributo fu valutato di eccezionale rilevanza e furono condannati entrambi a 8 anni e 6 mesi (condanna in primo grado confermata in appello); entrambi poterono usufruire del beneficio della libertà provvisoria al termine del processo di primo grado. Marco Barbone ha scontato complessivamente circa tre anni e due mesi di carcere.

De Stefano, condannato in primo grado a 28 anni e 8 mesi, morí in carcere nel 1984.

Laus, che all'inizio dell'istruttoria si dichiarò intenzionato a collaborare, in seguito ritrattò e fu condannato a 27 anni e 8 mesi in primo grado. La pena è stata ridotta a 16 anni in appello, in riconoscimento della dissociazione manifestata nel corso del processo con l'ammissione delle proprie responsabilità. Dal dicembre '85 poté usufruire della libertà provvisoria.

Marano, condannato in primo grado a 20 anni e 4 mesi, nel processo d'appello si risolse a collaborare. Come «pentito», ebbe la pena ridotta a 12 anni (secondo la cosiddetta «legge Cossiga», l. 15/1980, poiché i termini di applicazione della legge 304/1982 erano già scaduti). Nel gennaio 1986 ottenne gli arresti domiciliari.

Giordano, pur avendo manifestato pubblicamente autocritica per le sue esperienze di terrorista, non scelse la collaborazione con la giustizia e dunque non ha usufruito di riduzioni di pena: condannato a 30 anni e 8 mesi del primo grado, ridotti a 21 in appello.

Tutte le condanne sono state confermate in Cassazione nell'ottobre del 1986, con piccoli sconti aggiuntivi a Barbone e Morandini, che ottennero quindi la libertà condizionale e non dovettero rientrare in carcere.

Dopo la sentenza di Cassazione, Marco Barbone fu nuovamente processato per un tentato sequestro di Tobagi (progetto delle Fcc risalente ai primi mesi del 1978). Imputati insieme a lui, tra gli altri, Rocco Ricciardi e Caterina Rosenzweig.

Nel 1989, al termine dell'istruttoria i giudici Guido Salvini e Maurizio Grigo decisero l'archiviazione del procedimento «perché il fatto non sussiste» (fu giudicato un caso di desistenza dal reato non punibile come sequestro di persona, di un episodio già noto e giudicato per quanto riguardava le armi e il furto del furgone da impiegare nell'azione). La Procura generale impugnò la decisione e affidò un supplemento di istruttoria al giudice Paolo Goggioli. Nella primavera del 1991 gli imputati furono rinviati a giudizio. Il processo terminò con la loro assoluzione confermando la giustezza del precedente proscioglimento.

Ringraziamenti.

Ringrazio i cancellieri Umberto Valloreja e Barbara Facci del Tribunale di Milano, la cancelliera Bonfanti del Tribunale di Monza, la cancelliera Luciana Gandini e il signor Rosario del Tribunale di Varese, che mi hanno guidato con sollecitudine nel ventre degli archivi giudiziari; Sergio Flamigni, che mi ha messo a disposizione il suo archivio e una memoria enciclopedica; Francesca Tramma e Federica Terrile per l'archivio storico del «Corriere della Sera»; Nicoletta per l'archivio dell'Associazione 2 Agosto.

Ringrazio tutti coloro – sarebbe troppo lungo elencarli – che hanno voluto farmi dono dei loro ricordi di mio padre: ognuno e ciascuno è per me una pietra preziosa.

Ringrazio Irene Babboni e Andrea Canobbio, che hanno amato questo libro sin dal concepimento e mi hanno seguita con mano ferma e insieme delicata captando ogni sussurro delle mie pagine. Grazie a Miguel Gotor per avermi stanato e a Ernesto Franco per aver creduto nella mia voce tanto da convincere anche me.

Grazie agli amici che da tanto tempo rallegrano la mia vita e sanno cosa c'è nascosto tra le righe e dietro le pagine, grazie per avermi sostenuta, sempre, per l'affetto, la stima e la complicità che ci legano: Franca innanzitutto, e poi Francesca B., Daniela, Caterina S., Francesca L.R., Attilio, Salvo, Elize, la «socia» Ilaria.

Senza Enrichetta Buchli questo libro non avrebbe mai visto la luce, semplicemente. Per questo, e per molte altre cose, grazie di cuore.

Ho conosciuto tantissime persone la cui vita è stata sfregiata dal terrorismo: ogni incontro è stato prezioso. Ma voglio abbracciare in modo speciale Silvia Giralucci, Marco Alessandrini, Giorgio Bazzega, e i bambini che sono stati. E Manlio Milani, che – proprio al momento giusto – mi ha mostrato tante strade per trasformare in testimonianza e impegno civile anche il mio 28 maggio.

Indice

Stampato per conto della Casa editrice Einaudi
Presso Mondadori Printing S.p.a., Stabilimento N.S.M., Cles (Trento)

C.L. 19888

Ristampa						Anno			
9	10	11	12	13		2010	2011	2012	2013